U0132676

天津市高等学校人文社会科学研究项目
天津师范大学学术著作出版基金资助出版
天津师范大学新闻传播学院学术著作出版基金资助出版

中国现代
新闻思想史

ZHONGGUO XIANDAI

XINWEN SIXIANGSHI　　　李秀云　著

中国社会科学出版社

图书在版编目（CIP）数据

中国现代新闻思想史/李秀云著. —北京：中国社会科
学出版社，2007.1

ISBN 978-7-5004-6083-1

Ⅰ.中… Ⅱ.李… Ⅲ.新闻工作-文化史-中国-
现代 Ⅳ.G219.297

中国版本图书馆 CIP 数据核字（2007）第 011031 号

责任编辑 王 茵
责任校对 张选令
封面设计 格子工作室
版式设计 王炳图

出版发行 中国社会科学出版社
社 址 北京鼓楼西大街甲 158 号 邮 编 100720
电 话 010—84029450（邮购）
网 址 http：//www.csspw.cn
经 销 新华书店
印 刷 北京新魏印刷厂 装 订 广增装订厂
版 次 2007 年 1 月第 1 版 印 次 2007 年 1 月第 1 次印刷
开 本 880×1230 1/32
印 张 10.125 插 页 2
字 数 253 千字
定 价 23.00 元

目　录

绪　　论

一切真正的历史都是当代的历史。

　　　　　　　　　　　　　　——克罗齐

一切历史都是思想的历史。

　　　　　　　　　　　　　　——科林伍德

　　新闻学是一门实践性很强的学科，在这一学科的发展过程中，人们对于"技术"层面的知识给予了充分的关注，而思想层面的理论阐释则显不足。因此，加强思想层面的理论研究与追问显得十分必要，这会给我们的新闻实践以厚重的理论支撑；新闻学又是时代感很强的年青学科，因此，在历史与现实的互动中，加强历史的研究也显得十分必要，这会增强年青学科的历史厚度。

　　任何时期新闻事业的发展，都离不开一定的新闻思想的指导。中国现代新闻事业的发展与中国现代新闻思想的发展存在着互动关系，回顾与揭示中国现代新闻思想的发展过程及其规律，可以从一个侧面总结中国现代新闻事业发展的经验与教训，这种总结，对于当今新闻事业的发展，无疑也具有一定的历史借鉴意义与理论指导意义。

一　研究现状

中国新闻史学的专门研究与新闻学的产生几乎同步。早在 1834 年 1 月，《东西洋考每月统记传》刊载了中国第一篇新闻学专文《新闻纸略论》，由此拉开了中国新闻学研究的历史帷幕。此后至 1917 年，人们通过撰写新闻学专文、报刊缘起、宗旨、叙例、序文、广告、启事、祝辞、演说词以及上书皇帝的奏章等诸多形式，进行了非系统的、非正规的新闻学学术研究与探讨，其中就包含着中国新闻史学的内容。

有关中国新闻史较为系统的研究始于 1917 年，这一年《东方杂志》刊载了姚公鹤的《上海报纸小史》，但这只是对地方新闻史进行研究。中国第一本新闻史通史著作是蒋国珍撰写的《中国新闻发达史》（1927 年 9 月世界书局出版）。两个月后，戈公振的《中国报学史》由上海商务印书馆出版，这是现代中国影响最大的新闻史学专著。此后至 1949 年间，中国新闻史学著作还有张静庐的《中国的新闻纸》（1928 年）、黄天鹏的《中国新闻事业》（1930 年）、赵敏恒的《外人在华的新闻事业》（1932 年）、胡道静的《上海新闻事业之史的发展》（1935 年）、赵君豪的《中国近代之报业》（1938 年）、章丹枫的《近百年来中国报纸之发展及其趋势》（1942 年）、程其恒的《战时中国报业》（1944 年）、胡道静的《新闻史上的新时代》（1946 年）、郭步陶的《本国新闻事业》（申报新闻函授学校讲义、时间不详）等等。上述著作都是在研究媒介史，主要是报纸的发展历史，无一是在研究新闻思想的发展历史①。

---

① 戈公振的《中国报学史》虽以"报学史"命名，但实际上仍是报业史，书名与具体内容并不十分吻合。对此，早在该书出版之前，新闻学者任白涛就曾看出

中华人民共和国成立后，尤其是改革开放以来，新闻史学的研究进入了新时代，成为备受瞩目的学科之一，中国新闻史的研究工作呈现出"花枝春满　蝶舞蜂喧"①的可喜局面。但研究成果大多是研究中国新闻事业史，中国新闻思想史的研究仍然较为薄弱。

有关中国新闻思想史研究的主要成果有胡太春的《中国近代新闻思想史》（山西人民出版社 1987 年 7 月）、徐培汀、裘正义的《中国新闻传播学说史》（重庆出版社 1994 年 3 月）、郑保卫主编的《中国共产党新闻思想史》（福建人民出版社 2004 年12 月）、张育仁的《自由的历险——中国自由主义新闻思想史》（云南人民出版社 2002 年 11 月）、陈富清的《江泽民舆论导向思想研究》（新华出版社 2003 年 3 月）、窦其文的《毛泽东新闻思想研究》（中国新闻出版社 1986 年 6 月）、刘建明的《邓小平新闻宣传思想研究》（辽宁人民出版社 1990 年 10 月），缪海棱的《继承与创新——学习毛泽东新闻思想》（新华出版社 1991年 6 月）、康荫、傅俊卿的《毛泽东新闻理论研究》（中国广播电视出版社 1986 年 10 月）。其中，综合论述中国新闻思想发展

（接上页）问题所在："1926 年 2 月，戈公振君到西湖问我借材料，并把此书的油印底稿交我阅看。我匆忙地看了半天半夜，即将大体上的应行修正或增补之处，分条写出，夹入稿中。次日送到他的旅寓，付给茶房而去。他匆忙地返沪之后，来信说：'……归后检书，得指示若干条，当逐条修正……'出版之后，果照他信所说。只是那时我看得太匆忙了，所以忘记同他说《中国报学史》应改为《中国报业史》的事情；因此书内容，纯以中国报业为对象之故。但除书名不妥当和少有说明报业形成之社会的背景，以及书中所叙——堆积——的事项还多缺漏之外，此书在贫乏的中国出版界，实不失为一部可读的书。盖著者为此书实费去不少功夫，决非'率尔操觚'之作。"见任白涛：《综合新闻学》，商务印书馆，1941 年 7 月，第 66 页"注四"。另，同本书如再出现，则只注书名与页码。——编者著

① 　参见方汉奇：《花枝春满　蝶舞蜂喧——记十一届三中全会以来的新闻史研究工作》，方汉奇：《报史与报人》，新华出版社，1991 年 12 月，第 38 页。

史的著作只有两部，即《中国新闻传播学说史》与《中国近代新闻思想史》，其他的或者研究某个人物的新闻思想，或者研究某一新闻思想的发展历程。

在其他新闻史类的著作中，有用部分章节来论述新闻思想史的，如吴廷俊的《中国新闻传播史稿》（华中理工大学出版社1999年1月）、张昆的《传播观念的历史考察》（武汉大学出版社1997年6月）、童兵的《马克思主义新闻思想史稿》（中国人民大学出版社1989年12月）等，但主要是对不同人物的新闻思想进行研究。此外，各类新闻期刊上刊载的专门论述中国新闻思想史的文章有数十篇。

有关中国新闻思想史的研究，主要围绕以下几个问题来进行。

1. 关于中国新闻思想史的发展阶段及其特点的研究

徐培汀、裘正义的《中国新闻传播学说史》纵观中国新闻思想的发展过程，将中国新闻思想史分为古代部分、近代部分、现代部分三个时期，是目前研究中国新闻思想发展的唯一的通史著作。第一编古代部分，共分6章19节，介绍了先秦传播思想、秦汉传播思想、隋唐传播事业与官报体系、明清新闻传播思想。第二编近代部分，共分7章28节，论述了西方近代新闻思想的传入、国人最初的办报思想、维新派政治报刊思想、辛亥革命前后政治报刊思想、清末民初的新闻控制思想、大众化报纸业务思想。第三编现代部分，共分6章33节，论述了西方新闻学的演变及其对中国的影响、马克思主义新闻学的诞生及其对中国的影响、五四运动前后的新闻学术研究、20世纪30年代新闻学术思想的演变、40年代新闻学术思想的发展、中国新闻学术思想的形成。现代部分重点介绍了中国新闻学术思想的发展，这是该书最重要的贡献与特色。

　　《中国新闻传播学说史》概括了中国资产阶级新闻学研究的三次高潮。第一次高潮：1896 至 1898 年间，各地维新志士组织的学会有 40 多个，创办的报刊有 70 多家，形成近代新闻史上中国人办报的第一个高潮与国人研究资产阶级新闻学的第一次高潮。其研究特点是：受西方政治家办报思想的影响，以理想化了的英国《泰晤士报》为报纸的楷模，办报的目的，是为了改革政治、变法维新；突出政论作用，重视宣传艺术，特别重视报纸功能的研究；在办报实践基础上，也提出一些办报理论。第二次高潮：以 1918 年 10 月北京大学新闻学研究会成立为开端，至 1927 年戈公振出版《中国报学史》为结束。这是我国资产阶级新闻学的创建阶段。这一阶段的主要特点是，新闻学术研究团体的兴起与新闻教育的创办，大众化商业新闻学成为中国资产阶级新闻学研究的主流。第三次高潮：20 世纪 30 年代至 40 年代初，由于蒋介石对全国新闻界实行法西斯统治，反对独裁统治，争取新闻自由成为资产阶级新闻学的重要内容。这一时期是中国资产阶级新闻学研究的深入阶段，新闻学术团体与新闻教育有了进一步发展，资产阶级新闻观点和新闻理论，开始受到马克思主义新闻学派的批判，在抗日救亡运动的洗礼下，一些爱国的民主主义新闻学者开始向马克思主义新闻学者转变。

　　《中国新闻传播学说史》还概括了马克思主义新闻学的传入与中国无产阶级新闻学的形成过程，李大钊最早用马克思主义观点来阐述新闻现象。张友渔则是我国第一个用马克思主义观点系统研究新闻工作理论与实践的学者。20 世纪 40 年代，是我国马克思主义党报理论全面形成与成熟的重要时期，也是无产阶级新闻学战胜资产阶级新闻学的关键岁月。从 1922 年 2 月 12 日李大钊发表《在北大新闻记者同志会成立会上的演说》开始，到 1948 年毛泽东《对晋绥日报编辑人员的谈话》和刘少奇《对华北记者团的谈话》的发表，标志着有中国特色的无产阶级新闻学的最终形成。

胡太春的《中国近代新闻思想史》，以马列主义、毛泽东思想为指导，对近代中国从鸦片战争到"五四"时期新闻思想的发生和发展过程作了剖析，探讨了在中国近代史上，无产阶级新闻思想发生以前，资产阶级新闻思想的发生、发展和衰败的过程，并为近代中国"资产阶级新闻思想史"理出了一条较为清晰的脉络和线索。其分析如下：

第一阶段，即鸦片战争到戊戌变法前夕。由于外国资本主义的入侵，中国封建社会开始解体，一些先进的知识分子初步提出一些零碎的办报观点，并有少数的国人自办报刊出现。但总的来说，中国新闻界还是一片荒漠，人们对近代报刊功能的思索，尚处在混沌之期，所以称这一时期为资产阶级新闻思想孕育时期。

第二阶段，即戊戌变法前后。由于中国资本主义在19世纪70年代已经产生，民族资产阶级正在形成过程之中，一批从地主阶级知识分子正在向资产阶级代表人物转化的维新人士，"提出了报刊是国家的耳目喉舌的思想，围绕这一思想还提出了对报刊编辑业务的若干改革，使近代中国资产阶级新闻思想进入了萌发时期"①。

第三阶段，即戊戌变法失败到辛亥革命爆发。由于中国资本主义经济的进一步发展，中国民族资产阶级业已形成，中国近代新闻史上出现了第二次办报高潮。民族资产阶级上层及其代表人物——资产阶级自由主义改良派和民族资产阶级中下层及其代表人物——民主革命派，都提出了报刊是社会舆论机关的思想，近代中国资产阶级新闻思想进入发展时期。

第四阶段，民国初年到1919年"五四"运动前夕。由于帝国主义和封建势力相互勾结扼杀了辛亥革命，加之资产阶级民主

---

① 胡太春：《中国近代新闻思想史》，山西人民出版社，1987年7月，第5页。

的虚伪性和派系纷争不已的劣根性，使得"言论独立"的思想流为空洞无力的口号，"近代中国资产阶级新闻思想便处于一筹莫展、捉襟见肘的困惑时期"[①]。

严格按照中国近代革命史、政治史的分期来划分中国近代新闻思想史的发展阶段，把中国近代新闻思想的发展过程与近代中国资本主义经济、资产阶级产生和发展的过程，以及近代中国各个历史阶段政治思想、哲学思想的产生和发展过程联系起来进行分析和考察，是《中国近代新闻思想史》的一个突出特色。

此外，还有一些论文对中国新闻思想的发展进行了宏观的研究。

黄旦将近百年中国新闻思想的发展分为四个阶段[②]：第一，"我报是吾口觉世为木铎：'戊戌''辛亥'期间的新闻思想"。在此期间，"大致有过官办的喉舌、党派的喉舌、国家的喉舌等不同认识，但真正在思想和实践中得到普遍认同的仍是'党的喉舌'"。第二，"新闻为天职社会之耳目：'五四'前后的中国新闻思想"。在这一阶段，徐宝璜、邵飘萍、任白涛等新闻学者达成了共识，即新闻纸的根本作用是"以真正之新闻，供给社会"。报纸是全社会的"耳目"，是一个独立的职业组织，而不是政党互相攻讦的工具。第三，"集体的宣传员与组织者：四十年代前后的中共新闻思想"。列宁有关党报性质和作用的理论，20年代传入我国，到了40年代，我党不仅将此作为党报的界定，还作了具体的解释："所谓集体，是指党的组织而言。'报纸是党的喉舌，是这一个巨大集体的喉舌'"。第四，"党的机关报又是人民的报纸：1956年前后的中国新闻思想"。在此期间，

---

① 胡太春：《中国近代新闻思想史》，第6页。
② 黄旦：《"耳目"与"喉舌"的历史性变化：中国百年新闻思想主潮论》，《新闻记者》，1998年第10期。

党的新闻事业注意"如何改变过去在革命时期，在农村环境下所确立的模式，真正满足新形势下社会和人民群众的需要"。"1956 年前后的中国新闻思想，可称为由原来立足于'组织喉舌'的思想向立足于'社会喉舌'的思想转化"。黄旦立足于新闻思潮的角度，将"耳目"论（即以新闻为本位）与"喉舌"论（以宣传为本位）进行了区分，并以此为切入点，总结了我国百年新闻思想在不同发展阶段的倾向，从而探讨了新闻思想发展自身的内在规律。

陈力丹以"世界信息交往理论"为评判标准，将中国新闻思想发展的早期区分为中国新闻学的启蒙期与创立期两个时期。陈力丹认为，"如果用一句话来表达中国新闻学启蒙者们对新闻学的基本认识，那么梁启超所讲的'报馆有益于国事'是最恰当不过了"。在启蒙时期，梁启超、严复、谭嗣同、汪康年等围绕报馆的"通"所展开的通上下、通中外、开民智、造新民、监督政府、出版自由、第四种族等等议论，无不直接服务于维新运动。"他们看到了世界大通，却只想到这种世界性精神交往的趋势与'国家'的关系，给予现代报纸以不堪承受的重大责任，把实现政治抱负的期望，相当程度上寄托于现代报纸。"如用一句话表达创立时期新闻学的特征，那就是"以新闻为本位"。新闻学创立的标志是五部新闻学代表作的出现：徐宝璜的《新闻学》（1919 年）、任白涛的《应用新闻学》（1922 年）、邵飘萍的《实际应用新闻学》（1923 年）和《新闻学总论》（1924年）、戈公振的《中国报学史》（1927 年）。[①]

2. 有关某一新闻思想的演化进程的研究

《中国共产党新闻思想史》是研究马克思主义新闻思想史的

---

① 　陈力丹：《论中国新闻学的启蒙和创立》，《现代传播》，1996 年第 6 期。

一部力作，该书对 80 多年来中国共产党的新闻思想进行研究，系统梳理了中国共产党新闻思想形成和发展的历史脉络，全面论述了中国共产党在早期、土地革命战争时期、抗日战争时期、全国解放战争时期、新中国成立后、社会主义现代化建设新时期的新闻思想的基本内容，对中国共产党新闻思想的知识框架、理论体系作了总体的概括和评述，并从正反两方面全面总结党的新闻工作的经验与教训。这一著作大大丰富与深化了中国马克思主义新闻思想的研究。

《自由的历险——中国自由主义新闻思想史》一书，在世界范围内的自由主义新闻思潮和中国现代化进程的广阔背景下，对 19 世纪中叶至 20 世纪中叶中国自由主义新闻思想产生与发展的百年历程进行了细致的描述与独到的阐释。在文化、哲学、伦理、政治、经济等多重视野的透视下，清晰再现了中国自由主义新闻思想的发展脉络，深刻揭示了中国自由主义新闻思想者的悲剧成因。独特的研究视角给中国新闻思想史的研究吹来一股清新之风。

3. 关于新闻人物的个案研究

中国新闻思想的宏观的、整体的研究还比较薄弱，而关于某些新闻人物思想的个案研究成果则相对丰富一些。而在众多的新闻人物中，对于马克思主义者的新闻思想的研究较为充分，其中最为充分的是关于毛泽东新闻思想的研究。

窦其文的《毛泽东新闻思想研究》设四章分别论述毛泽东早期报刊活动及其新闻思想萌芽，毛泽东新闻思想在实践中的发展，毛泽东对无产阶级党报学说的理论贡献，毛泽东的新闻文风特色。康荫、傅俊卿的《毛泽东新闻理论研究》设十章论述毛泽东新闻思想的 15 个方面：宗旨的革命性、事实的客观性、报道的求实性、传播的时效性、事业的阶级性、职能的多样性、方针的群众性、新闻的民主性、舆论的两重性、批评的原则性、内容的思想性、风格的鲜明性、队伍的公仆性、检验的实践性、加强党的领导。缪海棱的《继承与创新——学习毛泽东新闻思想》收录了作者在不同场合的讲话十余篇，从内容上大致分成两类：一类是关于毛泽东新闻思想的介绍和学习体会；另一类是作者在实际工作中对毛泽东新闻思想的具体运用。此外，童兵在《马克思主义新闻思想史稿》中，以一章的篇幅论述"具有中国特色的毛泽东新闻思想"，介绍了毛泽东新闻思想形成的历史条件、毛泽东新闻观点、毛泽东新闻思想评价。

　　值得一提的是，张昆在《传播观念的历史考察》中，专设两章论述毛泽东新闻思想。他用一章的篇幅对上述几部专著、论文集及报刊上有关毛泽东新闻思想的研究成果进行考察，梳理了毛泽东新闻思想研究现状。首先，他回顾了毛泽东新闻思想研究的四个阶段：第一阶段是 20 世纪 40 年代，毛泽东新闻思想诞生的同时，对毛泽东新闻思想的研究也同时发端。第二阶段是 50 年代至 60 年代中期，《人民日报》改版，将毛泽东新闻思想的研究推向高潮。第三阶段是"十年动乱"时期，毛泽东被神化，毛泽东新闻思想被庸俗化、简单化。第四阶段是十一届三中全会以后，毛泽东新闻思想的研究向系统化、理论化方向发展。其次，张昆对毛泽东新闻思想的定义、毛泽东新闻思想的体系、毛泽东新闻思想的研究范围、毛泽东新闻思想的评价等问题的研究情况进行了分析，最后得出结论：对于毛泽东新闻思想研究的宏观把握薄弱，"对于具体问题、具体观点的探讨，超过了对于整体的分析"[1]。基于此，张昆指出，"毛泽东新闻思想内容宏富，自成体系。而这个体系又是由三个子系统有机地组合而成的"[2]。

---

① 　张昆：《传播观念的历史考察》，武汉大学出版社，1997 年 6 月，第 253 页。
② 　同上书，第 275 页。

毛泽东新闻思想体系是一个类似于金字塔的多层次的完整结构：位于塔顶的最高层次是毛泽东党报理论，位于底部的基础层次是毛泽东新闻业务观念，中间层次为毛泽东的宣传谋略。

20世纪80年代中期开始，尤其是在纪念毛泽东同志诞辰90周年和100周年期间，各类期刊上刊载的研究文章很多。如，1993年6月至1994年5月，童兵在《新闻与写作》上先后刊载了十篇文章，论述毛泽东新闻思想的十个要点：报纸——经济基础通过新闻手段的反映；传达政令——新闻媒介的主要功能；依靠全党和全体人民群众办报；舆论——对敌人一律对人民不一律；又要有大方向又要新鲜活泼；要政治家办报；对宣传对象不可没有调查研究；宣传策略和宣传艺术；生动活泼新鲜有力的新文风；要有出色的编辑和记者。1993年，《新闻与写作》还刊载了童兵的另外三篇文章，两篇介绍毛泽东新闻思想形成的文化氛围，另一篇是《从"康梁体"到"新闻手段"——毛泽东新闻思想演进的轨迹》，对毛泽东新闻思想的研究已走向全面和深入。

此外，有关刘少奇、邓小平、江泽民等人的新闻思想的研究成果也比较丰富。

在非马克思主义新闻人物中，有关梁启超新闻思想的研究最为深入。胡太春的《中国近代新闻思想史》共设四章，其中三章涉及到梁启超的新闻思想，分别研究了梁启超"去塞求通"的办报主张，"时务文体"是近代新闻文体第一次变革的具体实践，梁启超的报纸性质职能说和宣传方法论，1898年至1903年梁启超办报思想在新闻实践中的体现，1903年至1911年梁启超对报刊业务进行的革新，梁启超的舆论观，1899年至1911年梁启超办报理论的特色，梁启超的"言论独立"思想的提出、困惑和衰微。有关梁启超新闻思想的论述在书中所占的比例较大，作者注重历时态考察，论述了梁启超新闻思想的发展历程，但由于其内容分散在各章节中，不免把梁启超整个思想理论体系割裂开来。

张昆的研究正好与胡太春的研究形成了互补之势。张昆在《传播观念的历史考察》中，专设"梁启超新闻思想体系"一章，概括了梁启超新闻思想体系构成的七个方面：报刊使命、新闻功能、出版自由、舆论监督、宣传策略、党报理论、新闻史观，最后得出结论①：梁启超新闻思想内容宏富，已成为一个理论体系，但其新闻思想并非完全意义上的独立作品，其大部分内容都有悠久的历史渊源和现实基础。梁启超的新闻思想中，前后不一，自相矛盾之处甚多，与他自己的新闻实践也不完全一致，思想的阶级性也非常明显。梁启超新闻思想一经形成，对当时的中国报业产生了重大影响。张昆对梁启超新闻思想的分析，打破了时间的界限。在一章中集中论述由七部分构成的梁启超的新闻思想，内容上只能蜻蜓点水，着墨不多，为弥补这一缺憾，张昆又专设一章，对梁启超的党报理论与出版自由观进行具体探讨。张昆对梁启超新闻思想的研究，可谓"点""面"兼顾。

此外，在其他非马克思主义新闻人物中，研究成果相对比较丰富的有黄远生、邵飘萍、徐宝璜等。

综上所述，中国新闻思想史的研究具有如下特征：

其一，新闻思想史作为新闻史的一个分支学科，相对中国新闻事业史的研究而言，其研究力度比较薄弱，研究成果比较有限。

其二，就中国新闻思想史的现有成果而言，个别人物，尤其是马克思主义新闻人物的新闻思想的研究相对充分，而新闻思想的宏观、综合研究相对薄弱。

其三，研究方法单一，主流的研究方法是阶级分析法。

---

① 张昆：《传播观念的历史考察》，第 111－112 页。

其四，就断代史的研究而言，中国近代新闻思想的研究相对充分，中国现代新闻思想的专门、系统研究则有待加强。

二 研究思路与方法

从研究现状的梳理可以看出，中国现代新闻思想史的研究具有重要的理论意义，那么如何进行研究？我们先看一看中国近代新闻思想的发展特点。

1834 年 1 月，中国境内第一份近代中文刊物《东西洋考每月统记传》刊载了《新闻纸略论》一文，这是中国的第一篇新闻学专文。从此，近代意义上[①]的新闻思想不断地被传教士与国人阐发。据不完全统计[②]，1834 年至 1917 年间，各报刊登载的与私人文集收录的新闻学专文共计 50 篇，各报刊在创刊过程中发表的报刊缘起、宗旨、叙例、序文、发刊词以及报刊在日常工作中刊载的广告、启事、祝辞等共计 42 篇，一些开明官吏上书皇帝的奏章、报刊活动家的演说词、感言文章等共 11 篇。上述百余篇文章或有意或无意地对近代意义的新闻思想进行了介绍或阐发。概括讲来，近代新闻思想的阐释具有如下特征。

第一，阐释主体具有非专业化特征。

近代新闻思想的主要阐释者王韬、梁启超、谭嗣同、严复、汪康年、章太炎等人，虽然都有丰富的办报实践经验，但总的来说，他们首先是政治改良家、政治革命家，或者是一个学者，其

---

① 中国古代印刷术发达，中国古代拥有内容丰富的新闻传播观念。但由于政治、经济、文化等方面的原因以及新闻传播观念自身的独特性，中国古代传播观念没能自发实现其近代化历程。近代意义的新闻思想同近代意义的新闻事业一样，最初都是经传教士从西方传入的。

② 参见拙著：《中国新闻学术史（1834－1949）》，新华出版社，2004 年 12 月，第 17、27、33 页。

次才是报刊活动家。鸦片战争以后，随着中国一步步沦为半殖民地社会，仁人志士开始寻求救国途径，办报就是这些先知先觉者寻找到的救病秘方。在这些仁人志士看来，报刊具有富国强民的巨大功用，他们弘扬报刊的作用，主要目的是为了挽救亡国亡种的时代危机，而不是为了发展新闻事业，阐扬新闻思想。他们具有救亡图存的强烈功利目的，这一目的在事实上妨碍了他们对新闻思想本身的关注。这一时期，他们的办报活动，还不是职业化的专门活动，他们进行的新闻实践，是为改良或革命的政治目的服务，他们的新闻思想，往往被纳入其政治理论体系，言论救国成为较为普遍的价值取向。在言论救国的强烈功利目的下，他们或多或少夸大了报刊的作用，从而妨碍了对新闻思想进行全面的、客观的阐释。对此，梁启超有一段自我表白："其究也不过令后之人笑我为无识，訾我为偏激而已。笑我、訾我，我何伤焉，而我之所期之目的则既已达矣。故欲以身救国者不可不牺牲其性命，欲以言救国者不可不牺牲其名誉。甘以一身为万矢的，曾不于悔，然后所志所事，乃庶有济。"① 修身、齐家、治国、平天下，传统士大夫心中往往怀有强烈的社会责任感与历史使命感，在国家民族面临危亡的关键时刻，这种责任感与使命感表现得尤为强烈。这种责任感与使命感在一定程度上妨碍了"为学问而学问"的纯粹学理精神的形成。

第二，新闻思想的阐析方式具有随意性。

百余篇直接或间接阐释新闻思想的各类文章中，只有50篇新闻学专文的大部分内容是专门介绍或阐释一些新闻思想的。至于报刊缘起、宗旨、叙例、序文、发刊词以及报刊广告、启事、祝辞的刊载，主要目的是为了更好地完成日常的新闻工作，而不

① 梁启超：《敬告我同业诸君》，张之华主编：《中国新闻事业史文选》，中国人民大学出版社，1999年1月，第49－50页。

是阐释新闻思想。至于开明官吏上书皇帝的奏章、报刊活动家的演说词、感言文章等涉及的一些新闻思想，无非是强调办报可以为政治改良或革命服务，其目的也不是为了专门阐释新闻思想。

第三，近代新闻思想的内容只有"新闻纸论"，而没有"新闻"论与"新闻学"论。

新闻是一个本体概念，而在近代中国，阐释新闻思想的百余篇文章，无一对"新闻"这一概念做出界定。百余篇文章，重在介绍近代意义上的"新闻纸"这一新生事物的出现及其发展概况，其重点是在肯定近代报刊存在的必然性及其发展的重要价值，而不是对新闻思想进行专门的探讨。

这一时期，人们也很少提及"新闻学"，目前仅见三处文献有"新闻学"一词。一是梁启超在《本馆第一百册祝辞并论报馆之责任及本馆之经历》一文中提及，"日本松本君平氏著《新闻学》一书，其颂报馆之功德也"①。另一处是郑贯公在《拒约须急设机关日报议》一文中指出，"考日本自维新以来，改良教育，现东京政治学校之学课，必有新闻学一科……东京政治学校校长，松本君平氏，曾著《新闻学》一书问世"。② 第三处是《〈民国日报〉发刊词》："新闻学之与国民之关切为何如……"③ 但三处均没有对"新闻学"进行理论界定与论述。

这一时期，人们已使用第四种族、记者、采访、言论自由、告白、舆论、新闻、报纸等等专业名词，加之新闻学专文以及报刊的发刊词、序文、告白、启事等，一般都是在报刊上刊载的，具有公开性，因而概念的传播范围比较广。但由于新闻思想的阐释是在对新闻学及其基本概念缺乏关注的状态下进行的，因而这

---

① 张之华主编：《中国新闻事业史文选》，第37页。
② 同上书，第51页。
③ 同上书，第108页。

些概念大多是在不求甚解的情况下使用的，新闻思想的阐释不可避免地存在着浅尝辄止的特征。

同中国近代新闻思想的阐释相比较，现代新闻思想的阐释有着一个显著不同的特点，它是在新闻学作为一门独立学科而建立与发展的过程中得以阐发的，学术化是中国现代新闻思想发展的重要特征。

1918 年，中国拥有了第一个新闻学术研究团体——北京大学新闻学研究会。1919 年，北京大学新闻学研究会出版了中国人自撰的第一本新闻学专著，即徐宝璜的《新闻学》。1920 年，中国第一个大学新闻系——上海圣约翰大学报学系宣告成立，从此，新闻学作为一门独立的学科在中国开始了建立过程。据不完全统计，截止 1949 年，中国已出现 82 个新闻教育机构，16 个新闻学术团体，30 多种新闻学术期刊[1]，出版了 468 种新闻学书籍[2]。经过 30 多年的岁月陶冶，新闻学作为一门独立的学科在中国建立并发展起来。

随着中国新闻学的建立与发展，随着中国新闻事业职业化进程的推进，中国出现了邵飘萍、张季鸾、胡政之、邹韬奋、范长江、王芸生等一批职业新闻人，出现了任白涛、黄天鹏、戈公振等一批"为学问而学问"的新闻学研究者，出现了谢六逸、马星野、刘豁轩、顾执中等一批新闻教育工作者。对于这些人而言，上述三种职业往往处在不停的转换中，现代中国，职业新闻人从事新闻学研究与新闻教育是最为普遍的一种现象。相对近代中国而言，无论是职业新闻人、新闻学者与新闻教育者，都不再以无心插柳的方式，通过撰写一些零碎文章来阐释新闻思想，而

---

[1]　参见拙著：《中国新闻学术史（1834－1949）》，第 238、292、310 页。

[2]　参见童兵、林涵：《20 世纪中国新闻学与传播学·理论新闻学卷》，复旦大学出版社，2001 年 10 月，第 145 页。

是通过有意识的著述来实现自己的学术理想；现代新闻思想的主要传播途径也不再是报刊缘起、发刊辞、宗旨、叙例、感言文章等，而是通过撰写学术专著与学术论文，创办学术研究团体与学术期刊，以及开展新闻教育等诸多正规形式来进行。由于新闻学理论知识在中国的传播与发展，现代新闻思想的发展具有明显的学术化、专业化、职业化特征。

学术化是现代新闻思想传播的一个重要特征，本书将紧紧围绕这一特征，从学术思想史的视角来透视中国现代新闻思想的发展。具体思路如下：

第一章，对中国现代新闻思想进行历时态考察，从宏观角度勾勒中国现代新闻思想的演化历程，对每个具体发展阶段的主流新闻思想进行概括与分析。

第二至第九章，从新闻采写思想、新闻编辑思想、媒介经营与管理思想、新闻自由思想、报刊舆论思想、新闻伦理思想、新闻教育思想、新闻学术思想共八个侧面分别透视中国现代新闻思想的发展，并对每一新闻思想的演进过程进行具体分析。

第十章，对中国现代新闻思想的理论来源进行考察，分析欧美新闻思想、列宁新闻思想、法西斯主义新闻思想对中国现代新闻思想的形成与发展所产生的影响。

在研究方法方面，本书将做出以下尝试：

第一，尽可能搜集与挖掘第一手资料，包括 1919 年至 1949 年间出版的新闻学专著、编著、译著、纪念文集、学术论文集、新闻学术期刊刊载的学术论文，以及散见报刊的论文、新闻人物的新闻作品等等。

第二，尝试改变目前以政治史、革命史的分期来划分新闻思想史演进阶段的研究格局，以新闻思想自身演进过程中的重大转变为标志，划分中国现代新闻思想的演变阶段。

第三，尝试突破传统的阶级分析方法，不再根据思想阐释者

的阶级立场的不同将其分割成几个单元，而将不同立场、不同政
治派别的阐释者分别融入到不同阶段主流新闻思想的分析中，或
者融入到不同新闻思想在不同阶段的演化进程的剖析中。

第一章　中国现代新闻思想的演进

1919 年至 1949 年间，中国新闻思想经历了三个阶段的历史演进：1919 年至 30 年代初，居主流地位的是新闻本位思想；30 年代中期到 40 年代初，战时新闻宣传思想逐步兴起；40 年代中后期，大众新闻思想日臻成熟。

一　新闻本位思想

1. 历史背景

中国新闻事业的发展，经历了由言论本位向新闻本位的转化。19 世纪 70 年代，王韬脱颖而出，他高度重视报刊政论的作用。维新运动时期，梁启超、康有为、汪康年、谭嗣同等报刊政论家掀起了中国的国人办报高潮，也形成了报刊以政论文章为主的一个传统。

辛亥革命前后，报刊成为革命鼓动与宣传的重要工具，报刊政论传统依然故我。各报刊都十分重视政论的写作与刊载，一般报刊普遍设有社论、论说、社说等栏目，有的报纸几乎每版都有评论文章，有的报纸还设有专门撰写评论的主笔。这一时期涌现了一批又一批的报刊政论家，如邵力子、章士钊、叶楚伧、戴天仇、陈布雷、李哲生、谢无量等，不胜枚举。在"言论本位"时代，报刊政论家是新闻事业舞台上最为活跃的主角，他们关注的不是如何进行新闻采写与报道，而是如何利用报刊言论鼓吹政治改良或革命。

二次革命后，由于袁世凯、北洋军阀政府先后采取禁锢言论的政策①，多数报纸因担心言论罹祸而开始少发政论甚至不发政论。而且，民国初年各政党报纸以报刊言论为工具，互相诋毁与谩骂，令普通的读者生厌，从而使得这类报纸的读者日益减少。

报刊政论衰退的同时，报刊的新闻报道功能却得到了重视和发展。辛亥革命后，中国的政局复杂多变，加之第一次世界大战的爆发，唤起了人们对国内外时局的关注，从而增强了人们对新闻报道的需求。在外在的客观需求的刺激下，当时各报纸日益重视新闻报道。政治、军事消息在报纸中所占的比重越来越大，有关时事政治报道的电讯越来越多，日渐在报纸版面上占据主要地位。为了生存与发展，各报还专门以电讯的多与快作为相互竞争的重要手段。这一时期，新闻通讯也受到了普遍欢迎，实力雄厚的报纸开设了专门的采访部，增设本埠访员与外埠访员，并聘用专门的记者派驻北京。在这种情况下，一些"奇才"式的新闻记者如黄远生、邵飘萍、刘少少、徐凌霄（彬彬）、林白水、胡政之、张季鸾等人声名鹊起，新闻记者作为一种职业开始被人刮目相看。

五四时期，各报纸更是普遍加强记者队伍建设，一些报刊在特聘记者加强国内新闻采访与迅速报道的同时，还加强国外新闻

---

　　① 1912 年 4 月至 1916 年 6 月，全国报纸至少有 71 家被封，49 家受传讯，9 家被军警捣毁；新闻记者至少有 24 人被杀，60 人被捕入狱。从 1913 年至 1916 年，全国报纸总数始终维持在 130－150 种上下，几乎没有增长。1916 年 7 月至 1919 年五四运动前，全国至少有 29 家报纸被封，至少有 17 个新闻记者遭受从徒刑到枪决的各种处罚。参见方汉奇：《中国近代报刊史》，山西人民出版社，1981 年 6 月，第 720、727 页。

报道①。五四运动后，中国出现了留学热潮，许多留学生做起了兼职通讯员与特派员②，从而丰富了各报纸国际新闻报道的内容。这样，我国新闻实务界实现了从"言论本位"向"新闻本位"的过渡。

2. 思想内涵

新闻实务界的这种转变，引起了思想界的普遍关注。

徐宝璜指出，"供给正确迅速新闻"，是报纸的"天职"③。

邵飘萍认为，报纸"进化之顺序"，由"政论本位而为消息本位"④。在"消息本位"的时代，"报纸之第一任务，在报告读者以最新而又最有兴味最有关系之各种消息，故构成报纸之最要原料厥惟新闻"⑤。

戈公振强调："报纸之原质，直可谓为新闻。""报纸之元素，新闻而已。"⑥

周孝庵认为，报纸的编辑方针，应当"以新闻为单位，重要者登于前，不重要者登于后"⑦。

陶良鹤指出："新闻纸顾名思议，自然不用说是以'新闻'

---

　　① 《大公报》经理兼总编的胡政之于 1918 年赴法采访巴黎和会，成为采访巴黎和会的唯一中国记者。他为《大公报》发回了系列专电、通讯。

　　② 1920 年秋，北京《晨报》与上海《时事新报》联合向美、英、法、俄等国一次派出 7 名特派员，其中瞿秋白、俞颂华、李宗武成为我国报道苏维埃俄国实际情况的第一批新闻记者。1920 年，周恩来留法勤工俭学，应邀担任天津《益世报》特约通讯员，他采写的 56 篇旅欧通讯，在《益世报》连续刊载。

　　③ 徐宝璜：《徐序》，邵飘萍：《实际应用新闻学》，北京京报馆，1923 年 9 月。

　　④ 邵飘萍：《新闻学总论》，北京京报馆，1924 年 6 月，第 245 页。

　　⑤ 邵飘萍：《实际应用新闻学》，第 1 页。

　　⑥ 戈公振：《中国报学史》，上海商务印书馆，1928 年 10 月第 2 版，第 19 页、379 页。

　　⑦ 周孝庵：《最新实验新闻学》，上海时事新报馆，1928 年 11 月，第 170 页。

为唯一的材料。现代的新闻纸的灵魂，只有'新闻'而已。所以新闻纸最大的唯一的职务，是'供给新闻'，这新闻的内容无论是记事，评论，摄影，若是离开新闻的价值的时候，一点也找不出他的什么权威，什么兴味，简直只有一张废纸。"①

曹用先主张："新闻纸之主体，新闻也。"②

陈畏垒指明："新闻纸之职务云何，不待烦言，亦曰传达新闻而已矣。"③

可见，20 世纪 10 年代末至 30 年代中期，"新闻本位"是新闻学者较为一致的主张。

在"言论本位"时代，各种政论文章是报纸的主角，事实的报道与意见的发表常常合二为一于各种评论文章内。在"新闻本位"时代，新闻取代言论文章而成为报纸的主角，"事实"的报道与"意见"的阐释互相分离。

"事实"与"意见"相分离的首倡者是徐宝璜。他主张：

　　编辑时，第一须心地开放，毫无成见，所述者仅为事实，仅为使其意义明了之所有事实，以供阅者之判断，或作事之标准。切不可因一己之私见，将事实颠倒附会或为之增减，致失事之真相。尤不可显然夹入好恶赞斥之词，以表其意见。愚意新闻与意见，应绝对分离。新闻栏中，专登新闻，社论栏中，始发意见，彼此毫不相混。即欲于新闻栏中发表意见，亦应附注于新闻之后，以便辨别。④

---

　　① 陶良鹤：《最新应用新闻学》，上海复旦大学新闻学会，1930 年 12 月，第 20 页。

　　② 曹用先：《新闻学》，商务印书馆，1933 年 12 月，第 11 页。

　　③ 陈畏垒：《新闻纸之本质与任务》，《报学月刊》第 1 卷第 1 期，1929 年 3 月。

　　④ 徐宝璜：《新闻学》，余家宏等编注：《新闻文存》，中国新闻出版社，1987 年 12 月，第 329 页。

　　徐宝璜强调，新闻要专门用来表述事实，而不要表达意见，意见的发表由社论来完成，如果要在新闻栏中发表意见，也应附注在新闻之后，而不要融入新闻中，任何新闻，不能含有批评语气。

　　周孝庵也持类似的主张：

　　　　盖新闻为一事，批评又为一事，新闻固应根据事实，而事实之是非，应由撰述"社论"者为之，其理甚明，故一报之总编辑，应授各记者以整理纸面之根本方针，遇有重大问题，则定本报之主张，发表于"社论"，为本报对外之代表。①

　　"事实"与"意见"不相分离，存在种种弊端：

　　　　中国报纸，议论与事实不相分离，好逞不衷事实不着边际之空论，复不知注意新闻之采访，轶乘体小说体之材料，为今日各报最感兴趣之新闻。

　　　　主观之议论多，客观之议论少，又常以主观之主张，武断客观之舆论，以主观之见解，混淆客观之事实。外国报纸，无论在评论中新闻中，均不容有个性之表现。故在社论或新闻中，"余"之一字，最所忌用。不得已而须涉及记者自身之时，亦必用第三者之地位。中国报纸，则适与相反。无论评论或新闻中，无在而不有个性之存在，评论多以命令式，诰诫式出之，编辑新闻，亦必以记者所戴之眼镜，加诸一切读者眼睛之上。②

---

① 周孝庵：《最新实验新闻学》，第174页。
② 吴天生：《中国之新闻学》，黄天鹏编：《新闻学论文集》，上海光华书局，1930年1月，第17－18页。

　　这种做法会产生严重的后果："致中国缺乏真正之舆论，此无他，由于代表舆论者，故意或无意，未尝用正确之方法，以代表出之也。"①"事实"与"意见"不相分离严重影响报纸代表舆论这一功能的实现。

　　"事实"与"意见"相分离，则会带来种种好处：

　　　　（一）意见得夹入新闻中，则访员常以事实迁就意见，而轻视其供真正新闻之天职，今二者分离，则此弊当可稍减。（二）意见夹入新闻中，脑筋简单者必常误视其意见为事实，因失其主张之自由。今二者分离，则无此弊矣。（三）意见与新闻放在一处，则阅者常须于长篇记载中，寻出短篇之事实，不便莫甚。今二者分离，则无此不便矣。（四）发表正确之意见，本为难事。决非多数忙于采编新闻之访员所优为，故宜用分工之制，访员专事采编新闻，而意见则别请专员撰著，于社论栏中发表之。（五）新闻栏中，专登真正新闻，可增加社会对于此栏之信仰心。虽主张绝不相同之人，因此均可订阅此报，以知世界及本埠之大事，此于新闻纸之销路大有裨益者。②

　　"事实"与"意见"相分离，新闻记者才能实现供给新闻这一真正天职；"事实"与"意见"相分离，才可以避免误导读者现象的发生；"事实"与"意见"相分离，可以方便读者的阅读；"事实"与"意见"相分离，可以充分发挥访员的特长；"事实"与"意见"相分离，可以吸引更多的读者，从而增加报纸的发行量。因此，我们必须将"事实"与"意见"相分离。

---

　　①　吴天生：《中国之新闻学》，黄天鹏编：《新闻学论文集》，第18页。
　　②　徐宝璜：《新闻学》，余家宏等编注：《新闻文存》，第329－330页。

"事实"与"意见"相分离的主张，反映了新闻学人对新闻自由与经济独立的追求。辛亥革命给中国新闻事业的发展带来了短暂的繁荣，而其后军阀政权的争权夺利又将中国新闻事业推向了痛苦的深渊。为了生存，当时的中国报纸虽也有各种各样的言论，但"明哲保身但求无过"的无奈选择，已使报刊言论失去革命过程中作为战斗的"文器"的光彩。更有甚者，有的报纸因为没有经济支柱，倒身投向某一党派或机关，成为御用的工具。对于这种现象，新闻学人有着清醒的认识：中国报纸"一方面虽受政府之压迫钳制，而不能得言论之自由，一方面却具有无上之威权，可以任意污蔑人之名誉，攻击人之私德，以徇挟嫌报瑕之私，而毫无所顾忌"。中国报纸"因少数人之利益，甚至个人之利益，而抹杀多数人甚至一般之利益"。中国报纸，"因经济鲜能独立，不得不与某一方面，发生某种关系，以致丧失主张公道之勇气"①。"事实"与"意见"的不分离，还是问题的表象，更深层次的问题是新闻事业的经济不独立与政治不自由。"事实"与"意见"的不分离，是外在压迫钳制产生的恶果。新闻学人对"事实"与"意见"相分离的倡导，暗含着他们对政治压迫与经济钳制的反抗，只不过对于势单力薄的文弱书生来讲，新闻自由与经济独立这两个问题，难度太大了，他们只能在新闻事业领域内部做一些有益的探索与尝试。"事实"与"意见"相分离，是他们面对强大的外在压力而做出的力所能及而又"不得已而为之"的一种选择。

"事实"与"意见"相分离，意味着新闻与政治相分离。在"言论本位"时代，新闻是实现政治目的的途径与手段，新闻业务与政治改良或革命融为一体，新闻思想的阐释与政治理念的探讨相交织，这令人产生种种错误认识："误认报纸为个人之武

---

① 吴天生：《中国之新闻学》，黄天鹏编：《新闻学论文集》，第 17 - 18 页。

器，有一张报，大有胜提十万师之慨。""误认报纸，可以为一
党一人之机关，移办党之方法，以办新闻事业。""误认记者个
人之主张，即足代表一般之主张，少数之舆论，即视为全体之舆
论。"① 这种种误解严重妨碍了新闻事业的健康发展。

　　然而，这些本身还只是一种观念的误识，这种误识落实到具
体的新闻实践中，则产生了一种更为严重的后果，即新闻事业沦
为政治集团的工具。邵飘萍以北京为例，勾画当时新闻实务界的
状况："大约北京之报纸绝少背后无政治关系者，……其新闻则
除与背后有关系一二条，夹叙夹议，不伦不类，喜笑怒骂，立言
所绝无范围者外，尤可注意者动辄涉及阴私，殆不再有确实消息
可言，而纵横挑拨于其间者，则为某国设立之一二报馆通讯社，
吾人与同辈言及，每引为奇耻。"② 新闻与政治不相分离，不仅
导致新闻事业被国内的政治集团所利用，而且每每被外国侵略势
力所利用，同时也导致了种种违背新闻伦理现象的产生，其害无
穷，新闻从业人员必须设法避免，而新闻学人找到的解决途径就
是"事实"与"意见"相分离。新闻报道的独立，需要外在政
治制度的支持与法律的保障，不是单纯靠改变新闻报道方式就能
获得的，就此而言，新闻学人的理论设想有空想的成分。但是，
他们毕竟认识到了当时的政治自由问题是制约新闻事业发展的一
个重要因素，并试图摆脱政治的威压与束缚，这是值得充分肯定
的一种思想。

　　"事实"与"意见"相分离的倡导，在客观上推动了中国新
闻事业向职业化方向发展。"言论本位"时代，中国新闻事业虽
也取得了一定的发展，但"事实"与"意见"的不相分离，在

---

① 　吴天生：《中国之新闻学》，黄天鹏编：《新闻学论文集》，第16页。
② 　邵飘萍：《我国新闻学进前之趋势》，傅双无编：《报学讨论集》，四川新闻
学会，1929年4月，第314页。

一定程度上妨碍了新闻报道业务能力的拓展。报刊政论家最终为政治目的服务的言论写作特征，更使世人对新闻事业与记者这一职业形成了种种误解："误认报纸为无聊文人游戏三昧之笔，舞文弄墨之场，故凡八股式之老学究，黑幕体之小说家，尽可摇笔而充新闻记者，即在今日畅行之报纸上，亦常见有用八股之文调，论崭新之时事。"①"以我国之社会，欲以新闻为职业，乃有时较他国为难。盖我国之各方面固未认识新闻记者之地位为如何尊严，政府中人殆尤甚也。"② 世人对新闻记者的种种误解，加之新闻记者在社会上的无地位，严重影响了新闻记者的职业化。新闻学人认为，通过"事实"与"言论"相分离，可以使新闻报道得以充分发展，让人们正确认识新闻记者这一职业，从而提升新闻记者的社会地位。事实上，新闻实务界的实践印证了新闻学人的主张。在中国，新闻记者作为一种职业被世人所认可和尊重，是在黄远生、邵飘萍、徐彬彬、刘少少等一代名记者出现以后，而让这些记者赖以成名的作品不是什么政论文章，而是新闻通讯。这从一侧面可以看出，"事实"与"意见"相分离的倡导，的确推动了中国新闻事业的职业化进程。

　　"事实"与"意见"相分离，还推动着新闻职业分工的细化。在具体报道过程中，新闻与言论要由不同的人专门负责，采访与编辑也要由专人担任。这种职业分工的细化，推动了新闻思想阐释的细化与专门化。在现代中国，新闻采访思想、新闻写作思想、新闻编辑思想、新闻评论思想的阐释者，往往具有相关的新闻从业经历，他们常常把新闻实务经验加以总结，以学术专著或论文的形式发表，从而使新闻思想得以阐发。新闻思想阐释的

---

① 吴天生：《中国之新闻学》，黄天鹏编：《新闻学论文集》，第 16 页。
② 邵飘萍：《我国新闻学进前之趋势》，傅双无编：《报学讨论集》，第 314 - 315 页。

专业化，也在一定程度上得益于"事实"与"意见"相分离的倡导。

二　新闻宣传思想

20 世纪 30 年代，随着日本帝国主义侵华的逐步深入，人们越来越意识到新闻宣传的重要与力量所在，新闻宣传思想成为抗战期间的主流新闻思想。

1. 新闻宣传的意义

国难当头，新闻事业与新闻工作者何去何从？这是人们所关心的一个话题。新闻学者们达成了共识：新闻界要义不容辞地担负起抗战救国之大任。

新闻学者赵占元指出，我国近年来国土被人侵占，主权遭受蹂躏，已经到了亡国灭种的关头，在此非常时期，中华民族最重要的工作自是抗战救亡；而抗战救亡的工作，必须于事先积极进行国防的建设，才有胜利的希望。但是，飞机、大炮、战舰、堡垒等都是有形的或物质的国防，此外还有一种无形的国防，那就是心理的国防。所谓心理的国防，是指全国人民抵抗侵略的心理力量。建立人民心理的国防，本是教育家的工作，但是国难已经如此严重，"民族生死存亡决于俄顷，准备抗战的心理的国防建设，诚不容或缓，而非百年树人之教育大计所能应急，这个责任，是应该由新闻事业担负的了"①。

新闻学者王新常提倡，"在抗战期间，新闻事业者应站在比陆海空将士更前的一线，去做保卫民族的先锋"②。

---

① 赵占元：《国防新闻事业之统制》，上海汗血书店，1937 年 2 月，第 8 页。
② 王新常：《抗战与新闻事业》，长沙商务印书馆，1938 年 1 月，第 4 页。

　　杜绍文认为，要完成抗战大业，仅仅依靠军事的力量是不够的，还必须充分发挥新闻宣传的力量。新闻宣传是一种心理战，而这种心理战术可以弥补军事装备的不足。杜绍文将报纸比作"纸弹"，强调应高度重视发挥"纸弹"的威力：

　　　　我国此次的神圣抗战，充分使用"纸弹"的威力。我们深知物质之准备不如人，军事之装备更不如人，故以攻心的纸弹，俾济战场上子弹之穷。我们这种纸弹的成分，不是火药和铅头，而是正义和事实；以正义制裁侵略，以事实揭破阴谋，使敌人虽在子弹上稍占便宜，可是纸弹方面则大败特败，全球爱好和平崇尚正义的人们，都站在我们这一边，援华反日的运动，再如火如荼普遍于世界的任何角落，我们的子弹已攻陷敌人的心房了。①

　　张友鸾指出，战时新闻宣传至关重要，它既可以博得国际舆论的支持，又可以让国人明了战争的正义性质：

　　　　对外可以多得舆国，对内可以发动民众。两国对垒，第三者自然都愿意袖手旁观，与它本身利害无关，它何必出头帮忙？宣传工作就得解释明白，这战事是与第三者利害有关的，宣传工作做得好，自然帮忙的人多；做得差一点，也可以减少第三者帮助敌方；就只怕根本不注意这个工作。至于对内，尤为重要，我们的国民性是中正温和，向不嗜战，如何让全体大众都明了自己神圣责任，为了维护和平是不得不战的，这也非恃宣传不为功的。②

───────────

① 杜绍文：《中国报人之路》，浙江省战时新闻学会，1939 年 7 月，第 21 页。
② 张友鸾：《战时新闻纸》，中山文化教育馆，1938 年 12 月，第 2 页。

德亮也痛陈战时新闻宣传的利害所在：

> 时至今日，忧患交迫，国难严重，吾辈欲求民族之复兴，挽回国家之危机，绝非一部分人所能肩此艰巨，惟有全国国民总动员，各将自己固有之责任，固有之事业，努力为之，能各个分别谋精进，然后整个国家始可有充实光辉之望，吾辈从事新闻事业者即应尽记者应有之天职，领导社会，指导民众，注意整个国家之利益，纠正社会消极偏激颓唐浪漫之思想行为，改革恶劣不正苟安放纵之风俗习惯，屏除诲淫诲盗之秽亵记载，促进国家社会建设事业，能如是，然后始可无负于本职。①

叶明勋指出，新闻宣传是有关战争胜负的一个重要因素：

> 在战时，除物力人力外，我们还要"动员舆论"，把舆论握在手里，如一有力武器，战争的胜负，民气是否激昂成为一个重要的因素。②
>
> 现代战争，有的人说是"思想战"；有的人说是"宣传战"，无论是那种战争或采取那种方式，一个国家要想争取胜利，总脱离不了下面这两大原则：第一，对内能养成一种同仇敌忾之心理，全国上下都愿为整个民族效劳；第二，对外能粉碎敌人战意，达到不见血而告捷的目的，另一方面还要争取中国之同情，增加我方无形之助力。国内人民战意之养成，要靠舆论；国外敌人战意之消灭，也要靠舆论。而舆

---

① 德亮：《服务报界之罪言》，《新闻学期刊》，1935 年 2 月。
② 叶明勋：《舆论的形成》，建国出版社，1942 年 11 月，第 11 页。

论之形成，对内靠国内宣传；对外就靠国际宣传。①

对于新闻事业所担负的历史重任，储玉坤的表述更为具体：

　　所谓战时新闻，实负有两重使命，一为对内的宣传，报
道有利的新闻，激励前方将士的斗志，增强后方民众对抗战
必胜的信念；揭破敌人的阴谋，暴露敌人屠杀、滥炸、抢
劫、奸淫的暴行；并随时消除国内妥协派的谣言阴谋以及一
切挑拨离间的诡计。另为对外宣传，向国际宣扬本国实为全
人类的文明而战，将战争的责任完全归诸敌国，以博得国际
上的同情与援助。②

中国青年新闻记者学会向全国的同仁发出吁请：

　　如果从个人小我的暂时得失上打算，作中国今天的新闻
记者是最不上算的事情。然而从整个国家民族打算，假如今
天中国没有大批新闻战士在指导舆论不计辛苦，坚持抗战宣
传，日本人可以不必用更多的兵力，单是谣言也够把中国灭
亡了。因此今天的新闻工作，是整个抗战中一个重要的部
门。已经有的新闻工作，必须坚持，而且要不断加以扩充，
不论怎样困难，我们要抗战胜利，我们就不能放弃抗战新闻
工作。③

————————

① 叶明勋：《舆论的形成》，第24页。

② 储玉坤：《现代新闻学概论》，上海世界书局，1948年增订第3版，第325
页。

③ 青记总会：《给全国会友一封信》，《新闻记者》（中国青年新闻记者学会）
第2卷第8期，1940年9月1日。

国民党新闻检查局副主任秘书孙义慈也论述了宣传的意义：

　　　　所谓宣传，是以诉之于人类本能的方法，而煽动其直接感情，以获得最好的效果。那末战时宣传是怎样一件事呢？简言之（一）树立我国人民对于正义及胜利的信念，（二）唤起我国人民的敌忾同仇心，（三）利导第三国舆论对于我国有利，（四）搅乱敌国的人心，而促进其内部崩溃。①

　　总之，人们对战时新闻宣传的意义达成了共识：新闻抗战是中华民族抗战的一个重要组成部分，而新闻宣传就是新闻界进行新闻抗战的有力武器，对此，必须给予高度的重视。

2. 如何宣传

　　如何进行宣传，才能充分发挥新闻抗战的力量？人们进行了探索。

　　成舍我提出了新闻宣传的三原则——统一、集中、普及：

　　　　第一：宣传机关，尽管因事实和历史的关系，有种种主管不同的存在，但宣传的最高决策，和宣传的主要资料，则必须绝对统一。如果各不相谋，甚至互相矛盾，结果不仅不能收到预期的效果，且必有绝大弊害，因以发生。

　　　　第二：宣传目标，应集中在最重要，最简单，最明白，人人应知，人人必做的几桩大事件上。琐碎、复杂、艰深，都应该绝对避免。……我们的口号，也是越单纯越好。

　　　　第三：统一了，集中了，最后的原则，就是普及。我们

_____

　　① 孙义慈：《战时新闻检查之理论与实际》，军事委员会战时新闻检查局，1941 年 6 月，第 6 页。

要将已经集中的宣传目标，普及到全国大众，使全国的每一角落，每一国民，不论识字不识字，都受到宣传的影响。

上面的三个原则，互相关联，缺一不可。如果都能做到，则我们的宣传工作，即可有十分美满的把握。①

杜绍文指出，宣传的原则要"单纯"，宣传的方法要"统一"、"集中"、"普及"。具体解释如下：

单纯：我们只有一个敌人——日本帝国主义，一个意志——把敌骑赶出去，建立独立自由幸福解放的新中国，一个信心——抗战必胜，建国必成；为欲达到上列目的，我们又须信仰一个主义——三民主义，拥护一个政府——国民政府，服从一个领袖——蒋委员长。我们宣传的原则，只有这么简单纯粹的"一个"。

统一：宣传机关得根据历史的背景和事实的需要而"分立"，但绝对不能陷于"对立"，宣传的最高决策及宣传的主要资料，必须绝对统一。

集中：宣传目标应该集中一点，在最重要最明白最简单上用功夫，使人人应知怎样去做，和人人应知必做那几件事，务须避免琐碎、复杂、艰深的"大块文章"。

普及：要将集中的宣传目标，普及到全国大众，使全国的每一寸地，每一国民，不论他识字与否，都受到宣传的影响，都有敌忾同仇的心理，与御侮复兴的精神。②

---

① 成舍我：《"纸弹"亦可歼敌》，《新闻记者》（中国青年新闻记者学会）第1卷第3期，1938年6月1日。

② 杜绍文：《中国报人之路》，浙江省战时新闻学会，1939年7月，第22－23页。

　　杜绍文强调，"单纯、统一、集中、普及，系战时'纸弹'的必要原料；缺乏这种原料，就减少了'纸弹'的爆炸力和破坏力"①。杜绍文还对新闻界在宣传方面存在的问题痛下针砭：

　　　　我国过去的新闻界，自国族利益的立场言，可谓全部失败；一部分从业员不互助，不求知，不团结，不自爱，仅为衣食而操觚，素少事业的兴趣，这是一个尽人皆知的事实。②

对于上述问题，杜绍文提出了具体的解决方案：

　　　　我们报人，服务报业，制作报纸，鉴于昔日的缺憾，懔于当前的急需，凡愿效命国族的报人，都须以英勇的簇新姿态，迅荷最低程度的神圣任务：
　　　　第一，确保胜利的信心——此次抗战，关系国家民族的兴衰存亡，横于我们眼前的，仅有两途：非"胜利"即"死亡"而已。故报人须以生花之笔，动人之言，鼓励民众抗战的情绪，提高军队作战的勇气，唤醒党政军民的警惕，剖析未来战局的乐观，使人人有"最后胜利非我莫属"的信心，俾人人存"有敌无我，有我无敌"的决意。
　　　　第二，倡导同胞的气节——在今天，尚有忍辱贪生的顺民，狗彘不食的汉奸，影响于抗建大业很大，这都系同胞不崇尚气节之所致。报人应箴此时弊，挽此颓风，提倡精神国防，激励刚正节操，令沛然之气，放弥六合，充塞苍冥；炎胄绵延，唯此是赖。

①　杜绍文：《中国报人之路》，第23页。
②　杜绍文：《战时报学讲话·前言》，战地图书出版社，1941年8月。

　　第三，发扬正确的舆论——西哲曾云："报纸者，现代之史也"。是则报人系现代史的作战家……报人对客观资料的剪裁，主观议论的舒卷，咸须不偏不倚，以正以中。举凡汉奸报纸的邪说，敌方广播的谰言，报人宜报以舆论的正确，揭破倭寇的阴谋，使民众不为所惑，知所适从。

　　组织力、求知欲和正义感，系我国报人最高道德的升华，变为我国报业唯一可循的坦途，且属我国报纸发扬进步的大径。①

　　在宣传过程中，新闻工作者必须注意唤起国民的民族气节、抗战必胜的信心与高尚的道德情操。

三　大众新闻思想

　　20 世纪 40 年代，大众新闻思想日益占据主流地位。

1. 大众新闻思想的萌芽

　　大众新闻思想萌芽于 20 世纪 30 年代初。1931 年 10 月成立的中国新闻学研究会在其《宣言》中称：

　　　　新闻之发生，是依据于社会生活的需要，社会生活的整体，是基于被压迫的广大的万万千千的社会群众……"新闻价值"，原是以最大多数读者之喜爱与否而确定；新闻之工作者，自研究而从业，亦必须以最大多数人利弊为依归……我们的视线绝不仅集中在都市的全国政治新闻；更需注目到的是地方新闻、农村新闻、学校新闻、工场新闻……

---

　　①　杜绍文：《战时报学讲话·前言》。

凡属于社会群众所聚在的地域，我们要在这旷野里去作无尽的开拓。①

中国新闻学研究会所关注的是新闻如何从社会的上层走向地方、农村、学校、工厂的广大的劳苦大众，从而明确提出了新闻大众化问题。

1933年，黄天鹏从新闻事业"公共性"角度论证了新闻走向大众的必要性：

> 报纸是社会的公共言论机关，民众的喉舌……所以报上的立言应以公众利益为前提，站在大众的地位来说话。若是违背这个原则，大众必共弃之，而走进了自绝于众的危崖。故办报者只有深明此真谛者才能得群众的拥护，得到多数的读者。②

1933年，曾铁忱在批判特权阶级的同时，阐发了大众新闻思想：

> 从社会的基点看，一个时代的新闻纸，必须是属于大众的，应该是大众的喉舌，决不能做少数特权阶级的御用机关报。所以大众化是新闻纸的基本要求。
>
> ……
>
> 从生活的基点看，一个时代的新闻纸，因为先天的具有着大众化的属性，必然是凝合于大众生活的巨流，成为大众生活的食粮。而一个反时代的新闻纸，恰恰同这个相反。它

---

① 《中国新闻学研究会宣言》，《文艺新闻》第33号，1931年10月26日。
② 黄天鹏：《新闻学入门》，上海光华书局，1933年4月，第37页。

只知道迎合一般有闲阶级的浊流，成为追逐于性欲的摩登男女和拜金主义者的刺激剂，甚至它还以有闲阶级的丑恶面去向大众煽诱，更漫说到如何引动大众的兴趣了。所以时代的新闻纸一定要是生活化的兴趣化的，不应当隔绝着大众而专取媚于孤立的少数人。①

1933 年，孔昭也痛陈特权阶级对新闻的独占，而力倡新闻事业的大众化：

人们不常说"报纸是民众的喉舌"吗？然而事实上，大部分报纸，都为特权阶级所支配。他们十足的暴露出特权阶级的代办者的面孔。所谓"喉舌"，不成其为"大多数民众的喉舌"，而成了"特权阶级出气的鼻孔"！人们常说："报纸是民众的舆论机关"。但是报纸在特权阶级的支配和影响之下，早已被剥夺净尽了！在一切特权阶级主宰着的国家中，所谓"莫谈国事"已成了"不成文法"深印在人们的脑海中。尤其是劳苦大众们，那儿敢赌着命去创造舆论？那儿敢站在自身利益的观点上，组织一个真正的"舆论机关"？人们常说："报纸是社会的领导者。"啊！如果要让特权阶级所支配和影响下的报纸，去负这个领导社会的重大任务，那不是把大众们都要引到"迷"字地里去吗!？本来，报纸，应为民众的喉舌，应为民众的舆论机关，应为社会的领导者；但因为在特权阶级支配下的社会里，真正代表民众的报纸，不能够放出它那丝丝的光芒。②

----

①　曾铁忱：《到新闻记者之路（上）》，《民国新闻》第 1 卷第 1 期，1933 年 5 月 1 日。

②　孔昭：《报纸革命》，《民国新闻》第 1 卷第 2 期，1933 年 12 月 12 日。

1935 年郑瑞梅主张，"报纸天职，在代表大众之利益……凡大众所欲言而不能言，所应说而说不出者，报纸为之表达之"①。

1935 年，傅襄谟则从新闻本质角度探讨新闻事业的大众化。他认为，新闻是"与社会大多数群众有利害关系及高尚意识和兴趣的报道"，为此，必须认识到：

> 新闻材料，既然是来自社会，新闻的报道取材，自必以社会大多数人群作对象，此为当然之理。若徒以某政党为背景而宣传，某一阶级利益而歌颂，则原则上，即已失其为社会大多数人群而报道之客观条件。报纸上常有许多消息，趣自趣矣，艳自艳矣，然社会群众读之，又将起何作用？生何反响？得何结果乎？反之，社会黑暗之另一面，大多数人群痛苦之惨象，又何故无人描写？呜呼！现代之报纸！②

1935 年，项士元论证了新闻事业大众化的意义，认为新闻事业要以社会公共利益为前提，只有实现民众的大联合，才能使新闻事业大众化。大众化可以矫正中国新闻事业资本化与政治化所带来的弊病。他说：

> 政治家与资本家之谋新闻事业之独占，在新闻纸之本身，虽或因政治力与经济力之资助，篇幅得以扩大，印刷得以改进；应知政治家之目的，在于伸张政治之威权，资本家之目的，在于增加营业之收入，二者皆不足与语民众之整个利益，或者绝对背道而驰。此种趋势之益增进，舆论之范

---

① 郑瑞梅：《报纸营业之方针》，《新闻学期刊》，1935 年 2 月。
② 傅襄谟：《新闻本质及其科学体系》，《报学季刊》第 1 卷第 3 期，1935 年 3 月 29 日。

围，必日益穷尽。原来新闻记者号称无冕之王，非为私人之武器，吾国土地广袤，社会复杂，贪污之官吏，强横之绅棍，尚所在多有，普通民众，又都缺乏教育之薰陶，知识低浅，有口而不能言，有目而不能视，所恃以保障者，非全赖有父母，亦非全赖有法律，要在有健全之新闻纸，随时为其导达隐衷，披陈疾苦。进而言之：举凡职业之选择，生活之调节，以暨地方利弊，社会转变诸种，均须赖有公正明确之新闻纸，一一加以指导。使新闻纸而为少数政治或经济之握有实力者垄断，其必不克尽如理想之所期，可断言也。

反乎此者，以为新闻事业，既未容许任何方面之独占，其法惟有取于联合之一途。不知此虽近事，要亦未易使新闻纸达到真正完全民众化，因联合经营，只能使经济比较巩固，力量比较集中，而此联合之分子，能否均以民众或社会公共利益为旨归，抑联合是否能胜过独占或能与之匹敌，此亦难言。余以为联合云者，亦当以民众为基础，无论为经济也，为新闻材料也，在在均须联合大多数民众之物质与精神。①

同一时期，郭步陶从新闻价值角度，分析新闻大众化的意义：

一个新闻，必定要关于大众的才有价值，新闻的内容，必定大众感觉有兴趣的才为合格，新闻的形式必定大众所认为美观的才是真正的美观。新闻纸中的评论，不能以自己的意思为意思，一定把大众的意思为意思。就是有时大众的意

① 项士元：《如何使新闻事业真正民众化》，《报学季刊》第 1 卷第 3 期，1935 年 3 月 29 日。

思，不能看得十分明白，也要准情度理，把大众的利益放在前面，来发议论。因为新闻事业乃大众的事业，决不容掺杂一些个人的意见。①

邹韬奋则十余年如一日，通过"以读者的利益为中心"的新闻出版实践，推动中国新闻事业的"大众化"，正如他于1936年给读者的信中所言：

> 理想的《生活日报》：必须是反应全国大众的实际生活的报纸；必须是大众文化的最灵敏的触角；必须是五万万中国人一天不可缺少的精神食粮。因为是反应全国大众的实际生活的报纸，所以必须成为一切生产大众的集体作品，必须由全国各地的工人，农民，职员，学生直接供给言论和新闻资料，而不是仅由少数的职业投稿家和新闻记者包办一切。因为是大众文化的最灵敏触角，所以报纸的内容，应该是记载一日中全中国乃至全世界各地大众的生活活动和希望要求。因为是人民一天不可缺少的精神食粮，所以这报纸登载的消息，决不是要人往来，标金涨落等等，而是和人民大众有切身利害关系的一切东西。②

1938年，赵君豪从新闻报道的角度提出了"报纸之大众化"问题：

> 报纸之内容，既以大众为对象，故所载之消息，应以大

---

① 郭步陶：《本国新闻事业》，第22页，申报新闻函授学校讲义。
② 邹韬奋：《关于〈生活日报〉问题的总答复》，《韬奋新闻出版文选》，学林出版社，2000年10月，第116页。

众之利益为利益，大众之是非为是非，断不容有一毫私见存
于其间。报纸固欲求其大众化，抑且欲得大众之信仰，欲达
此目的，应于消息与舆论二者，加以深切注意，消息应求其
正确，舆论务期其公允，果能如是，则读者于阅报之际，胸
中当感觉无限之满足，以为凡报纸所言，悉吾所欲言也，报
纸所述，悉吾所亲历其境也，夫如是，大众始生信仰之心，
而报纸之力量，亦因此而日趋于广大。①

赵君豪进而指出，报纸的大众化在新闻编排等具体问题上，
有较高的要求——新闻材料的取舍，报道语言的运用，都不能忘
记大众立场：

报纸之资源，取之不竭，用之不匮，凡社会上一切事件
合于新闻条件者，胥属报纸之材料。材料之范围既广，取舍
之标准亦严，吾人应时时顾及大众之趣味，以合于一般的需
要为依归，万不许以某一阶级或某种读者为对象也。报纸既
为大众之读物，故文字以浅显为贵，事实以简明为主，务使
一纸所载，妇孺咸知，若专事文字之精湛，事实之曲折，皆
非优良报纸之所宜有也。②

抗战爆发，推动了大众新闻思想的形成。这一期间，新闻工
作者与新闻学研究者力图寻找新闻抗战的强有力途径，其中的一
个选择就是"力求报纸的大众化"。

成舍我在创办《立报》时，提出了"报纸大众化"和"以
日销百万为目的"两个口号。成舍我指出，他推行的报纸大众

---

① 赵君豪：《中国近代之报业》，香港申报馆，1938 年 9 月，第 2 页。
② 同上书，第 2－3 页。

化，"是对于中国报业的一种新运动"①。他说：

> 我们特别感觉到中国报纸大众化的需要，那就是因为中国近百年间，内忧外患，纷至沓来，甚至遇到了空前国难，而最大多数国民仍漠然无动于心。根本毛病，即在大多数国民，不能了解本身与国家的关系……且中国多数报纸，定价高，篇幅多，文字深，所载材料，又恒与最大多数国民，痛痒无关……现有报纸，只能供少数人阅读，最大多数国民，无法与报纸接近，国家大事，知道的机会很少，国民与国家，永远是隔离着。在如此形势之下，要树立一个近代的国家，当然万分困难。要打破这种困难，第一步，必开创一种新风气，使全国国民，对于报纸，皆能读，爱读，必读，使他们觉到，读报，和吃饭一样的需要，看戏一样的有趣。然后，国家的观念，才能打入最大多数国民的心中，国家的根基才能树立坚固。②

只有通过阅读大众化的报纸，才能让民众了解空前国难与自身的关系，才能改变国民漠然无动的麻木状态。

从全民抗战的大前提出发，论证新闻大众化的重要意义，王新常的观点最具代表性。1938年，王新常指出："我们中国的报纸，一向是专供都会中上层人阅览的"，这些报纸不是"都市下层的人和乡村的农民"的报纸。这种做法无法满足新闻抗战的需要。他这样论述：

---

① 《我们的宣言》，《立报》，1935年9月20日，转引自中国人民大学港、澳、台新闻研究所编：《报海生涯——成舍我百年诞辰纪念文集》，新华出版社，1998年8月，第61页。

② 同上书，第62－63页。

然在平时，报纸的政党派别化，及其离开大众，只代表一种势力的做法，是无可厚非的，但在这抗战期间，却有深入社会各阶级的必要。因为要从抗战中取得最后的胜利，便不能不发动全民族的抗战，而我们民族至今还没有超过农业的时代，农民数量占着全人口百分之八九十以上，如果农民心目中都没有"这一次非抗战到底不可"的观念，那抗战的前途，就的确不许十分乐观。同时前方的忠勇将士，后方的生产工人，文化的水准虽较一般农民高，终究有多数人还看不懂现在的报纸，而报纸所欲传播的"这一次非抗战到底不可"的观念，也就非他们所能吸收。①

因此，报纸的大众化是时代的需要，报纸必须大众化。王新常进而指出，报纸的大众化是提高大众文化水平的有力途径，这是新闻界长期忽视的一个重要问题：

我们中国的劳苦大众是早就需要报纸的，其所以直到今天还看不到他们所认为"我们的报纸"的大众化的报纸，当然是新闻事业者不曾顾到大众需要的缘故。然大众既没有他们自己的报纸，则其思想之不得不落后，其观念之不得不薄弱，其文化水准之不得不低下，就都是必然的结果。这种大众思想落后、观念薄弱、文化水平低下的弊害，在平时还不算很大，而在这全面抗战的期间，就到处都会受到他的恶影响。一则大众思想落后，观念薄弱，其行动很难适应现代战争的需要，二则大众文化水平低下，当然缺乏后方服务的知识和技能，其所予前方忠勇将士的助力也不会很大，三则白纸似的大众的头脑，不容易辨别是非，有中敌人宣传毒的

---

① 王新常：《抗战与新闻事业》，商务印书馆，1938 年 2 月，第 38 页。

可能。现在我们不想弥补这弱点便罢，如果弥补这弱点，就必须提高大众的文化水准，而提高大众文化水准最捷的一径，却是发行大众化的报纸，因为书籍是死的纪录簿，报纸是活的教科书，而大众求知时局消息的欲望也比大众求入学校的欲望更强，有了大众化的报纸，他们会自动地去解决如何阅读的问题，只要他们能解决这一问题，那他们的文化水准就自然会渐次提高了。①

让报纸走向"大众"，也是王克让为新闻抗战探寻的一条途径：

报纸，一向被认作宣传教育最普遍有效的一种工具。其实，按之我国的文化水准实际情形而言，一般的报纸，不论它本身是全国性的，或者是地方性的，所谓普遍有效，究竟还是极其有限的，知识水准没有相当高度的下层大众，依然看不懂一般的报纸。《大公报》早已"誉满全国"，《新华日报》被称为"后起之秀"，但这种声誉，毕竟还是出自极少数极少数的知识群众中，黄包车夫固然不知如何"誉"法，店员学徒，也未必能够道出一个好的所以然……抗战以后，在内地，在各前方的后方，报纸的销路，一般地似乎比较增加了，但得注意，这种增加依然还是不出某种限度的上层知识分子，略识"之无"的广大群众，依然还是绝缘的……报纸大众化问题，更应该是抗战的紧急过程中，一件不可忽略的伟大工作……眼前的问题，是在于我们文化界新闻界的前进导师们，能够高瞻远瞩，大胆地把报纸大众化的工作，担负起来，推动起来，适应抗战的需要，达到报纸因抗战而

---

① 王新常：《抗战与新闻事业》，商务印书馆，1938年2月，第42页。

得到新生！①

报纸"大众化"，能满足新闻抗战的需要，而新闻抗战也给报纸的"大众化"提供了良好的机遇。

2. 大众新闻思想的形成

中西新闻事业大众化的形成机制迥然有别。西方新闻事业的大众化是以政党报刊的衰落为前提的。19 世纪 30 年代，西方国家由于报纸"广告的增加和销路扩大，有利于报纸处于客观的理想地位。报纸记者认为他们的工作需要一种超然的态度。他们成为当代争论的旁观者而不是参加者。他们小心地避免党派色彩或评价的任何表现。新闻是单纯的纪事；意见必须与新闻明确地分开"②。此时，西方国家出现的廉价的大众化报纸，无一例外地标榜自己是超党派的独立报纸。大众化报纸为了扩大发行，占有广泛的读者群，不再标榜党性，从而超越了政党报纸读者的阶级界限。大众化报纸不再像政党报纸那样为了维持生存，而不得不出卖自己的立场，接受政党、政府或某些集团的津贴，而是通过经济的独立来寻求政治上的自由。西方新闻事业的发展，由此开始了由政党报刊向大众化报刊的历史转向。

相反，中国新闻事业的大众化恰恰是在政党报刊蓬勃发展的过程中实现的。在中国，康有为、梁启超等人创办的维新派报刊与孙中山、章太炎、于右任等人创办的革命派报刊，大多是政党报刊。这些报刊在立场与倾向性上，与西方国家的政党报刊如出

---

① 王克让：《报纸应该大众化》，《新闻记者》（中国青年新闻记者学会）第 1 卷第 8 期，1938 年 11 月 1 日。

② ［美］威尔伯·施拉姆等：《报刊的四种理论》，新华出版社，1980 年 11 月，第 70 – 71 页。

一辙，都旗帜鲜明地揭示自己是本阶级与政党的"耳目喉舌"。民国成立后，在"政党政治"潮流的影响下，当时的两个大党，即同盟会—国民党、共和党—进步党为了争夺国会席位，都争相创办报刊来为自己作宣传，从而在中国出现了政党报刊风起云涌的局面。第一次世界大战期间，中国的政党报纸曾因民营报纸的发展而受到冲击，但随之而来的新文化运动，又给中国政党报纸的发展带来新的契机。在新文化运动中，《新青年》、《每周评论》、《湘江评论》等进步刊物的创办，形成了中国新闻事业的"新阵线"。中国共产党成立后，中国无产阶级报刊纷纷建立，更决定了中国没有像西方国家那样出现政党报刊与大众化报刊的历史分野。

中国无产阶级政党报刊实践与理论的发展，推动了大众新闻思想的形成。

1939 年 1 月 1 日创刊的山东《大众日报》，是中共中央山东分局机关报。它在创刊之初就公开宣称："为大众服务，成为他们精神上的必要因素之一，成为他们自己的喉舌，更成为他们所热诚支持的最公正的舆论机关。"[①] 1942 年整风运动中，《大众日报》进一步贯彻全党办报、大家办报的方针，不断密切报纸与人民群众的联系。该报提出了"群众写"和"写群众"的口号，并在通讯员中提倡"做什么就写什么"、"怎么做就怎么写"的报道方法，从而推动了通讯员工作的开展。1943 年 9 月，该报已拥有通讯员 1900 多人。《大众日报》提倡的记者要深入实际，深入群众；记者既要当报道员，又要当工作员的做法，密切了记者与群众的联系[②]。

---

① 《〈大众日报〉发刊辞》，《大众日报》创刊号，1939 年 1 月 1 日，张之华主编：《中国新闻事业史文选》，第 433 页。

② 参见方汉奇主编：《中国新闻事业通史》第 2 卷，中国人民大学出版社，1996 年 5 月，第 871 页。

　　1942年4月1日，《解放日报》发表改版社论《致读者》指出："密切地与群众联系，反映群众情绪、生活需求和要求，记载他们的可歌可泣的英勇奋斗的事迹，反映他们身受的苦难和惨痛，宣达他们的意见和呼声。"①《解放日报》在进行新闻改革的同时，注意不断对实践经验加以总结。《解放日报》将实践经验进行理论升华的过程，就是大众新闻思想形成的过程。

　　1942年8月4日，《解放日报》发表社论指出，大众化报纸的基本内容是群众"沸腾的生活"。能否反映群众生活是大众化报纸与"旧"报纸的区别所在：

　　　　我们已经知道报纸不仅是报道消息，而且要作为建设国家、建设党、改造工作、改造生活的锐利武器。要把我们这伟大时代中各方面各角落沸腾的生活反映到报纸上来。好的大家赞美，大家学样。坏的大家批评，大家引以为戒。但这是一个极其复杂的任务。过去一般人们对于报纸的认识并不是这样的。旧的传统是：报纸只谈上层人物的活动，或者登载仅供消遣的社会新闻，至于深入广大群众的生活中去，则是少有的。因此，报纸只是报馆工作人员的工作，读者对它的帮助是很少的。现在已经到彻底改变这种旧传统、旧观念的时候了。要使报纸成为我们改进工作的工具，就要使报纸的工作带着浓厚的群众性；每个机关、每个乡村、每个部队、每个学校、每个工作都有报纸的通讯员、撰述员、热心关切报纸的人。报纸上的消息、通讯、论文，要靠各方面工作的同志大家来供给，然后各报的内容才能充实起来。②

---

　　①　《致读者——〈解放日报〉改版社论》，《解放日报》，1942年4月1日。
　　②　《报纸和新的文风》，《解放日报》，1942年8月4日。

1942 年 8 月 25 日，《解放日报》发表社论强调，发展通讯
员，是我党党报走向大众化的一个重要途径：

> 我们的报纸是党的报纸，同时也是群众的报纸，群众的
> 利益、群众的情绪是党决定政策的依据，群众的意志、群众
> 的行动也是考验我们政策的依据与工作标尺……我们的报纸
> 就不仅需要有能干的编辑与优秀的记者，而且尤其需要有生
> 活在广大人民中间的参加在各项实际工作里面的群众通
> 讯员①。

1945 年 5 月 16 日，《解放日报》发表社论阐明：

> 我们的报纸是人民大众的喉舌，要向人民大众负责。因
> 此，与群众联系的程度如何，为人民服务得好不好，是报纸
> 办好或办不好的一个重要关键。我们报纸的内容，一切从群
> 众中来，又到群众中去，所以理论与实践结合的问题，对于
> 我们，也即是加强与群众联系的问题。毛主席告诉我们：
> "要全心全意地为中国人民服务"，"一切从人民利益出发"，
> "和人民群众密切联系在一起"，我们一定要努力做到这一
> 步。这就必须要把报纸办成人民的报纸，反映群众的生活和
> 要求，介绍群众的活动和创造，与群众的脉搏息息相关；就
> 要提倡为人民兴利除弊，表扬社会上的好人好事，批评坏人
> 坏事；就要吸引广大人民——特别是工农群众为报纸写稿，
> 实行群众写，写群众，把通讯工作建筑在广大群众的基础
> 上；就要经常供给有益于人民的精神的食粮，社会科学与自
> 然科学的各种知识，消除旧社会所遗留下来的愚昧落后，就

---

① 《展开通讯员工作》，《解放日报》，1942 年 8 月 25 日。

要有一定园地来发表读者的呼声，解答群众疑难，从事社会服务；就要征求读者对报纸的意见，语言文字力求通俗，适合读者口味，使报纸真正为广大群众所喜见乐闻。总之，要把报办成为群众自己的事业，为人民服务，由人民大众大家来办。[①]

报纸是"人民大众的喉舌"，这是《解放日报》对大众化新闻实践的最高理论升华，是我党全心全意为人民服务之宗旨在新闻领域的具体运用。报纸是人民大众的报纸，人民大众的报纸一定要由人民大众来办，人民大众办的报纸一定要为人民大众服务，这是无产阶级新闻理论的重要内容，也是大众新闻思想的重要组成部分。

同期，邓拓对晋察冀边区的新闻工作经验进行了理论总结，在他看来，新闻的大众化就是在新闻工作中贯彻群众路线与群众观点：

第一，群众内容。今天在我们现实斗争中已经产生和发展着广大群众的英雄主义的典型人物和典型例子，这些都代表着广大群众的斗争和生活，代表着广大群众的感情和思想面貌，代表着广大群众的要求和方向。……只要我们的新闻通讯有本领反映这种真实的群众内容，它就一定是最生动的和最有价值的。

第二，群众形式。要想最恰当地反映群众的内容，就必须采取群众的形式。这就要求我们的新闻通讯最大限度地运用群众的思维结构，群众的语言，而不是生硬地搬用他们，

---

① 《提高一步》，《解放日报》，1945年5月16日，张之华主编：《中国新闻事业史文选》，第289—290页。

不是在洋化的结构中套进一些群众的思维片断，在洋化的句子中格格不入地装进几个老百姓的土语，而是真正为群众所讲的和懂得的通俗的群众思维结构和语言，这种思维结构和语言是深入到群众中去，化到群众里头去，从群众中发出来的。我们要求通讯有高度纯熟的群众的思维结构和表现手法。群众是怎样生活的，怎样进行斗争的，他们自己所经历的过程，就很完美地形成一种自然的结构；他们讲述他们自己的事情，往往同他们自己最熟识的周围的事物联系起来，做出各种比喻，那就是最好的最自然的一种表现手法。我们一定要用他们自己的结构和手法去反映他们的生活和斗争，反映他们在生活和斗争中的真面目，决不可用主观的臆造和想象，以"小说化"的手法和结构，去代替那自然的手法。这就要求我们通讯工作者，在文风上来一个彻底的转变，使我们的通讯具有真正的群众气派……真正好的通讯也就是好的文艺，而通讯的文艺性的加强，就是要我们的通讯富有工农兵群众，在现实生活和斗争中的真实的形象性，也就是要求我们的通讯具有最好的群众形式。

　　第三，群众写作。这是我们通讯工作实践群众路线的最根本的要求和最高的标志，因为只有当群众自己写出他们的生活和斗争的时候，才是最真实生动的，而当群众自己能够写作通讯的时候，也才是我们通讯工作发展的最高峰。……

　　当我们的新闻通讯有着最真实生动的群众内容，又具有最好的群众形式，又能够实现群众的写作的时候，这就是我们通讯工作的群众观点的胜利。①

① 邓拓：《改造我们的通讯工作和报道方法》，《邓拓文集》第1卷，北京出版社，1986年4月，第261－263页。

　　抗战结束后，大众新闻思想开始以独立的体系化的理论形态问世，最具代表性的是恽逸群的《新闻学讲话》①。《新闻学讲话》以大众思想为本位，建构全书的理论体系。全书共分六讲，其中前五讲都以大众本位思想②作为立论的基础。

　　第一，什么是新闻。

　　恽逸群将"和大众有利害关系"列为新闻四个要素的首要要素。他指出：

　　　　为大众所关心的，或足以引起大众的关心（或注意）的事物，和大众有利害关系的事情当然是新闻；有些事情一时不易看出它直接与大众有关，但大众颇注意的这件事（某一特定人物的行动），或者事前并不关心而一旦揭露以后，就能够引起大众的注意的，也是新闻。如果不具备这些条件，那就算不得新闻。③

　　恽逸群还将"和大众有利害关系"作为判断新闻价值大小的重要标准，他认为判断新闻价值大小的标准有九个：

　　　　一、和大众利害关系的密切程度（如某一件事对人民有生死存亡的关系，那就新闻价值最大）。二、受到这一事件影响的人数（人愈多价值愈大）。三、关心这一事物的人数（人数愈多价值愈大）。四、时间的久暂。（发生的时间与刊出的时间愈短，价值愈大……）五、空间距离的远近。

　　　　① 此书为著者于1946年2月在华中新闻专科学校的讲演稿，曾刊登于《新华日报》华中版副刊"新闻工作"上，后由各地书店翻印，1948年4月经著者修订。

　　　　② 参见刘芊芊、陈桂兰：《恽逸群的大众本位思想》，《新闻爱好者》，2003年第7期。

　　　　③ 恽逸群：《新闻学讲话》，冀中新华书店，1947年7月，第2页。

（事件发生地点与报纸出版地点距离愈近价值愈大……）
六、促进社会进步的作用。（主要为生产力的发展，其次，
文化建设、科学发明、艺术成就等。其促进社会进步作用愈
大，价值愈大……）七、阻碍社会进步，或造成社会倒退
的作用（如限制言论出版的自由，束缚生产力的发展等等，
其作用愈大，则新闻也愈为重要）。八、发展性（这一件事
今后的发展将日益扩大，影响到大多数人民，则今天虽是小
事，其新闻价值还是很大的，如果一件事没有什么发展，则
新闻价值就小了）。九、反常性（愈超出常理之外，则愈为
重要；但这类事实如继续发见，则新闻价值也就逐步降
低）。①

可见，九个标准中，其中第一、二、三、七、八条标准都关
系到"和大众有利害关系"。

对于符合党的政策，是否应该作为衡量新闻价值大小的标准
问题，恽逸群指出：

　　党所号召的中心工作往往是当前最重要的事情，他们认
为应该作为一个标准。这也是不必要的。因为我们中国共产
党是人民的党，是为人民服务的党，除了为最大多数的人民
获得利益，促使社会进步之外，我们的党就没有另外的政
策。我们党的政策，就是为了最大多数人民的利益。所以不
必另外加上一个标准。②

恽逸群的新闻价值观体现了鲜明的大众新闻学立场与无产阶

---

①　恽逸群：《新闻学讲话》，冀中新华书店，1947 年 7 月，第 5－6 页。
②　同上书，第 6 页。

级新闻学立场。

第二，怎样取得新闻，即采访工作。

恽逸群主张，普通百姓的生活是重要的新闻来源："或大或小的新闻材料，随时随地都有，只要你会取材会发掘，有新闻的敏感，你随时可从一个小商人、一个旅客或一个市民身上找出新闻来。"①

关于通讯员的安排，恽逸群指出，新闻机关的特约通讯员或通讯小组应普遍分布于每一公私机关团体，分布于社会各阶层，每一个角落，愈普遍愈好。恽逸群强调："办好新闻事业必定要靠走群众路线，主要就是使新闻网（新闻的触须）普及于各部门，能够迅速反映群众的生活与要求（为群众服务当然更重要，但这里专指新闻的供给而言）。但决不能静待群众写好稿子供你（能够及时写当然更好）。"②

第三，怎样写作和传递新闻。

恽逸群提出了八条写作原则，其中第三条就是"联系群众"。"我们已把'对于大众的利害关系'作为新闻的第一要素与衡量新闻价值的第一个标准，所以在写作新闻稿的时候，不能忽略了这一件事对群众的关系如何，群众的反映如何。在某些事情上，不应偏于上层活动的叙述，而完全不顾到群众。"大众本位思想在新闻写作中具体体现为如何"写群众"的问题，进而恽逸群又对具体写作方法进行解释：

> 写群众并不是东一句"张老奶奶"，西一句"李四嫂子"，或"一个老头子说"，"一个青年工人兴奋喊着"，而最主要的是使读者得到具体的印象（更希望能有深刻的印

①　恽逸群：《新闻学讲话》，冀中新华书店，1947 年 7 月，第 7 页。
②　同上书，第 8 页。

象），所以不必零零落落写许多人，而可以集中写一个人两个人，在群众中选择典型。当然，所谓典型，当然不是孤立的，必然与群众相联系，是群众中的典型。其次，要写群众并非不写领导者，领导是群众的领导者，是从群众中产生的，他本身也是群众，是和群众一体的；不能把群众和领导者对立起来。写领导者可写领导者如何与群众联系，结合成为一体，就是写群众。这样解说，本非"新闻写作"范围以内的事，但深恐有些同志一看到或一想到"写群众"就束手束脚起来，所以特别说明一下。①

第四，怎样处理新闻。

恽逸群强调要时时处处坚持大众本位，任何时刻任何地点都不能有所松懈：

决定某一新闻取舍的先决条件就是要看：一则新闻对大众的关系如何？采用发表这一则新闻以后，读者会受到什么样的影响，有好处还是有坏处？所谓"与大众的关系"，有些是直接的，明显的，有些则是间接的，不明显的，甚至一时还看不出来（如怪胎或一胎四孩五孩之类，但足供学者专家的研究）。而"读者所受影响的好或坏"，则除少数很明显的事件，好坏分明之外，多数是错综复杂存在着的，好中有坏，坏中有好。那就需要考虑：好的影响大还是坏的影响大？好的成分多还是坏的成分多？尤其要配合当前的当地的情势观察，在此时此地，这一则新闻和大众的关系如何？对读者的影响如何？好处大于坏处呢？还是坏处大于好处呢？如果它和大众的关系很少，对读者的影响好处小而坏处

---

①　恽逸群：《新闻学讲话》，冀中新华书店，1947年7月，第16页。

大，那就不必采用，也不应采用。①

第五，新闻纸怎样指导社会。
恽逸群指出：

> 从群众取得教训，以指导群众，这是一个基本方法。同
> 样应为新闻工作者及新闻机关所切实奉行，新闻纸不仅是指
> 示社会大众以趋势及努力的方向，代表群众提出要求，喊出
> 群众的呼声，更应该进一步直接反映群众的意见，把他们的
> 意见组织起来，以指导群众——哪些事是应当做的，哪些是
> 要纠正的，哪些是应该起而纠正的。报纸上刊载的"批评
> 与建议"、"读者论坛"、"读者意见"等功用，就在于此。②

指导社会既包括方向性的指引，也包括"错误性"的"纠
正"，总之，是要对社会大众有利。

---

① 恽逸群：《新闻学讲话》，第21页。
② 同上书，第36页。

第二章　新闻采写思想

在现代中国，新闻采写思想经历了三个阶段的历史发展：五四时期至 30 年代中期，客观主义新闻采写思想颇为流行；抗战期间兴起战时新闻采写思想，主张"与新闻学的原则稍有出入"，对客观主义新闻采写思想提出质疑；20 世纪 40 年代，党的群众路线在新闻采写工作中得以贯彻与落实，具体表现为"用事实表达意见"。

一　客观主义

客观主义新闻思想源于西方，最早是通过外国人在中国创办的报刊传入中国的。19 世纪七八十年代，中国流行的"有闻必录"报道原则，是客观主义新闻思想传入中国并被中国化的最初表现形态。

据新闻史学家宁树藩先生考证，"有闻必录"的主要含义是："只要是听到有人讲过的事实，报纸就可以报道，至于真伪如何，报馆不负责任。"[1] "有闻必录"是 19 世纪七八十年代的中国报纸处理新闻真实性问题的一个原则，而这一原则每每成为当时报纸违反新闻真实性的重要护身符。

---

[1]　宁树藩：《"有闻必录"考》，《新闻研究资料》总第 34 辑，中国新闻出版社，1986 年 8 月。

　　1872 年 4 月 30 日，英国商人美查在上海创办《申报》，《申报》创办之初，就特派记者或约聘外籍记者①深入一线去采访，以增强新闻的真实性。然而，恰恰还是《申报》常常把"有闻必录"作为自己报道失实时的重要挡箭牌。1874 年至 1877 年，《申报》对发生在杭州的"杨乃武小白菜案"进行了为期三年多的连续报道，最终举人杨乃武结束了近四年的冤狱生活而重见天日，《申报》也因此一举成名。

　　1874 年 4 月 18 日，《申报》（第 603 号）登载《记禹航生略》一文，这是有关杨乃武与小白菜案的第一则报道②，稿子是由《申报》设在杭州分销处的推销员闲着无事顺手写成的，《申报》未对新闻要素加以核实就予以刊载，文中"阴审"、"魔魅"等词汇的使用，是不负责任的说法。1876 年 4 月 18 日，《申报》在另一则报道杨乃武与小白菜案的新闻稿内，作有如下说明："以上皆浙人告于苏友者。在苏友固不妄言，而浙人系目睹耳闻与否，本馆实未便臆测。姑就所述而录之，以符新闻体例而言。"这里的"就所述而录之"的"新闻体例"，实际上就是所谓的"有闻必录"原则。1877 年，《申报》在对某案件进行报道时受到责难，有人写揭帖批评该报道不彰显公道，不揭露真

---

　　①　1874 年 6 月，日本派兵入侵我国台湾，《申报》特派记者到我国台湾采访。1882 年 9 月，朝鲜"壬午政变"发生，《申报》特派该报原驻横滨及烟台记者前往汉城一带实地采访。1883 年，法国入侵越南，《申报》特雇用俄国访员，深入越南法国军营采访。1884 年 2 月，《申报》在欧洲、香港两地约聘外籍记者采访有关"法越交涉"新闻。参见方汉奇主编：《中国新闻传播史》，中国人民大学出版社，2002 年 11 月，第 64 页。

　　②　这则报道原文如下：杭州来信云禹航生一案，固已定谳，尚未奉准部议。且闻其姊赴都京控，已由清江一带因患病折回矣。又闻该革举于省中城隍庙，答发审委员审阴堂时，呼"品泉救我"等语。品泉者，卖浆死者之号也。语多支离，遂尔定谳。闻禹航生实纍日多隐匿，故今若有魔魅缠绕者，固不仅此案之有疑窦为其惜也。读书人平日自省工夫，所以较切磋为尤亟耳。噫，可畏哉！

相。《申报》刊载《匿名揭帖责备本馆事》一文进行辩解：报道"但能据探事人所述，而探事人但能据旁观者所言。至于案中之底细与两造之真伪曲直是非，是有邑簿在，岂本馆局外人所能知、所能论哉？……本报于日后只能照审讯口供叙述，守新闻纸之常例，断不能因现有激之者而入彀中也"①。这里的"新闻纸之常例"，实际上也是指"有闻必录"。在此，"报道者"是局外人，报道的根据是"旁观者"的"所述"，局外人是无须对"真伪曲直是非"负责任的。

19 世纪 70 年代，首批国人自办报纸开始出现，如汉口的《昭文新报》（1873）、香港的《循环日报》（1874）、上海的《汇报》（1874）等。其中王韬创办的《循环日报》被誉为"中国人自办成功的最早中文日报"②。然而，该报主张，虽然日报"所言者必确且详"，但记者可以"出其风闻得其大概"，可以"借彼事端而发挥胸臆，以明义理"③。可见，19 世纪 70 年代的中国报纸对新闻真实性的忽视是一个较为普遍的现象。"有闻必录"从一个侧面反映了当时报纸对新闻真实性的一种误读，也反映出当时新闻思想的不成熟。中国文人向来主张"文以载道"，这一传统在中国近代报业发展之初便演变成为"文人论政"，对政治改良的强烈关注，令中国第一代新闻人忽略了新闻事业发展的内在规律，对新闻真实性的忽视就是其中一个方面。西方客观主义新闻思想传入之初，就被深深打上了中国传统文化的烙印，同时也拉大了与这一思想本义的距离。

---

① 转引自宁树藩：《"有闻必录"考》，《新闻研究资料》总第 34 辑，中国新闻出版社，1986 年 8 月。

② ［新加坡］卓南生：《中国近代报业发展史（增订版）》，中国社会科学出版社，2002 年 9 月，第 179 页。

③ 《本馆日报略论》，《循环日报》创刊号，1874 年 2 月 4 日，转引自卓南生：《中国近代报业发展史（增订版）》，第 189 页。

　　据宁树藩考证，19 世纪 80 年代，"有闻必录"的基本内涵已由新闻的真实性问题向客观主义新闻思想的本义转变。创刊于 1884 年的《述报》是广州的第一家国人自办报刊。在中法战争期间，《述报》曾以三分之二的篇幅发表有关战局的报道与评论，谴责法国侵略者。然而，《述报》的一则消息却报道了中国军队"伤亡甚众，炮台营房俱遭打毁"的情况。一贯弘扬爱国主义精神的报纸，为什么刊载如此灭自己之威风而长敌人之势气的败讯？《述报》在新闻稿中作了解释："本馆按有闻必录之例，备登于报。不若法人之胜则张扬，败则掩讳也。"① 《述报》还曾恭维一家报纸说："屡读贵报，见持论之公平，叙事之详确，有闻必录，无奇不搜，固已莫名钦佩矣。"② 此外，《觉民报》在《纪本报创办之由》一文中也声称："报馆之设，始于泰西。记载事实，罗列新闻，上自朝廷，下至草野，有闻必录，无语不详。"③ 可见，这里的"有闻必录"是指报纸刊载新闻，不以利害关系及其他主观因素为取舍。

　　20 世纪初，传入中国的客观主义新闻思想，历经二三十余年的岁月陶冶，已逐渐接近西方客观主义新闻思想的本义。1912 年 12 月 1 日，流亡日本 14 载的梁启超归国，在天津创办《庸言》半月刊，明确宣称："对于各种问题，撰述诸君各自由发表意见，或互有异同或与启超有异同，原不为病，故一号中或并载两反对之说或前后号互相辩难，著者各负其责……启超独立发表意见，虽最敬爱之师友，其言论行事，启超一切不负连带责

---

　　① 《越南战电》，《述报》第七卷，1884 年 7 月，转引自宁树藩：《"有闻必录"考》，《新闻研究资料》总第 34 辑。

　　② 《述报》卷六，1884 年 9 月，转引自宁树藩：《"有闻必录"考》，《新闻研究资料》总第 34 辑。

　　③ 转引自宁树藩：《"有闻必录"考》，《新闻研究资料》总第 34 辑。

任。"① 这种将"互有异同"的文章并载，著者各负其责的原则，
就是对客观主义新闻思想的一种表述。

1914 年 1 月，民初三大名记者之一的黄远生接办《庸言》，
并将其改组为月刊。《庸言》月刊第 1 号刊载了黄远生的《本报
之新生命》一文，系统阐发了客观、真实、全面的报道思想。
黄远生指出：

> 吾曹此后，将力变其主观的态度，而易为客观，故吾曹
> 对于政局，对于时事，乃至对于一切事物，固当本其所信，
> 发挥自以为正确之主张，决不以一主张之故，而排斥其他主
> 张，且吾曹有所主张，以及其撷取其他之所主张之时，其视
> 综合事实而下一判断之主张，较之凭恃理想所发挥之空论，
> 尤为宝贵。若令吾人所综合事实，尚未足令吾人下笔判断之
> 时，则吾人与其妄发主张，贻后日之忏悔，不如仅仅提出事
> 实，以供吾曹及社会异日之参考资料，而决不急急于有主
> 张。②

在此，黄远生强调，对事实的记录比观点的阐发更为重要，
观点的阐发一定要建立在事实的基础之上，这样才能改变"主
观的态度"。他进一步指出："以是吾人造言纪事，决不偏于政
治一方"。新闻报道不能站在任何政治立场上，要客观中立。如
何坚持客观立场？

> 以是吾人所综合之事实，当一面求其精确，一面求其有
> 系统。盖由通塞之辨，即在浑画，浅智之人，观察万象，万

---

① 《梁启超启事》，《庸言》第 1 卷第 1 号，1912 年 12 月 1 日。
② 《远生遗著》第 1 卷，商务印书馆，1927 年 3 月第 4 版，第 103 页。

等于一，进化之民，观察万象，一可化万，故学问分科之多，乃益见世界进化之复，而科学之道，即在分别种类，体验万物，以察往知来。明体达用，记者之意。本报既为月刊，凡此一月内之内外大事及潮流，吾人皆负有统系的纪载，以供诸君参考及判断之责任也。①

客观的报道在于"精确"、"系统"地"综合"各种"事实"。为此，黄远生重申《庸言》半月刊的客观、中立立场：

> 以是吾曹不敢以此区区言论机关，据为私物，乃欲以此裒集内外之见闻，综辑各种方面之意见及感想，凡一问题，必期与此问题有关系之人，一一发抒其所信，以本报为公同论辨之机关，又力求各种方面最有关系人士，各将其所处方面之真见灼闻，汇为报告，以本报为一供参考材料之宝库。②

在此，客观主义立场的坚持，不再以牺牲新闻的"真实性"为代价，恰恰相反，"真实"是确保"客观"的前提，而且添加了全面、系统等要素。此时的客观主义新闻思想，因充分考虑到新闻报道规律而更易于被人接受。

客观主义新闻思想在中国的广泛传播与流行是在"五四"以后。新闻学建立者凭藉新文化运动带来的宽松文化氛围，在中西文化的交流与碰撞中，建构中国新闻学理论体系。在这一过程中，他们充分借鉴与吸纳了西方的客观主义新闻思想，作为自己理论体系的重要组成部分。在这一时期，中国新闻事业由"言

---

① 《远生遗著》第 1 卷，第 104 页。
② 同上书，第 105 页。

论本位"向"新闻本位"过渡，记者与编辑的职业分工日益明朗。这时，人们不再站在媒体的角度泛泛而论客观主义，而是站在新闻记者的角度，在论述记者如何进行新闻采写活动的过程中，对客观主义新闻思想进行了阐释与发挥。

在新闻采写过程中，新闻记者要站在超然的"社会第三者"立场，这是新闻学建立者的一致主张。

任白涛最早指出：

> 新闻记者之生涯，要在捧忠实笃诚之肝胆于真理、事实之前。其生命、其觉悟、其勇气、其良心、其情感，悉为真理、事实所同化。故不可不排小我，抛小主观，以服其任务。质言之，新闻记者必为纯正无垢之自然人，始克完成其光辉赫赫之天职。新闻记者更有一最要之自觉，则社会之第三者是也。彼但将应有之事实，观察之，记载之，批评之。彼之眼中，不许有敌我之区别。彼之心底，不许怀某种之成见。不问如何之时际、场所，其地位、态度，常为超越的、独立的、客观的。①
>
> 新闻记者无论在何时、何地，皆当严守第三者之地位，保客观的态度，事件之主人，即文章之主人，是为一定不易之原则。②

邵飘萍也有类似的主张：

> 理想的新闻记者之生命，惟在真理与事实之权化，彼之觉悟、勇气、侠义、良心、感情、智慧等种种神圣光明

---

① 任白涛：《应用新闻学》，上海亚东图书馆，1933 年 2 月第 5 版，第 11 页。
② 同上书，第 87 页。

之要素，悉集中于真理与事实之一途。因是忘其小我，抛弃其小主观，罗列世界上一切事物于真理与事实的 X 光线之下。

由上之理论归纳之，新闻记者第一层之觉悟，即知自身无论处于何种境遇，皆当确守第三者之高垒而勿失，故惟以真理与事实为标准，不知有友亦不知有敌……换言之，彼不问何时何地，皆常保其超越的与独立的透明无色之精神①。

记者心目中绝无阶级之观念……其品性为完全独立，不受社会恶习之薰染，不为虚荣利禄所羁勒。②

黄天鹏更为明确地指出：

新闻记者既立在第三者的位置，唯一的职务在真确的报告。一种事实的发生，不必问其性质如何，与自己的关系如何，凡为最多数阅者所注意所要知道的事实，都应为忠实的记载，大公无私的批评，不许有或种作用的意志存于期间。因此，新闻记者的地位，在社会上是超越的，在精神上是独立的，在记载上是客观的。③

新闻记事乃如摄影之机，不应带主观之色彩，事实为记事之主脑，执笔乃属于第三者之位置，著于纸上者，纯以客观出之，使成一写实之纪事。④

---

① 邵飘萍：《新闻学总论》，第 39 页。
② 邵飘萍：《实际应用新闻学》，北京京报馆，1923 年 9 月，第 7 页。
③ 黄天鹏：《新闻学概要》，中华书局，1934 年 2 月，第 84－85 页。
④ 黄天鹏：《新闻文学概论》，上海光华局局，1930 年 9 月，第 108 页。

李公凡则指出：

> 新闻记者的始终是站在是与非二者之外的，他只有以纯诚忠恳的态度求真理的实现。新闻记者只以真理和事实为标准，不知有朋友，也没有所谓敌人。所以所谓第三者地位，换句话说，就是超然而独立的地位。①

吴晓芝也认为：

> 记者完全立于客观的地位，不论何等人物，不论何种事实，记者以第三者之口吻叙述，丝毫不受拘束，而后记事方得其平②。

郭步陶强调，新闻采写，决不容掺杂一些个人的意见：

> 凡是记载一事件，必定要拿无态度的态度，去对照它。譬如高悬一明镜，事件的形形色色，都依照它原来的态度一一照出，镜子决没有一毫态度添加在中间。对于事件而评判它的得失，也只把它的真相寻出，昭示于人们，决不用一毫主观的成见，妄行武断。譬如摆一大秤在这里，事件的分量多寡，都在秤星和秤锤上，自然表现出来，秤的本身并不能强自限定事件的分量。③

由此可见，新闻学建立者所说的"第三者"立场是纯客观

---

① 李公凡：《基础新闻学》，上海联合书店，1931年3月，第146-147页。
② 吴晓芝：《新闻学之理论与实用》，和济印书局，1933年8月，第53页。
③ 郭步陶：《本国新闻事业》，申报新闻函授学校讲义，第22-23页。

主义，也就是在新闻采写过程中新闻记者是超越的、独立的、客观的，绝不能有"小我"之见，不能有任何主观的立场、观点、价值判断与倾向性。

客观主义新闻采写思想要求，记者不能有任何立场与观点。这种思想有其自身的理论局限性。新闻采写活动是新闻记者的一种有目的的社会实践活动，这种活动离不开新闻记者的观点、立场、价值判断等主观因素的影响。新闻记者都是活生生的个体的人，任何个人都生活在具有一定历史文化积淀的社会当中，新闻记者在进行新闻报道之前，社会历史与文化的积淀已在其头脑中构造起"先验"的知识和观念，这是新闻记者无法超越的。新闻记者作为社会的人，必然带有特定历史时期社会观念的特性，这种特性必然反映在新闻记者的新闻采写活动中。新闻记者采写的事实是人类社会实践活动的产物，刻有人类意志的"印迹"，因而这类事实本身就体现有一定的立场与观点，对这类事实的采写也就无法"纯客观"。从根本上说，客观主义是有违马克思主义认识论基本原理的。

客观主义新闻思想起源于19世纪30年代的西方，其形成与流行，是以新闻实务界政党报刊向大众化报刊转化为背景的，是以报纸挣脱政治桎梏为前提的。首先从美国出现的廉价报纸开始标榜超然于阶级和政党的报道方针，以求与政党报纸相区别。随着新闻渐居报纸的"主角"地位，"客观地处理新闻"成为大众化报纸最响亮的口号。19世纪60年代，世界通讯社事业得到迅速发展，通讯社发布新闻的能力得以增强，通讯社要把新闻销售给立场不同、方针不同的各种报纸，自然也要标榜自己的新闻是超越于政党、阶级之外的。也正因如此，客观主义新闻思想在西方逐渐盛行起来。

在中国，没有政党报刊向大众化报刊转化这一外在客观条件，客观主义新闻思想缺乏自发形成的外在条件与前提。客观主义新闻思想在中国的流行，主要是通过新闻学建立者直接引入外国新闻理论尤其是日本新闻理论的方式来实现的①。这种理论的引入，在客观上推动了中国"新闻"与"言论"的分离，令新闻成为一种专门的报道体裁形式。虽然，客观主义新闻思想在实际新闻工作中是做不到的，中国新闻学建立者对西方的客观主义新闻思想采取全盘接受的态度并不可取，但在当时，对于素有"文人论政"传统的中国新闻事业走上职业化发展进程来说，无疑具有一定的推动作用。

新闻学建立者在引进客观主义新闻思想的同时，也在理论上提升了新闻记者的社会地位。

任白涛对记者与"新闻社主"的关系问题，即记者在报社中的地位问题进行了探讨。任白涛认为，"新闻社主"与记者的关系，与商店主与雇员的关系迥然不同，就像教师受聘于学校，但若认为校长与教师之间是"雇主佣人"的关系，一定被人笑作荒谬。"新闻记者即恰如学校之教师，绝非社主之佣人。除受相当俸给外，其地位、资格及人格的权威，于社主之间，无些微之高下。有时其地位比较社主尚觉尊贵者，以社主只为一社之主宰，而未必能亲执记者之业务故也。要之，记者服务于新闻社，须有巩固之保障。否则恐俳优其人，屈曲其笔，而言论之声价扫地矣。"②

邵飘萍将记者比作法官、教授，"欲择一社会中地位与新闻记者相似之职务以作比拟，司法机关之法官与学校之教授颇皆有一部分相同之处，司法总长可以任命法官，而不能干涉法官之审判，大学校长可以聘请教授，而不能视教授为一普通佣雇之职

---

　　①　客观主义报道思想起源于西方，但 20 世纪二三十年代，在中国推介这一思想的主力军，如任白涛、邵飘萍、黄天鹏等，都有留学日本的经历。
　　②　任白涛：《应用新闻学》，第 12 页。

员，新闻记者之对于社长亦然，不能如其他社员之绝对受社长指挥，因其同时对于社会须负公正无私之责任，故记者之与社长，除俸给问题以外，其地位资格以及人格的权威，与社长并无高下，从另一方面观察之，其所负新闻记者之责任，有时且较诸社长为重要，盖社长仅为一社事务之主宰者，而新闻记者则为社会之公人故也"①。

新闻学建立者一再强调新闻记者超然、独立的地位，这对改变新闻记者在世人心目中的形象具有重要意义。在中国新闻事业发展早期，世人对记者这一职业存在着种种误解："误认报纸为无聊文人游戏三昧之笔，舞文弄墨之场，故凡八股式之老学究，黑幕体之小说家，尽可摇笔而充新闻记者。"② 记者这个职业不但不被世人尊重，而且常常成为人们讥笑或唾弃的对象。"以我国之社会，欲以新闻为职业，乃有时较他国为难。盖我国之各方面固未认识新闻记者之地位为如何尊严，政府中人殆尤甚也。"③ 新闻记者在社会上的无地位，最终会影响到人们对新闻职业的正确认识。正因如此，新闻记者的社会地位的提升，不仅改变了世俗的观念，更从一个侧面推动了中国新闻事业的职业化进程。

二　与新闻学的原则稍有出入

抗战爆发后，随着国难日益深重，新闻学者积极寻求新闻抗战的有力途径。在此背景下，客观主义新闻采写思想受到了冲击。客观主义思想原则下，新闻记者在新闻采写过程中，不能带

---

①　邵飘萍：《新闻学总论》，第 26 – 27 页。
②　吴天生：《中国之新闻学》，黄天鹏编：《新闻学论文集》，第 16 页。
③　邵飘萍：《我国新闻学进前之趋势》，傅双无编：《报学讨论集》，第 314 – 315 页。

有任何主观因素，这一点首先受到了战时新闻学者的质疑。张友鸾指出，徐宝璜的有关"新闻是最近发生而为多数读者注意的一件事实"的定义，在战争时期有时不尽适用：

> 譬如说，我们举国一致拥护最高领袖，抗战建国，日军陷入泥泞，这些很明显的事实，自然是日本多数读者所注意，但是日本报纸肯不肯这样的刊载呢？或者就外交上而言，我们在国联胜利了，日本报纸肯不肯登出日本失败的新闻呢？日军飞机轰炸我非武装地带的平民，日军使用毒气，这些事实，非特日本人注意，全世界人士都注意，然而在新闻纸上发表新闻，非特日本新闻纸不肯，甚至德、意的新闻纸都不肯。我们且别忙批评人家不忠实，只恨我们自己太忠实了。战争中论忠实，便是自取灭亡。①

张友鸾进而强调，两军对垒，战略上的声东击西，诱敌深入等等，都是不忠实的，中国古代有句名言，叫做兵不厌诈。"新闻纸要与军事配合，新闻也得不厌诈。我们要对国家民族忠实，我们当得放弃目前不必要的小信用。"② 为此，在抗战过程中，"有时与新闻学的原则稍有出入，我们不必去顾忌"③。

然而，对新闻原则的违背，对"小信用"的放弃，并不意味着对新闻真实性的否定：

> 我不是劝新闻记者去歪曲事实，或者造谣。我们悲壮慷慨可歌可泣的新闻有的是，不必像敌人那样捏造作伪。可是

---

① 张友鸾：《战时新闻纸》，第 6－7 页。
② 同上书，第 7 页。
③ 同上书，第 14 页。

我们应得分别得很清楚，那一条新闻是值得夸张刊登，那一条新闻是不必多载。那值得夸张的才是新闻，不必多载的纵是时间甚近或者注意者多，也不能算做新闻。①

在此，张友鸾强调，新闻采写一定要站在本民族与本国家的立场上，而不能以纯客观的立场来进行。

在客观主义原则下，"事实"与"意见"要分离，"盖新闻为一事，批评又为一事"②，对此，张友鸾明确表示反对：

> 讲新闻学的，一致认为新闻中不应夹有批评。因为新闻纸是客观的，记载了事实，让读者自己去判断，新闻纸本身是不应把新闻渲染上颜色的。这话本来不错，然而在战时却有些不适用。战时的新闻纸对于读者不但是一种"精神上的供给"，而且需要"精神与物质的取得"。新闻纸要使大众能拿出力和钱来，夹叙夹议的方式，有时是不必求避免。③

张友鸾强调，要想充分发挥新闻的宣传力量，必须认识到，新闻本身就可以表达观点与立场。

王新常则从新闻的政治性角度，对客观主义新闻思想提出了质疑：

> 在抗战期间，新闻事业者应站在比陆海空将士更前的一线，去做保卫民族的先锋。因为新闻事业者是舆论的代表，

---

① 张友鸾：《战时新闻纸》，第 8 页。
② 周孝庵：《最新实验新闻学》，第 174 页。
③ 张友鸾：《战时新闻纸》，第 16 - 17 页。

而其所代表的舆论，实是种种政治集团的意见，倘这种种政治集团已都同意于抗战的原则，并在事实上动员抗战，那这成为各个政治集团喉舌的各个新闻事业者，就必须为着抗战而运用其舆论的领导力，来领导全面的抗战，所以他们在抗战期间，应站在比前方忠勇将士更前的一条战线，然后才不会失去代表舆论的地位。①

在这种情况下，以留声机的方式做客观主义新闻采写是行不通的，因为舆论既然掌握在新闻工作者手中，在这全面抗战的期间，新闻工作者就不能推卸"造成抗战高于一切的舆论的责任"②。

当马克思主义新闻思想传入中国以后，客观主义新闻思想受到了更为严重的冲击。马克思主义新闻思想在中国落地、生根的过程，也正是客观主义新闻思想在中国衰落的过程。

1930年，《红旗日报》在其发刊词《我们的任务》中，对报纸的阶级属性进行了明确的表述：

在现在阶级社会里，报纸是一种阶级斗争的工具。统治阶级利用一切新闻报纸的机关，来散布各种欺骗群众的论调。……中国工农群众不仅在国民党的暴力压迫之下，并且一样在他的新闻政策的封锁之下。全国工农群众在其伟大的政治斗争中，不仅要反对国民党的政治压迫，同样要起来建立自己的革命报纸，宣传革命的理论，传达真实的革命斗争的消息，建立在革命斗争中之一个伟大的推翻国民党的言论机关。……本报是中国共产党的机关报，同时在目前革命阶

---

① 王新常：《抗战与新闻事业》，第4页。
② 同上书，第17页。

段中必然要成为全国广大工农群众之反帝国主义与反国民党的喉舌。①

张友渔"是我国第一个用马克思主义观点系统研究新闻工作理论与实践的新闻学者"②。20 世纪 30 年代，张友渔用阶级与阶级斗争的观点反复审视新闻工作理论与实践。1933 年 11 月，张友渔在《新闻的性质与任务》一文中指出：

> 社会本身既是阶级斗争之社会，因而成为社会的一现象之新闻，也不能不是阶级斗争之一表现，故所谓新闻，不外是阶级对立的人类社会中之阶级斗争的武器……固然，阶级对立，阶级斗争，不是在人类中所内在的范畴，而是历史的范畴。③

1933 年 12 月，张友渔在《报纸与舆论之构成》一文中阐明：

> 任何报纸的背后，都站着支配它的某一阶级。虽然有人说报纸是要创造超阶级的批评或要求之模型的，但这不过限于和阶级利害没有冲突的时候，如果牵涉到阶级利害，报纸便不能不为它所属的阶级打算。而且经营报纸的人们，本身不能跳出阶级关系之外，那么，它所经营的报纸，自亦不能

---

①　《我们的任务》，《红旗日报》，1930 年 8 月 10 日，中国社会科学院新闻研究所编：《中国共产党新闻工作文件汇编》（下卷），新华出版社，1980 年 12 月，第 21 页。

②　徐培汀、裘正义：《中国新闻传播学说史》，第 345 页。

③　张忧虞（友渔）：《新闻之理论与现象》，太原中外语文学会，1936 年 6 月，第 3 页。

不在有意无意之中，显示着阶级的色彩。①

1933 年 12 月，张友渔还在《由消息的真伪谈到天津益世报的失败》一文中指出：

> 报纸本身是阶级社会中之一种阶级斗争的武器，在它的背后，常站着一种阶级的势力，至少，也站着党派的势力；因而它所登载的消息，不能不渗透过这种阶级意识和党派意识的作用，隐蔽了或改变了它的真像。②

1934 年 3 月，张友渔在《论统制新闻》一文中强调：

> 新闻是阶级斗争之武器，即支配阶级对于被支配阶级，在暴力的统制之外，又借新闻，来实行一种思想的统制；同时，被支配阶级，也在暴力的反抗之外，常拿新闻来做一种反抗的工具。因而在阶级社会里，支配阶级和被支配阶级之间，必然地发生新闻的斗争，像必然地发生暴力的斗争一样。③

1934 年夏，张友渔以"政治与报纸"为主题作演讲，指出：

> 有人以为报纸对于政治，是中立的，超然的，不偏不党的，其实不然，任何报纸，也脱不了政治作用，也就是任何

---

① 张忧虞（友渔）：《新闻之理论与现象》，太原中外语文学会，1936 年 6 月，第 20－21 页。
② 同上书，第 100 页。
③ 同上书，第 106 页。

报纸对于政治不是中立的或超然的。①

1934 年 6 月，张友渔在《论"机关报"》一文中认为：

> 报纸，原为政治斗争即阶级斗争的武器，严格讲起来，没有一个报纸，不是"机关报"。②

针对中国新闻界的现实，张友渔总结说："中国的报纸，虽然还没有达到很显著地发挥其阶级斗争的武器的性质之程度，但决不能说它不是阶级斗争的武器，因而从事新闻事业或准备从事新闻事业的人们，便也不得不抱着斗争的精神。"③ 认清新闻的政治属性，就可以激励中国人发扬斗争的精神，这才是张友渔的最终目的所在。一度被新闻学建立者剥离出去的政治问题，又被张友渔请回来：

> 报纸是政治上的一种统治工具，也即是统治思想的工具。统制言论（即统制报纸）的本身无可反对，问题是统治阶级的自身，是否应该反对？以及统制言论的方法，是否妥善……办报，只有两条路可走：（一）"御用"。帮助支配阶级，统治被支配阶级；（二）"反抗"。站在被支配阶级方面，反抗支配阶级。若说到看报的话，千万勿以为报纸是公正的东西，只应该认清那个是"御用"的，那个是"反抗"的。须知根本上没有中立或超然的报纸。④

---

① 张忧虞（友渔）：《新闻之理论与现象》，太原中外语文学会，1936 年 6 月，第 15 页。
② 同上书，第 33 页。
③ 同上书，第 13 页。
④ 同上书，第 17 页。

　　张友渔倡导阶级斗争学说的目的性再次彰显——唤醒中国人民的反抗与斗争精神。由此可见，马克思主义者公开宣称新闻的阶级性与政治性，认为任何报纸都不可能是中立的、超然的、不党不偏的。这种思想抓住了新闻学建立者所大加提倡的纯客观主义新闻采写思想的一个关键问题，对其批评自然也是有力的。

三　用事实表达意见

　　客观主义新闻采写思想主张，新闻不能带有任何立场，"事实"必须与"意见"相分离。抗战期间，人们从新闻的阶级性与政治性角度论证，"事实"不能与"意见"相分离。在新闻采写过程中，如何解决"事实"与"意见"的关系？"用事实表达意见"就是对这一问题的圆满解答。据黄顺铭考证，"用事实表达意见"的观点，可以上溯到 20 世纪 20 年代。

　　1925 年 12 月 5 日，毛泽东在《政治周报》发刊理由中写道：

　　　　我们反攻敌人的方法，并不多用辩论，只是忠实地报告我们革命工作的事实。敌人说"广东共产"，我们说"请看事实"。敌人说"广东内哄"，我们说"请看事实"。敌人说"广州政府勾联俄国丧权辱国"，我们说"请看事实"。敌人说"广州政府治下水深火热民不聊生"，我们说"请看事实"。

　　　　《政治周报》的体裁，十分之九是实际事实之叙述，只有十分之一是对于反革命派宣传的辩论。①

---

　　①　毛泽东：《〈政治周报〉发刊理由》，《政治周报》第 1 期，1925 年 12 月 5 日，《毛泽东新闻工作文选》，新华出版社，1983 年 12 月，第 5 页。

在此，毛泽东所说的"事实"是一种与"辩论"相对立的体裁，"其实，他所言的作为一种体裁类型的'事实'也就是'消息'"①。

20世纪30年代，毛泽东的思想认识发生了转变，1931年3月，他在《普遍地举办〈时事简报〉》②一文中指出：

> 《时事简报》不做文章，只登消息。……也不是完全不发议论，要在消息中插句把两句议论进去，使看的人明白这件事的意义。但不可发得太多，一条新闻中插上三句议论就觉得太多了。插议论要插得有劲，疲杳疲杳的不插还好些。不要条条都插议论，许多新闻意义已明显，一看就明白，如插议论，就像画蛇添足。只有那些意义不明显的新闻，要插句把两句议论进去。③

可见，毛泽东针对"事实"与"意见"（议论）的关系问题，提出了两种答案："一种类型是只是'忠实地报告我们革命工作的事实'，其中的推理逻辑是：让事实自己去作'切实的辨正'。这就是'无形的用事实说话'（或'隐性的用事实说话'）；另一种类型是'对于那些意义不明显的新闻，要插句把两句议论进去'，其中的推理逻辑是：新闻的意义并不完全透明时，需要明确点明。这是'有形的用事实说话'（或'显性的用

---

① 黄顺铭：《"用事实说话"的历史脉络探微》，《当代传播》，2004年第2期。

② 该文是毛泽东为中央革命军事委员会总政治部写的在红色区域普遍地举办《时事简报》的通令和关于怎样办《时事简报》的小册子。

③ 毛泽东：《普遍地举办〈时事简报〉》，1931年3月，《毛泽东新闻工作文选》，第28－29页。

事实说话')。"①此后，中国无产阶级新闻采写思想按照毛泽东所说的两种类型发展，即如何用"事实"有形地表达"意见"，又如何用"事实"无形地表达"意见"。

　　1942 年 3 月开始的延安新闻界整风运动，是一个持续进行的长期过程，直到 1945 年党的第七次代表大会以后才基本结束。整风运动，确立了全党办报的方针，奠定了有中国特色的无产阶级新闻理论的基础。陆定一对《解放日报》改版实践做了理论总结。1943 年 9 月 1 日，他在《解放日报》发表了《我们对于新闻学的基本观点》，以辩证唯物主义的基本观点，来解决新闻的本源问题。

　　　　辩证唯物主义，主张依照事物的本来面目去解释它，而不作任何曲解或增减。通俗一点说：辩证唯物主义就是老老实实主义，这就是实事求是主义，就是科学的主义。除了无产阶级以外，别的阶级，因为他们自己的狭隘利益，对于事物的理解是不能够彻底老老实实的，或者是干脆不老实的。只有无产阶级，由于它是最进步的生产者的阶级，能够老老实实的理解事物，按其本来面目而不加以任何曲解，任何加添或减损，不但这样，而且它能够反对一切不老实，反对一切曲解。在新闻事业方面，我们的观点也是老老实实的观点。……

　　　　新闻是什么？对于这个问题，有两种解答。由于对于新闻本源理解不同，一种人对于新闻是什么，作了唯物论的解决，另一种人则作了唯心论的解决。

　　　　唯物论者认为，新闻的本源乃是物质的东西，乃是事实，就是人类在与自然斗争中和在社会斗争中所发生的事

---

① 黄顺铭：《"用事实说话"的历史脉络探微》，《当代传播》，2004 年第 2 期。

实。因此，新闻的定义，就是新近发生的事实的报道。

新闻的本源是事实，新闻是事实的报道，事实是第一性的，新闻是第二性的，事实在先，新闻（报道）在后，这是唯物论者的观点。

因此，唯物主义的新闻工作者，必须尊重事实，无论在采访中，在编辑中，都要力求尊重客观的事实。

……

……唯心论者对于新闻的定义，认为新闻是某种"性质"本身，新闻的本源乃是某种渺渺茫茫的东西。这就是资产阶级新闻理论中所谓"性质说"（Quality theory）。……唯心论企图否认"新闻是事实的报道"的唯物论定义，而把新闻解释为某种"性质"本身，脱离开了某种"性质"就不成其为新闻。

……一定要认识到我们革命的新闻工作者必须尊重事实，而且尊重事实是与政治上的革命性密切结合不可分离的。

……总结上面所说，我们可以明白，唯物论与唯心论在新闻学理论中的一条明确的界线，就是是否主张尊重事实，而且是否在实践中真正尊重事实。

只有把尊重事实与革命立场结合起来，才能做个彻底的唯物主义的新闻工作者。反动的阶级，为什么不能尊重事实，必定要曲解事实，而且要闭着眼睛造谣呢？因为他害怕事实。有些人为什么不能彻头彻尾尊重事实呢？因为他们对反动派有所畏惧，有所迎合。只有无产阶级这个最革命的阶级，不怕面对事实，对反动派没有任何畏惧，也无所迎合，因此就能彻底尊重客观事实。①

---

① 陆定一：《我们对于新闻学的基本观点》，《解放日报》，1943 年 9 月 1 日，张之华主编：《中国新闻事业史文选》，第 264－268 页。

陆定一以马克思主义哲学理论为依据，对"事实"进行理论界定。"以纵向的历史眼光来看，作为陆定一有关'新闻本源'论述之思想来源的，不是别的，正是毛泽东所强调的'事实'。"① "毛泽东与陆定一对于'事实'问题的关注，可以分别概括为：'术'与'学'，在《〈政治周报〉发刊理由》中，毛泽东最关心的问题是以什么样的办法来取得宣传的胜利，虽然提到了'体裁'，但相比于'革命'、'战斗'的时代主调，无疑是第二位的。而在《我们对于新闻学的基本观点》一文，'学'的追求通过文章标题而再外露不过地彰显了出来。" "通过比较，我们发现，从认识论角度看，毛泽东给出了'是什么'，却没有进行科学的逻辑推理，而陆定一则接着这个问题，明确地，逻辑圆满地给出了'为什么'。"② 毛泽东阐述了如何运用"有形的意见"与"无形的意见"两种新闻采写方法，陆定一已不再满足于方法的推介，而重在阐释"为什么"要采用这一方法。陆定一认为，唯物论与唯心论的斗争，就是无产阶级与资产阶级的斗争，在新闻领域具体化为"事实说"与"性质说"的斗争。在陆定一看来，在新闻事业领域，没有什么超阶级的"第三者"立场，报纸与阶级问题是不可分的，是紧密相关的。为此，新闻必须表达意见，这才是老老实实主义，才是实事求是主义。

"事实"与"意见"到底是什么关系？1946 年，胡乔木进行了更明确的解答：

> 学写新闻还叫我们学会用叙述事实来发表意见。我们往常都会发表有形的意见，新闻却是一种无形的意见。从文字

---

① 黄顺铭：《"用事实说话"的历史脉络探微》，《当代传播》，2004 年第 2 期。
② 同上注。

上看去，说话的人，只要客观地、忠实地、朴素地叙述他所见所闻的事实。但是因为每个叙述总是根据着一定的观点，接受事实的读者也会接受叙述中的观点，资产阶级的新闻记者们从来不说我以为如何如何，我以为应该如何如何，他们是用他们的描写方法、排列方法，甚至特殊的（表面上却不一定是激烈的）章法、句法和字法来作战的。他们的狡猾，就是当他们偏袒一方面，攻击另一方面的时候，他们的面貌却又是"公正"又"冷静"。我们不要装假，因为我们所要宣传的只是真实的事实，但是既然如此，我们就更加没有在叙述中画蛇添足的必要了。①

用"事实"无形地来发表"意见"，就是胡乔木对"意见"与"事实"二者关系的明确界定。胡乔木主张，新闻是一种无形的意见，而意见的表达恰恰通过事实的表述来完成，实际上有效地解决了"事实"与"意见"二者的关系，这也是对客观主义新闻采写思想内在内盾的有力解决。也正因如此，这种观点逐步取代客观主义新闻采写思想而登上了历史舞台。

对于"事实"与"意见"的关系，毛泽东还提出了另一种解答类型，即用"事实"有形地表达"意见"。这种观点在大众新闻思想的形成过程中得以阐扬。

1941 年毛泽东《在延安文艺座谈会上的讲话》发表以后，"大众化"的原则方针得以确立："大众化就是从群众出发来教育群众。这有两方面：一方面是群众的文化水平较低，因此在写作上，就必须要照顾这一点，力求通俗化，由浅入深，逐步提高等；但这不是唯一的甚至也不是主要的，主要的一方面是：发扬

---

① 胡乔木：《人人要学会写新闻》，《解放日报》，1946 年 9 月 1 日，张之华主编：《中国新闻事业史文选》，第 311 页。

群众的创造，宣扬劳动阶级的优良素质。……大众化的问题，不单纯是词句的通俗化问题，本质的方面，是主席所说的'思想情绪与工农兵打成一片'的问题。"①

如何在新闻采写过程中与工农兵打成一片？毛泽东在 20 世纪 20 年代提出的"有形的用事实说话"就是一个重要途径，具体而言，就是"运用群众的表现方法"来完成新闻工作：

> 群众在叙说一件事情的时候，都是融汇着他的见解批判地说明问题。本来我们现用的新闻体裁，已不同资产阶级自由派的写法，我们是有立场而且有批判地提出问题（虽然资产阶级自由派的新闻，有时表面上不作批判，但在内容上已存在其客观立场），但有时为了加强消息的客观真实性，避免在消息中夹杂主观议论。这在团结更广泛的阶层来说是必要的。但是这种形式，消息本身说明是非不够，这对群众来说是不能满足的。群众不但需要了解其一般的是非，而且还要了解其是非所在，再加上对群众文化水平需要照顾，所以我们对某些内容较复杂的问题，要写成一则消息，就用夹叙夹议的方法来写。引导群众彻底明辨是非，提出问题的原因及发展方向。②

可见，用"事实"有形地表达"意见"，正是群众路线在新闻采写工作中的具体落实与贯彻。

---

① 宫达非：《大众化编写工作》，鲁中大众社，1947 年 3 月，第 3 页。
② 同上书，第 14 页。

第三章 新闻编辑思想

在现代中国，随着新闻报道能力的一步步增强，新闻编辑思想经历了由综合编辑思想到精益编辑思想，再到大众编辑思想的历史转变。

一 综合编辑思想

19世纪70年代，随着《申报》、《循环日报》的创刊，中国境内出现了近代意义的中文报纸。中文报纸在中国境内诞生之初，那种版面对开、分栏编排的西化版面形式未能一下子被中国读者接受，当时的中文报纸采用的是中国人长期以来惯于接受的印刷品装订形式——账本形式（如上海的《申报》）与书册形式（如天津的《大公报》）。后来，一般大报的版面改为对开，由上下两块账本形式的版面组成，读者可以自行裁开，装订成账本式的报纸合订本。1898年5月在上海创刊的维新派报纸《时务日报》曾打破账本式及书册式报纸版面形式的老框框，将报纸改为四开小报，"每版上下分四栏，又将报上新闻分为电报、各国新闻、外埠新闻、本埠新闻四大类；各大类又分别标以国名、城市、区域加以分类"①。这种版面分栏、新闻分类的编辑方法与

---

① 姚福申：《中国编辑史（修订本）》，复旦大学出版社，2004年6月，第273页。

现代报纸的版面设计风格基本相似，但遗憾的是，不久《时务日报》改名为《中外日报》，版面形式改成对开大报，而与当时一般的账本式的对开大报无异。总之，19世纪70年代至20世纪初，中国报纸版面占据主流地位的是账本式与书册式。

中国近代报纸"文人论政"的传统，是由王韬创办的《循环日报》开创的。到了维新运动时期，康有为、梁启超等掀起的第一次国人办报高潮，"文人论政"的传统得以进一步弘扬。对于这些传统文人而言，办报的目的和意图，既有别于中国古代报纸的传抄上谕，传达上命，又有别于近代外报的传播教义、刊载商情，他们办报是为了"立言"，为了指陈时弊、褒贬得失，从而实现改革政治、变法维新的理想目标。在这一目标下，当时的报纸表现出明显的重言论、轻新闻倾向。当时报纸的主要内容是大块的政论文章，或者是京报摘录，新闻报道微乎其微。上海的《申报》曾经在新闻报道方面做出种种尝试与努力，如在国内报纸中最早使用电报传送新闻，增强新闻的时效；大量报道社会新闻，拓宽新闻报道面；开始使用新闻图片；特派记者去一线实地采访，报道朝鲜的"壬午政变"……然而，占据头版头条位置的仍然是各种言论文章，而不是新闻。《申报》创刊一个月，"发表论说72篇"，"介绍西方先进的学说"，"反映外国商人的愿望和要求"。① 言论是《申报》贴近读者的重要途径与手段。

辛亥革命前后，中国出现了第二次国人办报高潮，中国人的编辑思想逐步发生了变化。

1900年1月，孙中山领导的兴中会在香港创办了第一份革命派报纸《中国日报》。《中国日报》积极借鉴外文报刊的编排形式，版面接近于对开，略呈方形，分栏编排。《中国日报》的

---

① 王敬东、周凤：《早期〈申报〉业务创新拾零》，《新闻研究资料》，总第53辑，中国社会科学出版社，1991年8月。

形式已基本上与现代报纸一致，开始摆脱账本式、书册式的传统编排形式。

1904 年 6 月于上海创刊的《时报》引领了我国报纸版面革新的热潮。《时报》将报纸分为一、二、三、四版，两面印刷。《时报》首先根据内容拟定标题，采用 1 至 6 号铅字排版，新闻标题和评论中的主眼，"皆加圈点，以为识别"，版面编排，务求醒目。《时报》首先将梁启超在《新民丛报》上开创的"时评"这种新的报章文体移植于日报，开辟三个"时评"栏目，分别评论国内大事、外埠新闻、本埠新闻。《时报》还首创报纸周刊，在每周固定日子设立教育、实业、妇女、儿童、英文、图画、文化等专版，聘请专家负责编辑。当时的各大报纷纷效仿《时报》的这种编辑改革举措。第二次国人办报高潮期间，大多数报纸已经完全摆脱书册式、账本式的编排体例，改为对开或四开的单张报纸。而《神州日报》、《民立报》等大报，甚至已发展为每天 3 大张 12 个版或 4 大张 16 个版。

但就总体而言，清末的报纸，并不讲求新闻的编排分类。"例如汉口发生的事情，不论是性质重要的地方政治改革，或是一个自杀新闻，如在秋天发生的，编辑可以一股脑儿的凑在一起，加上一个'汉皋秋色'的总标题。如果碰上编辑高兴，可以将一则新闻作为题目，来一段议论与感想，这段议论和新闻亦统统排在一起。当天国内（且不说国外）发生了什么有关全国性的重要事件，读者非细心挑拣，决计看不出来。选出重要的新闻是读者的责任，编辑似乎可以不必负责。再以版面来说，专电都是用二字号排列，记事都用四号字或五号字。专电新闻一律是排成四栏的长行，毫无变化，这显得版面十分单调呆板。编辑以排满报纸，便算已尽责任。"[①]

---

① 《新闻事业》，行政院新闻局，1947 年 11 月，第 13 页。

这种状况到了民国以后，才逐渐得以改观。民国初年的编辑业务，消息的比重加大，电讯增多，新闻不但依照性质分类，还依照新闻价值的大小，决定其排列的先后以及所占栏数的多少。一些重要的电讯还用大字号排出，并在字的旁边加圈点以引起读者的注意。对于重要的政治问题，一般只报道，不评论或少评论。大报还聘请有才干、有经验的记者常驻北京，用大量的北京专电等政治新闻来补充言论的不足。新闻摄影照片更是得到越来越多的运用。有的报纸还刊出时事插画或定期出版图画附张。有的报纸还为读者设想，每日用几十个字登载国内外大事摘要，读者用不了一分钟的时间，就可以把国内外大事一览无遗。

"五四"运动前后，报纸编辑业务得到进一步发展。报纸的头版头条往往是最新发生的国内外重大新闻，原先作为头版头条的"大总统命令"一类的新闻要么被排在不重要的位置，要么被当作补白材料。报纸版面分栏形式多样，有四、五、六、七、八栏等，还设有多样化的专栏，如各种时事述评专栏、要闻、社论、随感录、新文艺、通信、译丛等等，标题的制作亦力求醒目。

这一时期，由于中国报纸的新闻报道能力日益增强，中国的报纸日益具备"新闻纸"之特质。在这一转变过程中，有关"新闻"的编辑思想日益明朗，"综合编辑法"被普遍采用。民初的新闻编辑，以编辑部为单位，常会出现这种情况："同一件事，有已为政治经济部所登载，同时又为社会部所登载者。即同日同一新闻纸上，发现同一之记事，则既失新闻纸之精神，又呈内部不统一之失败。"① 而所谓的"综合编辑法"则是，"将编辑部的割据的组织打破"，报纸的编辑"以新闻为单位"，将重要新闻放在版面的显著位置，不重要的新闻登在次要位置，而没有将某类新闻刊登在第几版的规定，合全报材料而汇编，普遍利

---

① 吴定九：《新闻事业经营法》，上海联合书店，1930 年 4 月，第 51 页。

用大字号、通栏标题、加框、加花边、设专栏、配图片等多种编辑手段，充分展现重要新闻的特点与优势。"综合编辑法"的采用，既有效地节约了版面资源，又突显了重要新闻的价值。

"综合编辑法"越来越多地得到采用，标志着当时中国报纸在编辑业务方面，由英国式转向了美国式。就报纸编辑传统而言，可以大致分为两大类：英国式的分类编辑法与美国式的综合编辑法。英国式的分类编辑法是采取分版制度，某一类新闻在某一版，就永久刊在某一版。头版刊载的多为广告或不重要的新闻，重要的新闻都分散在各版上。美国式的编辑方法则采用综合制，头版不是广告版，而是重要新闻版，并且不固定以某一类新闻作头版头条，作头版头条的可能是军事新闻、政治新闻，也可能是经济新闻或社会新闻，还可能是体育新闻，"只以它是否有煽动性与吸引力为唯一标准"①。我国早期的报纸，大多模仿英国式，新闻重要与否，不用字号的大小来区分，而是分成"国外要闻"、"国内要闻"、"各地新闻"、"社会新闻"等等类别，固定地各占一版或分占一版。民国初年，美国式的"综合编辑法"才逐渐被我国各报采用，至"五四"前后流行开来。"综合编辑法"把所有的重要新闻，开门见山地刊登在第一版；让读者在短短的忙里偷闲的时间中，明了最近最新的国内外大事，使读者尽快知晓全盘新闻的大致轮廓。就此而言，"综合编辑"比"分类处理"有种种优势，相对于中国报纸发展初期以记账方式登载新闻或摘录京报内容而言，更是一大进步。

二　精益编辑思想

"五四"前后，中国报纸由"言论本位"进入到"新闻本

---

① 张西林：《最新实验新闻学》，中华文化出版社，1945年7月，第93页。

位"这一新的历史阶段。当新闻在报纸上的地位愈来愈提高时，新闻的采写量也越来越大，新闻日见增多。电报已由每日不足百字，发展到每日四五千字以上；电报的排印由最初的二号铅字，发展成为四号字；本埠新闻的排印，大多由三四号铅字改用五号字或六号字①。"'兵不在多而在精'，用兵然，编辑亦然。"② 报纸的版面是有限的，而新闻的采写量越来越大，在这种情况下，不得不用"精"对其加以限制。这时，对新闻的编辑已不能再采取"来者不拒"、"多多益善"的方针，而是要想办法沙里淘金，以精益求精的方式来编辑。20 世纪 20 年代，上海的《时事新报》与《民国日报》先后采取了精益编辑方法。

"'精编'应以新闻价值为标准，苟有价值，应详为登载。否则，绝对不应刊载。现在吾国报界中颇有昧于此义者，致无价值之新闻，连篇累牍，冗长可厌。其实新闻长短，应视价值而定，无甚价值者，应改为极短，或予废弃，使报纸上所刊载之新闻，均有刊载价值。"③ 精益编辑，是指编辑新闻时，不仅要重视"量"，还要重视"质"，要"质""量"并重。为此，对于越来越多的新闻要进行取舍，要进行增删，而不能"有闻必录"。"取舍"、"增删"的标准是"新闻价值"。何谓新闻价值？"概括言之，则新闻价值似在'读者人数多寡'之一点，读者多，价值高，读者少，价值低。"④ 如何通过编辑新闻而赢得更多的读者呢？《时事新报》、《民国日报》做出了种种尝试：

---

① 参见周孝庵：《新闻学上之精编之义》，黄天鹏编：《新闻学刊全集》，上海光华书局，1930 年 3 月，第 26 页。
② 周孝庵：《最新实验新闻学》，第 276 页。
③ 同上书，第 277 页。
④ 同上书，第 164 页。

第一，在"本埠新闻"中设"简报"，即一句话新闻。"简报"中的新闻，大多不甚重要，对其进行大刀阔斧的删节，以节省版面，用来刊登有价值的新闻。

第二，合并相同事件之新闻。中国早期报纸的新闻报道，往往以"来稿地"为单位，如上海新闻、天津新闻等，这样在报道过程中，常出现同一事件因"来稿地"不同而在同一时间重复报道的现象。在精益编辑方针下，打破"地域主义"，不再以"来稿地"为单位，而是以事件的"发生地"为单位。对于相同事件的新闻，立在同一标题之下进行报道，而不是加以"腰斩"，零零落落，分布在以地域来划分的各个版面上。

第三，简化公文式新闻。公文式新闻包括公文及布告。中国早期报纸的新闻报道，往往对一件公事不加删减就进行报道，满纸可见一大堆官样文章。在精益编辑原则下，除了对要人通电、对外宣言等极重要公文照样刊登外，其他的都简单化，提取公文中的事实，使其变成纯粹之新闻。

第四，精简会议新闻。随着中国社会现代化进程的推进，社团组织越来越多，报纸的"开会记事"也越来越多。按照精益编辑原则，对于会议新闻的编辑，应遵循如下标准：少数人不重要之集会，不必刊载；除了有名的人物外，新闻中不必记录到会者的姓名，只记录到会的人数；只登载议决案，至于某人发言，某人附议，均可省略；讨论的范围仅局限于一会而其性质又不甚重要者，与社会没有直接关系者，不可详加记载；重要的集会，讨论的问题又与多数人有关系的，才可以详细记载。

第五，谨慎对待广告新闻。刊载"类似广告之新闻"，而"牺牲其他纯粹之新闻，殊不值得"。遗憾的是，"吾国报纸则淫药广告，无日靡有。虽曰维持营生，不得不尔，抑知维持报纸营业而使群众受害，于心安乎，即属正当广告而为之宣传，所占地位，亦不宜过多，仅可酌登其'事实'，若过甚其词之字句，则期期以为不可"①。精益编辑原则要求，编辑带有广告性质的新闻时，应讲求伦理原则。

精益编辑思想的提出，标志着中国的编辑人对新闻事业发展规律认识水平的提高，而这恰恰与中国新闻教育事业的发展及新闻学科的建立休戚相关。1918 年 10 月，北京大学新闻学研究会成立，中国拥有了第一个新闻学术研究团体，也拥有了第一个高等新闻教育机构，中国人也开始知道，在诸多的学科门类中，还有新闻学这一新生儿。中国新闻学的"开山祖"徐宝璜是北京大学新闻学研究会的副会长，他兼任导师，主讲"编辑新闻"课程。1923 年成立的北京平民大学新闻系曾开设"新闻编述法"课程。1925 年组建的上海复旦大学新闻系曾设"新闻编辑"课程。1929 年成立的上海沪江大学商学院新闻学科曾设"编辑"课程。编辑学作为一门独立的学问，已经走进了大学讲堂。这一时期，中国最早的一批新闻学著作相继问世，新闻学者在自己的著作中每每论及"编辑"问题：1919 年，徐宝璜在中国的第一本新闻学著作《新闻学》中，以一章的篇幅探讨"新闻之编辑"；1922 年，中国的第二本新闻学著作，任白涛的《应用新闻学》问世，其第四编为"编辑"；1928 年，周孝庵的《最新实验新闻学》出版，其第二编是"新闻编辑法"。周孝庵多年担任上海《时事新报》的编辑，也曾兼任复旦大学新闻系的新闻编辑教授，他在《最新实验新闻学》中，对《时事新报》的精益编辑实践进行了经验总结，同时进行了理论升华，这是这一时期新闻学术研究与新闻教育实践推动新闻编辑业务发展的典型例证。

---

① 周孝庵：《最新实验新闻学》，第 289－290 页。

三　大众化编辑思想

1. 大众化编辑思想的萌芽

抗战爆发，国难当头，中国的新闻人何去何从？他们做出了抉择：新闻抗战。新闻抗战不是指新闻工作者只身投入抗日洪流，而是指通过新闻宣传构筑国民心理的国防。然而，现实实在令人遗憾："从抗战到现在，还没有一张大众可看的通俗报纸，实在是个欠缺。"① 中国的报纸，一向是供给都市中的中上层人士阅读，而都市中的下层人和乡村的农民往往与报纸绝缘。在平时，报纸脱离大众，本是"无可厚非的"，但在抗战期间，报纸必须走向大众，因为抗战要"取得最后的胜利，便不能不发动全民族的抗战"② 。为此，爱国的新闻人发出呼吁："为什么新闻纸要保留那高贵的身份？为什么新闻纸与大众中间却要隔一座桥？……快来做拆桥填河运动，使新闻纸能普遍各个阶级之前，不要专为张三先生一味的烧甜肉。"③ 走向大众的报纸如何编辑？人们提出了一系列设想。

第一，大众化编辑意味着报纸内容的大众化。

报纸内容的高深与通俗，主要不是在新闻消息上，更多的是在评论、专栏、副刊或带有高深学术性的理论文章上有所区别。但即使是内容高深的文章，也应该注意通俗化、大众化。这是由大众的文化素养决定的："社会万象纷纭，报纸只能对一问题作普遍介绍，不能作精深探讨，盖专门问题，必须有根本的预备与

---

① 　张友鸾：《战时新闻纸》，第 15 页。
② 　同上书，第 16 页。
③ 　同上书，第 16 页。

素养方可理解，普通读报人，不必皆为学者，不必对于专门问题，发生浓烈兴味，普通人所欲知者为与其本身有切实关系之日常事物，普通常识。报纸应于此处努力（在中国尤必要）。"[①]

第二，大众化的编辑，要尽量使其语言通俗化。

若想使新闻宣传产生宏大的力量，我们应该使每条新闻都能生动活泼，人人都看得懂，人人看了之后都留下一个深刻的印象。然而事实不尽如人意："随军记者以及其他的外埠记者，为了节省字数，拍发电报，力求字句简单，简单到像左传春秋一样，编辑人一字不易地刊出，还加些典雅的题目，这是知识阶级的文艺消遣品，哪能伸张宣传的力量到大众业中？用白话写的访问记等等，为了表示记者的学力，便不免力求欧化，用倒装的文法，用深奇的新字，纵然读者看懂了，却很少发生作用，因为他们在文字上已经费了很大的脑力，再不能想到其他了。"[②]在这种情况下，编辑必须下一番工夫，必须"将所有新闻原稿，一律加以改作，使之成为通俗的"[③]。大众化的报纸应当是这样的报纸，那些略识"之无"的人，慢慢地能够看懂，那些目不识丁的人，能够从旁人的阅读声中听懂。若想达到这种理想境地，"全国报纸，无论新闻消息，评论，专栏，副刊，以至于各种广告启事，都一律要用通俗的大众化的文字刊出，便于各阶层、各职业群的大众阅读"，"彻底打破报纸文字的公式，滥调，套语，只求达意写真，极力避免雕字琢句"[④]。

第三，大众化编辑意味着不要过分讲究编辑艺术。

---

① 花应时：《理想中的新闻纸》，《民国新闻》第 1 卷第 2 期，1933 年 12 月 12日。

② 张友鸾：《战时新闻纸》，第 15 页。

③ 同上书，第 16 页。

④ 王克让：《报纸应该大众化》，《新闻记者》（中国青年新闻记者学会）第 1卷第 8 期，1938 年 11 月 1 日。

"大众所需的报纸，议论愈少愈好，新闻愈短愈好，文艺作品愈驳杂愈好。"①　"对于编排，花样不必太多，但要极力活泼，有力，醒目。行与行间要多空白。而旧式传统标题，十九讲对称，讲整齐，例如主题之左如有二子题，必须字数一样多，否则便是犯了新闻上的大不韪。实则，正因为如此，常常会因字数限制，弄成以多割少，或以少凑多，结果不是词不达意，便是意不达词。笔者主张，新闻标题，应该彻底打破对称整齐旧调，不问字数多少，并可用标点符号，使其更能达意，醒目，有力!"②大众化编辑，必须抛弃编辑艺术方面的种种教条主义做法。

第四，大众化编辑意味着报型愈来愈小。

在报纸走向大众方面，小型报有种种优势，价格低廉是其首要特点："报纸既为整个社会的反映，必期与群众发生关系，换言之，即使一般人在其经济可能范围内有读报机会，使报纸篇幅减少，价格降低，实为推广销路之有效办法。"③　"大众化的报纸，就必须以小型报为主，小型报需纸无多，本钱廉省，批卖的价格自然可以降低，使其能够适合士兵农工大众的购买力。"④

小型报还有一个特点，它除了给予贫苦大众以购买力外，还因其"文字和趣味方面，均较大报为浅显，所以在不能阅读大报的群众，而大多数能够阅读小型报，在对大报不感兴趣的大众们，而拿起小型报，则莫不津津有味的阅读着（在各大都市的街头巷尾，常常可以遇见小贩或人力车夫在看小型报）"⑤。

---

① 王新常：《抗战与新闻事业》，第 41 页。
② 王克让：《报纸应该大众化》。
③ 花应时：《理想中的新闻纸》，《民国新闻》第 1 卷第 2 期，1933 年 12 月 12 日。
④ 王新常：《抗战与新闻事业》，第 39 页。
⑤ 汤炳正：《小型报的缺点及其改善办法》，《报学季刊》第 1 卷第 4 期，1935 年 8 月 15 日。

　　由此可见，小型报不仅实现了报型的大众化，从而让士兵农工都买得起，而且实现了报纸内容的大众化，从而使士兵农工都看得惯。这样一来，小型报自然"能够深入各阶层，并在社会的各阶层发挥广播抗战理念的作用，然后能够达成全民族总动员的目的"①。为此，中国青年记者学会总会公然宣称："今后阶段内，宣传工具，自全国范围言之……小报重于大报，故本会工作应以推进地方小型报为中心任务。"②

　　1935年，成舍我在上海创办《立报》。《立报》是中国小型报纸走向大众化的一个典范。《立报》高举小报革新的旗帜，为使自己成为真正大众化的报纸而采取了一系列举措：售价便宜，永不涨价；保证每早准时送到，如不送到可打电话查询；在形式方面开创了一张小报有固有格式——第一版专门刊载国内要闻、短评，报头两旁附以人物图画、时事漫画。二至四版上半版分别刊载国外新闻、本埠新闻和社会动态，下半版则开辟《小茶馆》、《花果山》、《言林》三个副刊。

　　副刊《小茶馆》充分体现了《立报》的大众化编辑思想。《小茶馆》努力以浅显通俗的文字，写出有益于"下层民众"思想进步和增进常识的文章。之所以取名"小茶馆"，就是希望黄包车夫也能进来坐坐，不是像大饭店那样让穷苦的朋友们进不来。《小茶馆》还设有多个专栏，其中的"血与汗"专栏帮助穷苦朋友认识自己的处境，"苦人模范"专栏鼓励穷苦朋友恢复自信心，"街头科学"专栏则给他们以普通的知识。经过种种努力，大众化的《立报》受到了群众的欢迎，成为当时销路最好的一张小型报。

---

　　① 王新常：《抗战与新闻事业》，第39页。
　　② 青记总会：《给全国会友一封信》，《新闻记者》第2卷第8期，1940年9月1日。

1935 年 11 月，《立报》曾发表过一篇文章，题为《立报是立着看的》，从一个侧面说明《立报》的大众化改革是成功的。文章说：

> 有位朋友告诉我道："《立报》是立着看的。"……他说："我有证据。我每天早晨八点钟，搭电车到办公室。在电车站，或在公共汽车站候车的时候，卖报的小贩喊着卖报，就有人买一张立着看，一也。后来到了电车里，因为电车里人挤，有几位先生们、女士们一手拉着皮圈，一手拿着《立报》看，二也。及至到了我办公的地方，走进电梯里，那位开电梯的工友也是把《立报》塞在衣袋里，忙里偷闲地拿出来看，三也。你说，候电车的，拉皮圈的，开电梯的，他们都能坐吗？他们都是立的。所以我说《立报》是立着看的，这话不错吧！"①

由此可见，大众化编辑方针的具体运用，使《立报》赢得了广大的读者，特别是普通的劳苦大众。

第五，大众化编辑要兼顾报纸的"专门化"。

"欲使新闻事业真正民众化，余以为各报社及通讯社，须于各该社经济来源，暨阅览者之程度，加以斟酌。如基础建筑于农工也，所有言论记载，务须用肤浅之文字；如基础建筑于学术团体也，所有材料，不宜滥刊幼稚之作品。若在县区或乡镇，新闻纸只有一家，宜于副刊中，分为多种个别之周刊，以期各界咸得享受惠益。所有文字，且因力求简短，总之因地制宜，因势利导，不可过于拘执也。"中国新闻事业"惟有倾向'民众化'与

---

① 转引自萨空了：《我与〈立报〉》，《新闻研究资料》总第 25 辑，中国社会科学出版社，1984 年 5 月。

'专门化'之一途",才能"集合民众之力量,认定民众之立场,各各以其一部之民众,群策群力,斯能有济"①。"专门化"编辑是建立在受众分众化基础之上,而大众化编辑又是以"专门化"编辑为前提的。

第六,大众化编辑意味着报纸要做民众的喉舌。

"所谓民众化者,非仅恃有民众输助之精神及物质,必也报社通讯社秉笔之辈,兼须以民众之意志为意志,以民众之需要为需要,民众有疾病,随时为之宣达,民众有要求,随时为之协助。如是,则贪官污吏,土豪劣绅,以及不利民,不便于民之行动,均当因此而有所畏惮,不难渐即消释。"② 走向大众的报纸,既要让大众看得起,还要让大众读得惯,更要为大众的利益"鼓"与"呼"。

2. 大众化编辑思想的成熟

20 世纪 40 年代,以《解放日报》改版为中心的中国无产阶级政党办报实践在延安地区得到了充分发展。1942 年 8 月 4 日,《解放日报》发表社论指出,我们必须使"报纸的工作带着浓厚的群众性"。③ 在这一思想的指引下,《解放日报》在具体的改版实践中向大众化编辑方向做出了尝试:版面安排上改变一版、二版国际新闻,三版国内新闻,四版陕甘宁边区新闻等脱离实际的局面,而变更为一版边区新闻、二版解放区新闻、三版国内新闻、四版国际新闻,从而密切了与群众的联系。报道内容方面,《解放日报》注意反映群众的生产和生活,报道劳动模范的先进

---

① 项士元:《如何使新闻事业真正民众化》,《报学季刊》第 1 卷第 3 期,1935 年 3 月 29 日。

② 同上注。

③ 《报纸和新的文风》,《解放日报》,1942 年 8 月 4 日。

事迹，仅 1943 年上半年，《解放日报》上出现的劳动模范人物就多达 600 多人，包括种棉能手、运输楷模、妇女劳动模范、机关学校劳动模范以及先进集体等。其中，有关南泥湾、金盆湾和南区合作社等先进集体的新闻报道就多达 40 余条①。改版后，关于劳动人民的报道经常上头版头条，甚至还配发社论。在这一过程中，大众编辑思想逐步走向成熟。

走向成熟的大众编辑思想，具体包括以下几个方面：

第一，着重新闻的地方性。

（1）就新闻范围来说，第一位的是地方消息。（2）在国内国际消息的关系上，也着重从解放区"具体条件上来考虑，看这些材料对当前群众工作及思想所起的作用如何，以此来作为取舍的标准，并决定其应有的版位"②。（3）"凡与群众切身生活关联不大的新闻，就不强调新闻的时间性，而强调它的教育作用，尤其是一些正在发展着的又不太重要的时事消息，我们一般的是等到问题发展到一定的阶段，再加以综合分析，扼要简明的告诉读者（当然与群众切身生活有关的，则越及时越好）。"③（4）"新闻内容不过于强调新颖，而是着重新闻对工农的作用，有些重要问题，就不嫌重复，采取各种不同的方式，向群众反复进行教育。"④

第二，多用群众自己的活动来教育群众。

（1）多用典型经验、各种具体生动的事实，少用理论性强的论文来说明问题。理论性质的文章，只是作为对某些重要问题的一种及时的、必要的或补充的说明。（2）在取材方面，要

---

① 参见丁淦林主编：《中国新闻事业史》，高等教育出版社，2002 年 8 月，第 316 页。

② 宫达非：《大众化编写工作》，第 30 页。

③ 同上书，第 32 页。

④ 同上书，第 32 页。

着重从群众的现实生活中来提出问题，进一步再来指导群众，也就是实行编辑中的"从群众中来，到群众中去"的方法。不要以编辑自己的爱好来取材，也不要从写作的技巧上来取材。"必须善于从一些片断的、不成样子的、工农的稿件中，来研究发现群众动态，和各种切身的生活问题，所谓用'沙里淘金'的精神，对群众稿件负责。"① （3）不过于强调成熟的、系统的经验（当然有则更好），多关心点滴经验，甚至一时一地一个小问题上群众的创造，不论细小的生活问题，还是工作的经验。因为小经验是大经验的开始，等待经验成了系统再提出，那我们的指导工作，时常要远远地落在群众的后面了。（4）注意发扬群众自下而上的政治积极性，以代替自上而下的、灌输式的教育。（5）有些问题，在群众的思想层面已经成为重要问题，或是在工作上需要加以指导的时候，但是手下还没有这方面的材料，除了刊载必要的论文以外，可多多通过通讯工作的开展，来推动问题的解决，如用记者信箱、有问必答、大众学校等形式进行教育，以引起读者的关心，或是引起讨论，这常常比刊登论文有效果。

第三，掌握典型、掌握中心、掌握重点。

（1）掌握典型：凡是有创造性的有指导意义的典型事例，尤其是对中心任务有指导意义的典型事例，要及时掌握争取时间登出，并放在重要地位，哪怕这个事情很小，甚至在内容上还不太安全，不太充实。（2）掌握中心：对于有较大指导价值的成熟经验，或者"为了把某一种问题，某一种思想深入普遍在群众中引起注意，进行教育或是起来行动，则可以采取'重点配备'的办法"，加以特别突出的编辑。所谓重点配备，"即是围绕一个中心，多样化的表现。有时用一个版的篇幅，有时在一整

---

① 宫达非：《大众化编写工作》，第33页。

期报纸上，围绕一个中心用四个版来配备"①。（3）掌握重点：有些问题不能一下子引起读者的注意，或者有的时候某一思想问题不是一下子可以解决的，就要采取连续的典型报道形式。有的时候要宣传一些重要的时局思想，或者某些基本思想，则不要怕重复，要反复进行宣传教育。

第四，多关心群众的切身生活，加强文化教育的比重。

大众化的报纸，其主要任务除了指导政治生活，成为党领导群众运动的喉舌以外，更有其直接对群众进行文化生活教育的责任。因此就政治指导意义来说，要有中心，有重点，问题不要太复杂。就文化生活方面来说，则又要丰富、亲切，成为群众的朋友，特别要和广大农民交朋友，并要多多给群众一些最基本的文化知识。

第五，采用大众化的形式。

大众化的报纸，在编排上注意群众的情调与色彩，首先在形式上要多样化，如在每期报纸上要有消息、论文、小通讯以及小调、诗歌、顺口溜等。题目也应适合群众的口味，即通俗化与多样化。最好还要多放些木刻、小报头。小报头也要合乎工农情感，"多刻些健康、愉快、笑嘻嘻的工农姿态，不要刻什么奇形怪状的或单纯象征派一类的图画"②。

大众化编辑，还要注意稿件的文艺性。每篇稿子，都要或多或少带些文艺性的特点，甚至连论文也要带些文艺的气氛。

第六，编排习惯的大众化。

排版格式也不强调穿插得太复杂，一般是以方块为主，因为这种样式，可以方便工农阅读，当然"也尽量求其均匀、美观

---

①　宫达非：《大众化编写工作》，第 35 – 36 页。

②　同上书，第 40 页。

和富有工农淳朴的色彩"①。

　　总之，"'怎样编'的基本问题，也就是怎样掌握指导与群众相结合的问题，这是一般报纸所共同要注意做的。大众化编辑工作，则更是着重群众性这一特点，不但要把政策（群众要求的集中表现）坚持下去，而且要用群众自己实现政策的行动、思想，集中起来再去教育指导群众"②。这是大众化编辑思想的基本精神。一句话，大众化编辑思想的基本精神就是在编辑工作中贯彻群众观点与群众路线。

---

①　宫达非：《大众化编写工作》，第 42 页。
②　同上书，第 30 页。

第四章　媒介经营与管理思想

1919 年至 1949 年间，媒介经营管理思想经历了两次转化，第一次由企业化经营管理转为战时经营管理，第二次由战时经营管理转为军事管制。

一　企业化经营管理

第一次世界大战期间，中国的民族资本主义利用战争造成的有利时机，得到了迅速发展，民族资本工业出现了资本集中与垄断。这种情况在报界也有所反映，一些报业资本家，如史量才、胡政之、汪汉溪等，分别引领《申报》、《大公报》、《新闻报》等向企业化方向推进。新闻实务界的这一变化，引起了思想界的重视与研究。

1. 企业化经营的必要性

中国的新闻事业有无必要向"企业化"方向迈进？人们进行了理论思考。

戈公振全面肯定新闻事业"企业化"经营的做法：

> 所谓报纸之商业化[①]，有两点使我们可以注意：就是因器械

---

① 当时，人们对新闻事业的"企业化"经营方式有多种称呼，诸如"营业化"、"商品化"、"商业化"和"产业化"等。

的改良，原料的供给，工薪的增加，而经济集中，更因经济的集中，而人才亦集中了。所需的机械，要有丰富的原料，以及大量的工资，均有很大的资本不可。另一方面，要优秀的人才，就非出很大的代价办不到……由这形势看，报纸故不得不商业化，欲是不向商业化的路上去，报纸就无法使它发展与存在。①

在戈公振看来，新闻事业的"商业化"，可以增强媒体的经济实力，可以培养优秀的新闻人才，而这是新闻媒体生存的前提。戈公振进而指出，新闻事业的"商业化"是中国新闻事业未来发展的方向："中国报纸会不会商业化？我以为是一定的，也会走到这条路上去……中国报纸之商业化，我们可以不必怀疑，也只有商业化是中国报纸的出路。"戈公振认为，报纸的"商业化"会带来一系列好处：

> 报纸商业化必然的是政治色彩日淡……商业化的结果，那些广告家一定拣销路最多者。只须出这一笔钱就行了，不必在所有的报下登广告，销路最多的报，就是资本最大的报。因为他们有人才，器械，所以能吸引多数读者，有人以为这样一来，大资本报的主人，就可以操纵舆论，不顾事实了。这也不会的，凡是看报的人，必有相当程度，他们可以监督报纸，这种大报的主人，决不肯失信仰于读者，因为销路一跌，广告较少，也不能维持了。依据上述，报纸之商业化，的确是报纸进化的一条路径。②

----

① 戈公振：《报业商业化之前途》，李锦华、李仲诚编：《新闻言论集》，广州新启明印务公司，1932年4月，第152页。
② 戈公振：《报业商业化之前途》，李锦华、李仲诚编：《新闻言论集》，第154－155页。

戈公振对政治势力操纵舆论的现象深恶痛绝，认为新闻媒体通过"企业化"经营的方式，可以增强自身经济实力，而经济的独立，就可以使新闻媒体有效地抵制各种政治势力的控制，从而实现新闻报道的政治自由。戈公振对新闻报道政治自由的追求是值得充分肯定的，但新闻媒体在经济上独立并不意味着政治自由的获得，在当时民主政治制度尚未建立的社会历史条件下，这一点表现得更为明显。戈公振高估了经济独立在保障新闻自由方面所能起到的作用。

陶良鹤对新闻事业的"企业化"经营进行了剖析：

> 最近新闻事业的趋势，已变成为一种伟大的企业了。于是遂发生了下列的各种现象：（一）因为新闻业成了企业的一种，必须构成适当的系统的组织。（二）新闻业既成了一种企业，纸面的广告，遂不得不受广告主的支配。（三）又既成了一种企业，而发生了原料，劳动，管理的各种问题。（四）新闻纸的贩卖，也和其他的商品一般，而引起剧烈的竞争。（五）竞争的结果，而增设社会事业部，以服务社会事业，博世人的赞美，树一报的声威。①

陶良鹤进而指出，新闻事业成为一种企业，会产生两种潮流：

> 原来新闻社大概是个人创立经营的，而初创很感困难，新闻业只是一种损失的事业，后来由政论时代进化到现代的新闻业，因为有巨大的广告费的收入，又有普遍众多的读者，却变成了一种赢余的事业。资本家投了巨大的资本，招

---

① 　陶良鹤：《最新应用新闻学》，第 85 - 86 页。

揽专门的人才，为完善的设备，其事已有较稳的把握，差不
多成为确当投资的事业。而产生了大资本的新闻社，造了二
大潮流，一是托辣斯（Trust）化，一是企业的组合（Syn-
dieate）了。①

　　可见，陶良鹤对新闻事业的企业化经营进行了一分为二的分
析，企业化经营可以完善新闻媒体的组织结构，可以增强新闻媒
体的经济实力，可以增强新闻媒体的"声威"，然而，也可以产
生"托辣斯"② 化的后果。在陶良鹤那里，他并不反对新闻事业
的"企业化"经营，但认为"企业化"经营会产生不良后果，
并寻求扼制不良后果产生的办法："新闻业的较有眼光者，鉴于
合作的必要，而有消费的分担，成为一种'企业组合化'了。
这可以说是一种物极必反的回溯。"③ 陶良鹤寄希望于"企业组
合化"，认为"企业组合化"可以校正"托辣斯"化产生的
流弊。

　　谢六逸以世界新闻事业发展趋势与特点为背景，倡导新闻事
业的企业化经营。谢六逸认为，世界新闻事业的一个"共通现
象"是新闻事业走上了"产业化"之路。20 世纪是新闻兴盛的
时代，新闻是时代的产物，所以新闻事业便跟着时代潮流前进。
从前的新闻，或将特殊消息供给少数的读者，或者作为发表政论
的机关，这种时代已经过去了。"现在是资本主义的时代，新闻
受了经济势力的影响，它脱离政治的羁绊，变成一种产业，这是
当然的发展。"④ 谢六逸认为，这是新闻事业的进步，这种进步

---

① 陶良鹤：《最新应用新闻学》，第 86 页。
② 今译作"托拉斯"。
③ 陶良鹤：《最新应用新闻学》，第 86 – 87 页。
④ 谢六逸：《国外新闻事业》，第 1 页，申报新闻函授学校讲义。

源于现代机械文明的发达扫除了新闻制作和发行方面的障碍。现在有专门的印刷新闻的纸张，有高速率的卷筒机，有电报电话，有飞行机，又有"无线电照相"和用无线电传播新闻的方法；新闻制作方法的发达更是无止境。同时广告也极其发达，这些原因，都足以使得新闻成为一种产业。在现代的文明国家，"'新闻'确为一种很大的企业"。在谢六逸那里，新闻事业的"企业化"是世界新闻事业的"共通现象"，是无法回避的一个现象。所以，他赞成新闻事业的"企业化"经营管理。

郭箴一同样从媒体经济独立的角度论述企业化经营管理的必要性，指出："'营业'二字，如能办好，还可经济独立，办报而能经济独立，外面之津贴，可以不拿，万恶之竹杠，可以不敲，在任何方面，可以不致被人收买，岂非洁身自好之一种好办法乎？"①

钱伯涵、孙恩霖则从办报目的入手，分析新闻事业企业化经营的必要性。他们指出：

办报的目的，我们可以简括分为两种：一种是宣传；一种是赚钱。但无论你办报的目的是赚钱，或是宣传，终究脱不了经济的范围，就是一张宣传学说政见的报纸，要是没有经济作后盾，终究不能永久存在，而它的力量，也就很有限的了。所以外国有一句成语，就是"报纸的力量，决不能超过它的经济来源"。就是政党所办的报纸，它言论的犀利，新闻的正确，印刷的精良，销路的广阔，在在都靠有经济的力量，为作后盾，而所谓经济的力量者，决不是靠政党的支给，机关的津贴，就会发生的。一家报馆，必须能自身

---

① 郭箴一：《上海报纸改革论》，上海复旦大学新闻学会，1931年5月，第30－31页。

经济独立，然后才能发出力量。有了力量，才能有精神有号
召力，有领导民众及左右舆论的权威。以上所说，在某一已
往的时期内，一定有一种人认为是一种不经之谈，或竟认为
是市侩的口吻。他们认定报纸是纯粹的文化机关，或是借来
作为宣传政见的工具，但不屑谈到它的经济存在或是什么赚
钱不赚钱的问题。在那些比较闭塞的地方，这种见解或仍有
存在的，但是在现在开通的地方，这种见解已经被近代科学
的进步，和营业的竞争驱除殆尽，而办报的人和主笔先生们
已经不能再抹煞营业政策的重要了。①

刘觉民也强调，报纸的企业化经营是报纸独立、自尊的
前提：

近代的报业同其他的产业组织是没有什么区别的，报社
等于制造厂，报纸犹如商品，报社印制报纸的目的正和其他
产业制造商品的目的相同，就是他不仅在印制报纸而且要把
它卖给公众消费。因此报业同样的有生活的问题，售卖的问
题和理财的问题，一个报纸如果要能独立，能自尊，能发生
舆论的威力，能有经济的自足自给的力量，那他对于营业的
各方面必须使他协调，所有一般企业经营的各种问题也必须
切实的注意。②

郑瑞梅则指出，报纸若想尽其"代表大众利益"之职务，
"须先求报社之独立，欲报社之独立，须先谋经济之独立，而经

---

① 钱伯涵、孙恩霖：《报馆管理与组织》，第 1－2 页，申报新闻函授学校讲
义。
② 刘觉民：《报业管理概论》，商务印书馆，1936 年 6 月，第 14 页。

济之独立，乃不得不求营业之发展"①。

综上可见，大家的见解基本上是一致的，报纸只有实行企业化经营，才能谋求经济的独立，从而摆脱政治等各种外在力量的束缚，真正发挥舆论机关的作用。

2. 如何经营

报纸的特性决定了，新闻纸可以进行企业化经营，但又不同于一般的企业经营。

对于报纸的特质，钱伯涵、孙恩霖进行了论述：

> 办报既系营业的一种，报馆用原料加以人工和机器制造出来的东西，当然也就是商品的一种了。报纸这一个商品，可以说是一个很奇特的商品，与普通商品不同的。我们且不谈论报纸在教育、文化、宣传等等方面的特殊功用，因为那些多系在我们营业观察点之外的。我们要说的，就是它的销行和售卖的方法，与他种商品完全不同。别种商品，用原料加入了人工和机器制造出来的，它的售价一定比成本大；但是在营业发达的报纸，它的售价，反而比成本低。原料加了人工和机器，结果还比原料便宜，这是报纸商品之一种特殊的性质。②

钱伯涵、孙恩霖还举例分析报纸的这一特性：在外国，二分钱可以买一大卷报纸，星期日花五分钱可以买一大捆报纸，里面有画报、星期杂志、科学论文、长篇小说等等，其成本一定在一角以上，售价远远不及成本大。就上海《申报》而论，也可见

---

① 郑瑞梅：《报纸营业之方针》，《新闻学期刊》，1935 年 2 月。
② 孙恩霖、钱伯涵：《报馆管理与组织》，第 4 页。

一斑。阅者订阅《申报》，虽然每月要花费一元多钱，然而，如果把积攒了一个月的旧报，作废纸去卖，就可以收回报费的一大部分。而对于报馆而言，成本则要大得多。《申报》批发给报贩或分销处的定价，不过六角左右，纸张的钱就不止这些，更无须计及铅字、油墨、机器、职工，以及其他一切开销了。

钱伯涵、孙恩霖进而指出：

> 因以上一点，就引出第二点特殊之点，就是别的商品，越多卖越赚钱；而报纸是越多卖越赔钱。因为一份报损失一二分，像申报日销十余万份，每日的损失积累起来到一年，也就很可观了。但是还有第三点特殊的地方，就是别的商品，赔本就可以不卖，而报纸却是越赔本越要卖，并且要多卖，竞卖。①

难能可贵的是，钱伯涵、孙恩霖不仅明确指出报纸是一种商品，而且看到了这种商品的特殊性。所谓的报纸越卖越赔本的论述，实际上向我们指明了报纸这种商品实现经济利润方式的特殊性。报纸的经济利润不是全部靠售价来实现的，而主要靠"出卖"版面，刊登广告来实现的，钱伯涵、孙恩霖虽然没有明确指明这一点，但毕竟指出了报纸作为商品与普通商品存在着差异。

对于报业的特质，刘觉民进行了更为详尽的分析：

> 一、报业是具有活力而逐日更生的一种企业，我们今天看的报纸的内容和昨天的报纸内容是大不相同，而且我们今天是无从知道明天的内容的，所以他是逐日换逐日更生的。

---

① 孙恩霖、钱伯涵：《报馆管理与组织》，第5页。

二、一般的产业可以预售一定质量的商品，同时在几天以前甚至在一年以前的生产品仍有随时随地售脱的可能，报纸却不能这样，报纸虽可预售可是他的质量是不能预定的，尤其是昨天以前过去的报纸除了特殊的需要而外是再不能随时随地有售脱的希望的。

三、报纸是含有地域性的商品，因为地方色彩是报纸制作的要件之一，大城市的报纸或者可以推销到小城市去，可是小城市的报纸就很难在大城市推销，一个国家的报纸不为第二第三国家的人民所需要，反之一般的商品却不如此，如像中国的丝茶之类在任何国家总有机会可以销售的。

四、普通商品可以向一个消费者作大量的售卖，而消费者对于商品的购买是无定期的，报纸却不能向一个读者同时销售两份以上，是以一单位为交易限度的，而且购订的时期也以一天一月或一年为标准的。

五、报业的资本大部分是投资在印刷机等设备，普通的企业和商业的资本大半是商品存货，报纸的机器除了用作印刷而外不能改为其他生产的工具。①

针对报纸的特殊品性，刘觉民指出，根据这几种不同的特点，我们可以知道报业的经营除了应用一般商业原理而外还另有其特殊的经营法则：

从上面第一点说，报纸的制作务求其快；从第二点看，报纸的内容务求其新；依照第三点，报纸必须注意所谓地方兴趣；根据第四点，报纸的推销应注意各个社会成员，能多获得一个定阅人，便算多得一分成功；依第五点可以知道报

---

① 刘觉民：《报业管理概论》，第 14－16 页。

业资产大半为不动产，对于管理及折旧诸方面，尤应有周详的设计和确定的政策的必要。①

在此基础上，刘觉民对报业经营"政策"进行了阐述：

第一，"训练能够懂得营业的人才和增进经理人才的知识和技能"②。初期的报业组织极其简单，许多报纸的创办人往往就是编辑人同时又兼任采访、写作、发行、广告等等职务，报纸差不多由几个人在那里包办，报纸销数很小，印刷成本很低，所以报业经营是不注意经营人才问题的。现在，报业一天比一天发达，成本增加与同业竞争问题都发生了，对经营的方法就不能不加以研究了，从事报业的必要的教育和组织训练问题也就不容忽视了。

第二，增加报业经营效率，减少报纸成本。"企业的胜利者，常常是伴随着两个条件而立足，第一个是生产效率的高度增加，第二个是生产成本的极度减少，前者无异间接减少管理的费用，后者等于间接增加社会购买力，这就是经济学者所说的'内在经济'和'外在经济'，报业企业化以后，他同样的不得不受这两种经济法则的支配而生存。"③

第三，巩固报业的物质基础以拒抗更大的报业吞并，同时为自己走独占或联合经营之路做准备。"高度的生产制度下的经济社会，试问哪一种事业不含有企业化的意味，哪一种事业不向着尖锐化的竞争和吞并的道路奔驰。报业的商业化自然也摆脱不了这个经济范畴的波涛的震荡。"④

第四，促进报业内部的合作效能。报业的分工是多方面的，

---

① 　刘觉民：《报业管理概论》，第16页。
② 　同上书，第17页。
③ 　同上书，第17－18页。
④ 　同上书，第18页。

它比任何企业更需要各部门的合作，然而，许多报业的编辑部和营业部是互不通气，甚至广告部和发行部也各行其是，这是落后的而且是危险的。所以必须使多方面分工的报业各部门能够互相协调地一致地在一定政策之下获得最大的合作功能与效果。

第五，要巩固和强健报业的经济基础，同时要使报业的经济基础巩固之后能够避免被外势力操纵。我们不能"太重视报业的公共事业性和报业的伦理性而忽视了他应先有强健的经济基础这一点，这不是说不应当注意他的公共事业性和伦理的要求，这更不是说我们只顾营业部分的发展忽略他本身的特质而放弃所负的使命成为一种纯粹的营利的普通商业……要先巩固和强健报业的经济基础，然后报纸为公共服役的责任才能完成"①。

第六，通过报业财政自给自足而力求报业的独立和言论自由。

总而言之，报社的经营"必须以科学管理方法和商业经济原理为其基本条件"②。

针对报纸的特性，陈畏垒指出，新闻纸不能纯为营利的或纯为公益的，健全的新闻纸，必须兼具二者。即一方面努力于营利，巩固经济基础，从而"恢弘其公益的任务"；另一方面努力发扬公益的精神，"辅助其营利目的之发展，正如车有两轮，不可偏废。准是以言，故新闻纸不能专为顾全其机关之存在与营利目的（如迎合群众，吸收读者，亦为营利目的之一），而牺牲其对于社会公众之责任。同时社会任何方面亦不能望其绝饮弃食，绝对的公而忘私，乃至以危及机关生存。"③

---

① 刘觉民：《报业管理概论》，第19页。
② 同上书，第16页。
③ 陈畏垒：《新闻纸之本质与任务》，《报学月刊》第1卷第1期，1929年3月。

　　萨空了同样对企业化经营管理的方式进行了设想。萨空了首先指出新闻具有商品性，这是制定经营管理原则的前提：

　　　　谈到管理一桩事业，——生产的事业，其生产的成果，准备使它成为一种商品，到市场上去销售，换回资金，来维持或扩大再生产，管理的原则自然完全一样。报纸和普通的商品虽然不同，但它今日仍然是商品，制造是为了销售，在这原则未变前，管理一个报社和管理一个商品制造工厂，应当毫无不同。

　　　　商品制造工厂的管理，目的是在逐求工作效率的提高，最终目的是多获得利润。这种管理自然须是整体的，由原料购入到成品售出，整个的由制造到销售的全过程，都须管理。要力求制造成本减低，出品成绩提高，生产时间缩短，销售市场扩大，资金流回迅速。报社当然也须如此，可是中国今日的报社管理，决不能与一个中国现代化的普通工厂管理相比，因为报社的管理显然的落后多了。

　　　　最大的原因，当然是新闻事业，在中国，还未被认为是一种企业，过去的大约只有上海的几家报纸，曾经约略具有企业的性质，其他大约都谈不上。[①]

　　针对中国报业现状，萨空了主张，只有做到以下几点，才能改变中国报业管理落后的状态：

　　　　报社的管理，必须采取一般大企业的科学管理方法管理不可，那管理也没有什么特别，不外实现：（一）权力集

　　① 　萨空了：《科学的新闻学概论》，香港文化供应社，1946 年 6 月，第 131 - 132 页。

中，（二）厉行法治，（三）由细密分工而归于机动合作
而已。①

　　"权力集中"是指报社的社长"是全事业的中心"。社长不
但是一个彻底了解报纸制作技术的人，还必须是彻底了解报社管
理技术的人。也就是说，他须是可以在报社中作总编辑，还可以
到其他大企业中去做经理的一种能干的人物。有了这样一个人作
中心，一个报社才能有希望办好。萨空了认为，理想的模式是，
股东大会是报社的最高权力机关，由股东大会产生的董事会是经
常监督和决定事业最高原则的机关，其余的事权，一律交给社
长，这样事权集中，社长才能放手做事。

　　"厉行法治"是指，"为了求一个事业有效的发挥力量，非
有一个健全的组织机构不可，报社需要的健全的组织机构，就是
说把由社长到送报报差，给组织成了一具能动的机器。一定要组
织的好，这机器才真有用"。机器的组装，要靠事前的构图设
计；事业的组织，则要靠事前的立法，"立法的目的，是分工是
判断责任，同时还要引导着由分而合，构成一个整个的不可分的
力量"②。无论是社长，还是社长所管辖的各级组织系统，其责
任与权限，都要通过立法的形式，厘定清楚。

　　"机动合作"是指股东的认识要一致。经营企业的第一步是
集资，办报的第一步当然也是集资。然而，报业的企业化经营又
与一般的企业不同："办报在经营管理方式上尽可企业化，但是
这企业到底与一般纯以营利为目的的企业不同。对民众讲，它是
他们的精神食粮，对社会讲，它是军队而外的最有力的武器。想
经营这企业的人，决不单纯是为了营利，——虽然可能利润很

---

① 萨空了：《科学的新闻学概论》，第133页。
② 同上书，第133－134页。

厚，而附有教育民众，监督社会的目的，甚至这是主要的目的，根本能否牟利并不介意。这是其他企业所不曾具有的特点。"[1] 然而在集资时，报业的这个特点也增加了它的困难。一般企业在集资时固然要注意"志同道合"，而办报的要求更高。其他企业不过注意人能否合作，并且只要能赚钱，大部分股东就不会有什么意见；办报则不同，即使能赚钱，股东还可能因为主张认识的不同而发生纠纷。所以，办报如果不是独资而须集资时，股东们在社会科学方面的认识，非先求一致不可。

二　战时经营管理

"新闻纸原是一种企业，新闻社的生命是应以其营业收入来维持……在平时如此，在战时也是如此。"[2] 然而，战时的情况毕竟有所不同，经营方略也要加以改变。平时，读者的生活是安定的，但在战时，人们的购买力比平时减弱了，人们获取新闻的需要却比平时更迫切。如何减轻读者的负担而又满足他们的需要呢？人们进行了探索。

第一，印刷纸张改用土纸。张友鸾认为，在抗战期间，人们的购买力降低了，报纸的售价却在上涨，许多人推测，这是纸商的囤积居奇，或者是某一种人的乘机操纵。这种情形不能说没有，但基本上还是因为战时交通不便，以及新闻纸是进口货。纸价上涨了，新闻社又不能认着赔本，只有取偿于读者。读者的购买力本来已经降低了，还要增加他们的负担，"非但对宣传工作加了阻碍，而且于新闻纸的本身业务又何常有利"。[3] 为此，新

---

① 萨空了：《科学的新闻学概论》，第134页。
② 张友鸾：《战时新闻纸》，第29页。
③ 同上书，第31页。

闻纸要改用土纸印刷。"提倡土产，减轻成本，增加销路，有百利而无一弊之事，新闻界全是明达之士，何以谁都不肯实行呢？是为的存纸太多吗？是为的轮转机不能用土纸吗？都不是的。……所以不改土纸，一则因为面子关系，谁先用土纸仿佛谁就丢人；一则因为营业关系，大家怀着鬼胎，我改土纸而他人不改，则发行广告两俱受其影响，我们试看成都新闻纸，大家都是用土纸，销路广告，完全不逊于前时。如若重庆所有新闻纸一齐改用土纸，岂不甚妙？不但重庆，其他各处，因地制宜，有土纸可用的一律改用，战时帮助国家减少漏卮，战后也可帮助国家兴盛工业，至于用土纸以后，减低售价，销路更能普遍，对于新闻纸目前的本身，也是大大有利的。"①

第二，广告方面，要有所限制。"广告原是新闻纸的生命线"，可是在抗战的情况下，花柳药品的广告与寻人访友谋事觅物的广告收一样的价钱，实在是不应当。张友鸾认为，新闻社应当限制荒唐的娱乐的广告，最好是拒绝刊登。假如拒绝不了，那么就收取较高的广告费。对于人事广告，却应给刊登者以最大的方便。在抗战的特殊情况下，"新闻纸的经营者不能只讲赚钱，在商言商，不该赚钱的时候，还须放松一手"。②

第三，下大力气做好社会服务。"社会服务版"在抗战前就见诸中国报端了，不料在抗战以后，各报纸为了节省篇幅，多半把这一类版面取消了。为此，张友鸾痛陈其利害：

　　平时新闻纸社会活动，其目的不仅是服务，附带着是宣传，换句话说，借此推广报纸，让他深入大众业中。这本是新闻纸经营方法之一，如主办什么运动会之类，因此

---

① 张友鸾：《战时新闻纸》，第31－32页。
② 同上书，第33页。

甲新闻社做了一件事，乙新闻社决不帮忙。战时怎能和平时一般看法呢？战时需要甲新闻社发动一件事，乙新闻社丙新闻社全来协作。发动者既不以推销为目的，亦不以领导地位自居，则协作者自然不以追踪而来为可耻为被利用了。可惜我们贤明的新闻界未能尽去此种藩篱，于是谁发动谁居其功。其无自信力者，只是袖手作壁上观，除了本身工作而外便什么都不管了。这个现象很不好，希望将来各新闻社能够如手如足地合为一体为国家服务，要造成"不服务可耻"的信念。①

退一步而言，大规模的社会服务工作即使开展不了，最低限度在广告方面也应做出努力：

> 生意经虽则要谈，生意眼却当放高。一个失业的难民想觅取十元一月的工作，新闻社先收取他一两元广告费。平时也许在社会服务版用三五行地位刊出了，战时反要啜饮他们的血滴，这太难了。社会服务版暂时不能恢复，新闻社对于此一类人事的广告，总应想个办法。②

这种设身处地为读者着想的做法，具有重要而又崇高的意义："战时的新闻纸，为社会服务就是为国家服务，不论服务的当时有关战事或无关战事，其服务的结果于国家有利，却是必然的。"③

第四，大力发展小型报纸。小型报不仅满足抗战时期的特殊

---

① 张友鸾：《战时新闻纸》，第34页。
② 同上书，第35－36页。
③ 同上书，第36页。

需求，战后的前途也很乐观，许邦兴从报纸经营角度力陈原因：

> 小型报所以在中国发生，乃因社会经济衰落，人民生活艰苦，无力购买报纸等原因。事变以后，一般小资产阶级，受战争影响，财产损失不少。原来小康之家，今已沦为薪工阶级，再有大部分人民日日在饥饿线上挣扎。加以战后物价高涨，米珠薪桂，平民生活，日感威胁，能够订阅大报的，为数概少。所以，在几个大城市之中，小型报的销路，每驾乎大报之上。将来战事结束，国民仍须经过几年的刻苦生活，所以，小型报纸以其低廉的代价，可以比大报更易发展。

> 中国报纸原都集中于都市，事变以后，几大城市之报纸，大都先后瓦解，而化整为零，分散在各地刊行小报。报纸深入农村，打下了农民报的基础，同时也唤起了农民对时局的兴趣。将来，报纸离不开农村，而农村所需要的报纸，正是这种小巧玲珑的小型报。

> 中国社会之发展，农村与都市界线分明。但自事变以后，都市文化，深入内地，教育机关，工业组织，都搬到以前荒僻之地。于是"不相往来"之孤陋的农村，都渐渐的有了都市的气味。"都市化"不倡而行。报纸在农村中，立下基础，既如上述，而农村都市化，更能予它一些发展的动力，盖在将来，交通会一天天的发达，农村中，工商业会渐渐的昌盛，文明的空气会逐步的加深，凡此均需报纸之臂助。然农村人口较少，大报固不需要，而小型报尚矣。

> 中国国民教育程度过低，对于政治问题，尤其缺乏兴趣。将来中国之建设，必自农村始，所以民众的训练，乃极必要之事。而训练民众顶好的办法，就是利用报纸宣传，以其最为方便，又是天天出现，对读者既是"良师益友"，又

可收"耳提面命"之效果。①

　　许邦兴从经济基础、市场需求、交通条件、教育功能四个方面，分析了发展小型报十分必要，小型报具有很好的发展前景。

三　军事管制

　　随着解放战争的推进，中国无产阶级报业从农村革命根据地逐步向新解放的城市扩展。1948 年以后至新中国成立，新闻事业相对集中的大中城市陆续解放，清理和接管旧新闻事业成为工作的重心。中共中央制定和颁发了一系列文件，确立了对旧新闻事业的军事管制制度，加强了对旧新闻事业的接收与改造。

　　1948 年 11 月 8 日，《中共中央关于新解放城市中中外报刊通讯社处理办法的决定》颁发，随后，《中共中央对新解放城市的原广播电台及其人员的政策的决定》（1948 年 11 月 20 日）、《中共中央关于处理新解放城市报刊、通讯社中的几个具体问题的指示》（1948 年 11 月 26 日）、《中共中央对处理帝国主义通讯社电讯办法的规定》（1949 年 1 月 18 日）、《中共中央关于对天津旧有报纸处理办法给天津市委的指示》（1949 年 1 月 19 日）、《中共中央对北平市报纸、杂志、通讯社登记暂行办法的批示》（1949 年 2 月 18 日）、《中共中央关于对私营广播电台的处理办法给天津市委的指示》（1949 年 2 月 28 日）、《中共中央关于大城市报纸问题复南京市委电》（1949 年 5 月 9 日）、《中共中央关于未登记报纸施行新闻管制给华中局、华东局、西北局的指示》（1949 年 6 月 3 日）、《中共中央关于对旧广播人员政策的补充指示》（1949 年 9 月）等相继颁布。根据这些指示与决定，对新解

---

　　① 　许邦兴：《中国小型报纸》，《报学》第 1 卷第 1 期，1941 年 8 月 1 日。

放的大中城市的旧新闻事业的管制与改造工作陆续开展。对新解放城市的报刊、通讯社遵照如下办法进行接管与改造①：

凡属于国民党反动政府及其地方政府系统下的各机关、各反动党派及反动军队的各组织所出版及发行的报纸、刊物与通讯社，连同其一切设备与资财，一律予以接收，并不得再以原名复刊或发稿。

凡属于反对美帝国主义，反对国民党反动派政府的民主党派及人民团体所办之报纸、刊物与通讯社，予以保护。

对于私人经营或以私人名义与社会团体名义经营之报纸、刊物及通讯社，则区别对待：有反动政治背景又曾进行系统的反动宣传者，予以没收；在相当长时期内，一贯保持进步态度，反对国民党反动统治，同情人民解放战争者，予以保护；中间性的报纸、刊物与通讯社，不得没收，亦不禁止其依靠自己力量继续出版。

上述中凡属反动性质的报纸、刊物与通讯社，在解放军入城后，皆由军事管理委员会或市政府没收。对于允许出版发行之报纸、刊物与通讯社，必须执行以下规定：一律向当地政府登记，其在决定到达之前已经出版者，须补行登记。在申请登记时，一律报告其政治背景、经费来源、负责人姓名及其经营规模、发行数目、人员状况等。对于允许出版的报纸、刊物与通讯社，政府对他们实行事后审查制度。

所有允许出版的报纸、刊物、通讯社必须执行下列命令：不得有违反人民政府法令之行动；不得进行反对人民解放战争，反对土地改革，反对人民民主制度的宣传；不得进行反对世界人民

---

①　参见《中共中央关于新解放城市中中外报刊通讯社处理办法的决定》，中国社会科学院新闻研究所编：《中国共产党新闻工作文件汇编》（上），新华出版社，1980 年 12 月，第 189－193 页。

民主运动的宣传；不得泄漏国家机密与军事机密。

　　对于已被接收的报纸、刊物、通讯社的工作人员，也予以区别对待：对少数查有实据的特务分子、反革命分子要依法处理，其余的采取争取、团结与改造的方针，适当做出安排。

　　对于外国通讯社、外国记者、外国人出版的报纸、刊物的处理办法如下：外国通讯社非经中央许可不得在解放区发稿，并一律不得私设收发报台；外国记者停留解放区继续其记者业务者，应根据外交手续向人民民主政府请求许可，并不得私设收发报台，其发出之稿件，应受中央所指定之机关检查；外国人非经中央许可，不得在解放区出版报纸与刊物，原已出版者亦须报告中央处理。

　　对于新解放城市的电台，遵照如下办法进行接管与改造①：

　　所有敌方政府军队及党部管理的电台，必须全部接收。凡属广播台机件动力及物资，一律不许拆卸搬迁，作其他通讯器材，或其他目的使用，并务须争取于入城后迅速开始播音，首先播送我入城法令、布告、城市政策，并转播陕北广播电台节目。

　　鉴于敌人的广播电台，是对我作空中斗争的重要武器，其广播员与编辑人员大多数是经敌人选择，故对于旧广播员、旧编辑人员，一般不能任用。对于旧技术人员，分别加以甄别后录用。对于旧艺术人员，或其他靠广播电台售卖节目为生的人，可分别了解其情况后，照常录用或雇请。

　　大城市中还有少数民营广播台，因其直接联系群众且可能被敌人利用，故在军管期间，一律归军管委员会统一管理，并令其分别具报资本来源，政治背景，经理、广播员、编辑员的历史等，听候处理；对于国民党或其某一派系经营的民营广播电台，

----

　　① 参见《中共中央对新解放城市原广播电台及其人员的政策的决定》，中国社会科学院新闻研究所编：《中国共产党新闻工作文件汇编》（上），第194－196页。

查明有据，专门进行反动宣传者，予以没收；纯粹系私人性质，靠商业广告及音乐娱乐维持者，在军管会管理下，暂准许其营业，但必须做到，转播新华台节目，不得有反对人民解放军及人民政府之任何宣传，广播节目须经军管会审查；由外国资本及外国人经营之广播台一律停止广播，私人经营之短波广播台，一律停止广播。

新中国的广播事业，应归国家经营，禁止私人经营，在确定国营时，对某些私人经营的广播台及其器材，可由国家付给适当之代价购买之。

随着解放战争的进展，党对新解放城市旧新闻业的改造工作次第展开。中华人民共和国成立以后，这一工作仍在继续，直到1953年才基本结束。在这一过程中，随着旧有新闻事业改造工作的一步步进行，随着社会主义新闻事业的建立，我党的思想认识逐步发生了变化。1949年9月，《中共中央关于对旧广播人员政策的补充指示》指出："过去曾经规定旧广播员一般不用，现查旧广播员，仅作普通技术性的播音工作，政治上反动的不多，而有些在播音技术上则很熟练，我们亦无法大批代替。故旧广播员经甄别除政治上确属反动不用外，其余仍可在我们的负责管理教育下留用，这对我们没有坏处。"[1]

改造旧新闻事业有关政策的制定，基于我党对新闻事业性质的认识。1948年11月8日中共中央颁发的《关于新解放城市中中外报刊通讯社处理办法的决定》指出："报纸刊物与通讯社是一定的阶级、党派与社会团体进行阶级斗争的一种工具，不是生产事业，故对于私营报纸、刊物与通讯社，一般地不能采取对私营工商业同样的政策。除对极少数真正鼓励群众革命热情的进步

---

[1]　《中共中央关于对旧广播人员政策的补充指示》，中国社会科学院新闻研究所编：《中国共产党新闻工作文件汇编》（上），第286页

报纸刊物，应扶助其复刊发行以外，对其他私营的报纸、刊物与通讯社，均不容采取鼓励政策。"① 新闻事业是阶级斗争的工具，是这一时期制定军事管制政策的思想基础。

这一思想认识，随着社会主义新闻事业的建立，也发生了变化。中华人民共和国成立以后，对报业经营管理给予高度重视。1949 年 12 月 17 日至 26 日，新闻总署召开了全国第一次报纸经理会议，着重讨论报纸经营问题。会议决议指出："全国一切公私营报纸的经营，必须采取与贯彻企业化的方针。即公营报纸必须把报社真正作为生产事业来经营，逐步实行经济核算制。……公营报纸的编制应本企业化方针，根据具体情况，拟定适当标准。……工作人员费用应与事业费用同样作为报纸成本计算。暂时不能安置的人员应作特别预算，不应列在企业预算之中。"② 这种事业单位企业化经营思想，奠定了社会主义新闻事业经营管理的思想基础。

---

① 《中共中央关于新解放城市中中外报刊通讯社处理办法的决定》，中国社会科学院新闻研究所编：《中国共产党新闻工作文件汇编》（上），第 189 页。

② 《全国报纸经理会议的决议》（1949 年 12 月 26 日），张之华主编：《中国新闻事业史文选》，第 840 – 841 页。

第五章　新闻自由思想

1644 年，英国伟大的诗人、政论家约翰·弥尔顿发表了著名的《论出版自由》，提出了出版自由这一世界近代历史上富有启蒙意义的伟大思想。从此，新闻自由成为无数中外报人为之奋斗不已的一个重要目标。在现代中国，新闻自由思想经历了由乌托邦式的言论自由到接受新闻检查的新闻自由，再到反新闻检查的新闻自由的历史演替。

一　新闻自由的乌托邦

20 世纪二三十年代，人们大多没有将"言论自由"与"新闻自由"两概念进行区分，人们往往在对新闻自由的前提和基础问题——言论自由问题进行论述的过程中，倡导一种绝对的新闻自由。

戈公振从报人的立场出发，主张绝对的言论自由，他这样论述：

> 吾意服务报界文字方面之人，既以先觉自命，为争绝对的言论自由，应先有一种强固的职业结合。纵报馆之主持者以营业关系，不得不屈服于非法干涉之下；而自主笔以至访员，为尊重一己职业计，则不必低首下心，同一步骤。果全体认为有采某种行动之必要者，则全体一致进行，宁为玉

碎，无为瓦全，有背弃者共斥之，使其不齿于同类。总之，在位者不论何人，绝不喜言论自由，其摧残也亦易。一方面固在报界一致团结，以与恶势力抗，而一方面人民又当为报纸之后盾，随时防止恶势力之潜滋，不稍松懈。盖思想不能发表，徒成空幻，思想者必甚感苦痛，而忧积既久，无所发泄，终必至于横决，国家命运之荣枯系之。拥护言论自由，实亦国民之天职也。①

这种不受限制的言论自由关系到报社的生死，也关系到国家的命运，必须力加提倡。言论自由的获得，既要靠全体新闻人团结一致的努力，还要靠全体国民的支持。

陶孟和则从人的认知能力出发，从政治学学理的角度，倡导批评政府的言论自由。他指出：

现在政府都是为人民的利益而成立的政府，无论他的政体如何，没有一个政府敢自称是为一个人或少数人的利益成立的。主持政府事务的是人，就是普通的人；他们或者有特别的知识与能力高出于一般的人民，但是无论如何，他们决不是三头六臂，全能全知的神仙。况且今日政治渐渐的变成专门的科学（如政治学、宪法、国际法等）与技术（如统计、卫生、教育诸种行政事务）的时代，政治一切的问题，更不是几个或几千个政府人员所能完全包办的。人民虽然缺乏知识与能力，但是我们也不敢说只有主持政府事务的人专有知识与能力。人民虽然对于政治常缺乏明确的观念，但我们也不敢说人民竟毫不能觉察政府关于他们自己的利益处置。政府在政治上的过失是当然的，有了过失也不足为羞辱

---

① 　戈公振：《中国报学史》，第 378 页。

的；有了过失，而不肯自认为过失，那才是愚鲁的自擅。

假使我们承认以上所说的三点，政府是为人民利益而成立的，政府人员不是永远没有过失的，人民不是永远无知识与能力的，那么，言论自由便是每个公民所应有的权利。自从人民批评政府以至人民发表扰乱治安推翻政府的言论，其间实有极大的范围，尽可以容许人民有言论的自由。假使政府不容许这个自由，我们只可以推测有两个理由：不是政府自认为全能全知，便是政府所谋的不是人民的利益。

……

恶政府视言论自由为毒害，为仇敌，好政府视言论自由为兴奋剂，为滋养品。言论自由是每个好政府必不可少的要素。[①]

何子恒则把批判的锋芒直接指向当时的国民党政府，他说：

言论出版集会结社的自由，本来是国民党的党纲之一，可是这四年来，国民党虽掌握了中国的统治权，这一个基本的政纲，几乎没有切实的遵行过。直到全国人心十二分的失望之后，于是为收拾人心计，再于去年二月间，订立一种约法，旧账重提地对这几种人民基本的权利，再加一重文字的保障。……这个约法，在文字上总算对于人民的自由，加了一重保障，可是这种保障，只是一种文字保障，实际上必然地无半点效力，因为国民会议没有产生一个站在政府相对地位的人民参政机关来监督政府恪守约法的规定。后来政府一举一动所给我们的事实，几乎和未订这个约法时一样；许多理论书籍的不准发行，也还是老样；集会和结社，也并不因

---

① 陶孟和：《言论自由》，黄天鹏编：《新闻学论文集》，第221－222页。

这个约法订立之后，而稍呈活气。最妙的，就是和约法精神大相径庭的出版法，和危害民国紧急治罪法，竟一仍其旧，丝毫未经国民会议修正！

　　在不明了中国情形的外人，看了中国的约法上所载着的自由，或许会误认为事实，哪知在事实上，这些所谓人民的自由，只是纸上的自由；所谓人民的权利，只是一个骗骗小孩的空心汤圆！①

何子恒提倡的是名实相副的言论自由。他还说："一切的自由，绝不是一纸空文的约法所能保障，乃是从斗争得来的。"而言论自由本身又是一种斗争的手段：

　　自由，不论是言论出版集会结社的自由，都是不平等的社会里所特别发生的要求。在这种社会里，因经济上的不平等，所以不论在政治上社会上教育上，都发生了显著的差别。而言论出版结社自由，就是想凭藉其本身的力量，来打破经济上政治上社会上教育上种种的不平等。所以自由的要求，就在打破不平等的社会，实现平等的社会。自由是由不平等的社会，进到平等社会中的一种斗争的手段。待社会的经济平等了，自由的斗争，才变成不必要的事件。至于这个经济不平等的社会，一日存在，则自由的斗争，自然一日不可停止。

在现代中国不平等的社会中，言论自由的争取还是一个持久的过程。

_____

　　① 何子恒：《论中国所需要的言论出版集会结社的自由》，管照微编：《新闻学论集》，汉文正楷印书局，1933年10月，第120－121页。

杜超彬对大同世界的乌托邦式的新闻自由进行了理论构想：

> 绝对允许甚至鼓励出版自由，俾私人可以出版新闻纸，书籍，定期刊物等；关于匿名和诽谤的法律，因新闻记者品格的高尚与社会人士富有新闻学的涵养故，已悉数弃置不用；新闻纸的一切措施，咸一反从前"私有新闻纸"的弊端，除尽瘁为人群谋幸福外，其他毫无所企求。……
>
> 各国政府及政党，毫无机关报。全球的新闻事业，统由"新闻裁判团"主持。这个裁判团，便负有公平无私的宣布新闻的职责。
>
> 新闻事业成为最崇高的民有民治民享的事业，新闻纸成为全社会明察秋毫的亮镜。
>
> 全球人类，人人都有阅报的可能与机会，批评和监督的能力；且无时无地，不努力于新闻纸的改善运动。
>
> 人类宁可不得温饱，而不愿一刻离开新闻事业的领域，新闻纸所表现的一切，不次于上帝的纶音。
>
> 如上所说，大同世界的新闻事业，其所抱的政策，为均益的，共利的，公有的，造福尘寰，其机会是均等的，普遍的，重群的。这种思想，虽稍近于乌托邦（Utopia），然衡诸今后的世变急剧，沧桑屡更，安知是项思想，不有如愿实现的一日？①

20 世纪 20 年代至 30 年代初，由于政府当局对新闻自由的限制与摧残，引起了有识之士对新闻自由的维护与追求。戈公振、陶孟和、何子恒、杜超彬等人对这种不受限制的绝对新闻自由的理论构想，就充分反映了人们对新闻自由的一种渴望。然

---

① 杜超彬：《新闻政策》，复旦大学新闻学会，1931 年 5 月，第 113 - 114 页。

而，他们毕竟忽略了新闻自由是有限的这一事实，其理论设想也只能是一种乌托邦。

二　接受新闻检查的新闻自由

抗战时期，人们有关新闻自由的认识基本达成一致：新闻自由不是绝对的新闻自由，新闻自由必须受到种种限制。

1. 思想内核

新闻自由要受到种种限制，而战时新闻检查政策是限制新闻自由的一个重要方面。1938 年，香港中华新闻学院教师任毕明曾指出，我们此时不能破坏抗战政策的限制而有"新闻自由"。在他看来，新闻自由不是绝对的自由：

> 大家要明白，所谓"自由"，并不是"自由浪漫主义"的自由，而是"共同行动"的自由。换言之，我们所求的是更大的自由，即民族自由的自由，而非个人的自由。在抗战期间，最大的自由，是从"抗日第一""民族利益"之下而产生的所谓自由，绝对不能超出这个范围以外。①

个人利益必须服从民族利益的需要，新闻自由必须服从"抗战第一"的大原则，因此必须接受战时新闻检查政策。

国民党重庆军事委员会战时新闻检查局副主任秘书孙义慈这样论述战时新闻检查的必要性：

> 或者以为新闻检查，是取消了人民言论的自由，我以为

---

① 任毕明：《战时新闻学》，汉口光明书局，1938 年 7 月，第 67 页。

不然。自由本来不是绝对的，除无政府主义者外，决不会有人否认此说。现在虽有人因为政治上的目的，对于自由有所曲解，但是在任何国家的学者，都承认个人的自由，是应该有相当的规范，无论如何，决不能超越他对于国家社会应尽的义务……一般人听到新闻检查，就以为它是取消人民言论自由而加以攻击，不知自由不是一种没有范围的无限制权利，新闻检查虽限制了一部分人民的言论，但是它为了维护国家民族的利益，不得不如此。①

　　在抗战的大形势下，国家的生存成了压倒一切的大问题。孙义慈认为，与其说新闻检查制度取消了人民的言论自由，毋宁说是"帮助新闻记者的自由言论"，"因为新闻经过了检查，可以使新闻记者不必顾虑到新闻和言论发表之后，是不是影响国家社会的利益，或虽经自己检点，因偶然的疏忽，发表不妥的新闻和言论"②。

　　有关新闻出版方面的法律法规是限制新闻自由的另一要素。新闻学者沈锜指出，"现行的"关于出版方面的法令，有刑法、出版法及其他各种特别法令，其中《出版法》最为重要。《出版法》规定了一系列的禁载事项：意图破坏中国国民党或三民主义者；意图颠覆国民政府或损害"中华民国"利益者；意图破坏公共秩序者；妨碍善良风俗者；禁止公开诉讼事件之辩论等。沈锜认为这些限制是合理的。

　　可见，抗战期间人们所谈的新闻自由，是有限制的新闻自由，这种限制主要是指法律的限制与战时新闻政策的限制。新闻

---

①　孙义慈：《战时新闻检查之理论与实际》，重庆军事委员会战时新闻检查局，1941年6月，第7－8页。

②　同上书，第8页。

自由受法律与新闻政策等等的限制，这本无可厚非，然而，他们忽略了一个问题，当时制定的种种法律、法规是否合理？新闻检查政策是否是在坚持抗日民族统一战线这一大前提下执行的？有限制的新闻自由的倡导者并未对此做出更多的思考。

约翰·弥尔顿于17世纪提出的出版自由思想，反映了新兴资产阶级对封建势力的斗争与反抗。这一思想被不断继承与发展，遂演化成为近代西方自由主义报刊理论。自由主义报刊理论"一直强调个人自由和个人判断原则的优越性以及真理若不受约束即能战胜一切的原理"①。自由主义报刊理论没有对新闻媒介发表意见的限度做出规定，新闻自由因为没有限制可以处于放任状态。20世纪以来，随着资本垄断与集中的加剧，报业日益成为社会中相对独立的经济力量，这意味着政府对新闻业的控制力开始削弱。新闻业由于自身经济实力的增强与外在控制力的削弱而出现了失控现象，滥用新闻自由就是其中的一个表现。这种现象的出现逐渐引起社会的不满，针对这种情况，西方新闻界在20世纪40年代初开始出现了"社会责任论"。社会责任论者主张，"我们所拥有的应该是一个社会责任的体制。在这个体制中，新闻业享有某些权利，同时也承担责任和义务"②。

抗战期间，中国的新闻人与新闻学者同样主张新闻自由是有限制的新闻自由，然而他们对新闻自由的具体限制却与西方新闻界有所不同。"在社会责任理论下，言论自由是以个人对他的思想，对他的良心的义务为基础的。它是一项道德的权利。"③ 社会责任论认为，新闻自由所受的限制最主要的是道德限制；而中

<hr>

① ［美］韦尔伯·斯拉姆等：《报刊的四种理论》，新华出版社，1980年11月，第82页。
② 徐耀魁主编：《西方新闻理论评析》，新华出版社，1998年4月，第226页。
③ ［美］韦尔伯·斯拉姆等：《报刊的四种理论》，第114页。

国的新闻人与新闻学者却主张对新闻自由施以法律的限制与政策的限制。西方自由主义报刊理论下的新闻自由是一项绝对的权利，"这种无代价的、无条件的、为造物主所赐予的、与生俱来的权利的概念，乃是一个反对专制政府的不平凡的战斗原则，并且也有它的历史使命。但是在已经实现了政治自由时，显然就有加以限制的必要"①。西方绝对新闻自由理论的意义在于它是反对封建专制的利器，它令新闻媒介获得了政治自由。而战时中国新闻人与新闻学者所主张的新闻自由，恰恰是通过法律、政策的限制而在相当程度上放弃了政治自由。新闻自由是一个政治范畴，新闻自由既是目的，又是手段，归根结底，是为政治经济目标服务的一种手段。在国民党政府屡屡扼制民主的进步的新闻事业的情况下，对政治自由的主动放弃，必然会导致新闻自由的全面丧失，这是战时新闻人与新闻学者所忽略的一个重要问题。

2. 现实基础

面对民族危亡，"谁也不能反对'新闻事业是负有政治上的任务'"②。抗战救国就是摆在新闻工作者面前的一个政治任务。正是为了确保这一任务的完成，战时新闻人与新闻学者才主张接受战时新闻检查，必要时甚至可以牺牲"小我"。

赵占元指出，新闻工作者长期以来孜孜以求的新闻自由，如今在救国救民大业面前就是"小我"的"利害"，必须有所放弃，具体而言就是接受新闻统制：

> 就是在平时，新闻事业也应由政府加以适度的统制，而不应该听其自由放任，然后可以使新闻纸能够发挥它正常的

---

①　［美］韦尔伯·斯拉姆等：《报刊的四种理论》，第116页。
②　任毕明：《战时新闻学》，第28页。

功用，而不致产生一种毒害人民思想与阻止国家社会进步的反作用；在战时，新闻纸关系于民族国家的存亡更大，为求它发挥最大可能的效率，作为国家的重要宣传工具，政府更应当有一种严格的新闻统制。①

新闻统制不是指狭义的新闻来源统制，而是指广义的新闻统制，对于新闻、通讯、言论、新闻人才以及报业行政等，都要由政府加以有力量的统制。

梁士纯同样主张接受新闻检查与统制：

> 平时一个社会里的舆论是一致的，是常常改变的，而在一个战争的时期里，舆论的变更，是很容易受外来的势力的影响。因此在战争时期，普通的人很容易被谣言，宣传所诱惑所冲动。然而从政府的立场而论，在战时国内的舆论，务要求其一致；一致的拥护政府的一切政策，一切主张，及其一切的行动，否则战事就无胜利的希望，因为舆论对于民气，士气，是有莫大的关系。所以在战争的时候或甚至在未宣战以前，一个有力量的政府必定努力去统制舆论，操纵舆论，使其能一致作政府的后盾。②

新闻检查的目的是使一切与政府不利的消息、意见，全部或部分禁止发表。

沈锜也说：

---

① 赵占元：《国防新闻事业之统制》，第9页。
② 梁士纯：《战时的舆论及其统制》，北京燕京大学新闻学系，1936年6月，第3—4页。

现在是在民族国家生死存亡的关头了，全国军民，不分年龄性别，不分省县籍贯，都忍受了一切牺牲，在抵抗着日本帝国主义的疯狂侵略。我们出版界在战时牺牲一点言论自由，以增加抗敌的力量，当然是应该的，而且也是必要的。①

可见，战时新闻人在抗战的大前提下，主动地做出了牺牲"小我"利益换取国家"大我"利益的选择，这种以国家、民族利益为重的大局意识值得充分肯定。然而，若想真正实现新闻抗战的目标，不是单纯靠新闻工作者单方接受战时新闻统制就能实现，战时新闻人与新闻学者只是从自身出发考虑了新闻工作者如何接受检查与牺牲的问题，却忽略了政府如何统制的问题。战时新闻学者与新闻工作者对战时新闻检查的主动接受，在一定意义上为国民党政府对进步新闻事业的桎梏作了理论论证。他们有关新闻检查的论述，虽然充分表达了他们的爱国情感，但这个理论构想因为忽略了中国的现实国情，尤其是政治斗争的实际，而最终流于空想，甚至产生了种种流弊。

3. 思想渊源

应当指出的是，抗战时期，人们做出的"牺牲选择"，还与苏联新闻事业发展的特殊模式对中国新闻人所产生的影响有关。

十月革命胜利后，布尔什维克和苏维埃政权立即推出了与西方国家截然不同的新闻政策：剥夺资产阶级言论自由，查封反革命报刊，并没收其财产；创办中央和地方的苏维埃报纸和新闻发布机关。苏联将报刊作为党和政府的"宣传和鼓动工具"，为了宣传和贯彻党的政策，政府对新闻工具进行制约甚至统制，具体

---

① 沈锜：《战时言论出版自由》，《新闻学季刊》创刊号，1939 年 11 月 20 日。

表现为：新闻事业实行公有公营制度；加强党对新闻事业的行政领导；进行新闻检查，通过预检和事后检查两种方法，禁止反对政府、泄漏国家机密等新闻的发布。在这一制度下，苏联的新闻事业得到了迅猛发展。

战时新闻人，不仅对苏联的新闻体制给予充分的关注，而且结合中国的新闻自由问题进行了理论阐发。国民党中央政治学校毕业生容又铭指出：

> 苏联所注意的自由，是积极性的，建设性的，组织性的自由。放任的，混乱的，消极的自由，苏联是极端反对的……苏联对言论出版，诚然是统制的，然而他的压迫只是加诸于反动者的压榨阶级。①
>
> 苏联报纸最敢说话，毫不顾忌人事。任何一个人，不管他的地位多么高贵，只要他犯下了过失，他必定是要受到口诛笔伐。苏联的公民可以很自由地在报上发表他们对于经济、政治各种问题的意见，必要时，民众还可以通过报纸的帮助，要求政府当局来解决各种问题，苏联真正做到了报纸是民众的喉舌。②

国民党中央政治学校毕业生程其恒也对苏联新闻事业大加赞赏：

> 布尔什维克的革命，并不废除报纸的自由，只有那些因革命使他们失去了自由出卖报纸骗取千万巨款机会的人，才固执地说革命废除了报纸的自由。革命是废除了收买新闻和

---

① 容又铭：《世界报业现状》，桂林铭真出版社，1943 年 10 月，第 61 页。
② 同上书，第 64 页。

出卖报纸的自由；废除了贿赂作家和新闻记者以及为富翁私利而捏造舆论的自由。并且，报纸是被革命解放了，从一切物质依赖中，从办理报纸的卑贱角色中解放出来了，新闻记者也被革命解放了，从必须违背自己良心而写作，必须为社会小集团的利益而写作中解放出来了。这种转变，创造了报纸真正的自由的种种条件。①

中国新闻专科学校教务长储玉坤也认为，苏联的新闻事业是"独树一帜"的，因为苏联的报业，完全在共产党的"统制"之下，全国报业都收归国有，"不过苏联的统制的新闻政策，不仅在消极的限制，一切所有的报纸，均收归国家办理，并列入五年计划中；而且积极的提倡，帮助无产阶级能够做到'言论自由''出版自由'。"这种对言论自由的提倡体现在苏联宪法的有关规定中："苏维埃政府使出版事业，脱离资本关系，给工人阶级及无产农民以一切技术的物质的工具，从事报纸刊物书籍以及一切其他出版品的发行。"② 储玉坤指出，苏联报业是在共产党的"统制"下发展起来的，它的进步的神速，实使世界各国为之惊奇不止。

由此可见，战时新闻人对于苏联的新闻统制政策持肯定态度，认为苏联的这种新闻"统制"是新闻自由权利获得的有力保障。苏联新闻事业的发展给战时新闻人一个信念：接受新闻统制，并不意味着新闻自由权利的全部丧失。这种信念，也是促使战时新闻人做出接受战时新闻检查，限制新闻自由选择的一个重要因素。然而，战时新闻人没有意识到，"新闻自由是一个阶级范畴。新闻自由不是抽象的，而是具体的；不是绝对的，而是相

---

① 程其恒：《各国新闻事业概述》，国民图书出版社，1944 年 1 月，第 61 – 62 页。

② 储玉坤：《现代新闻学概论》，第 55 页。

对的。一个阶级的新闻自由，是建立在剥夺敌对阶级的新闻自由的基础之上的"①。战时新闻人尤其没有看到当时中国国内阶级斗争与苏联阶级斗争形势的差异点，而认为当时苏联的新闻统制制度也完全适用于当时的中国，这是一个理论误解，而这个理论误解恰恰促使战时新闻人做出了牺牲新闻自由的选择。

4. 文化寻根

接受检查的新闻自由思想的形成也有其传统文化渊源，早熟的中国近代新闻自由思想作为一种文化积淀，影响了战时新闻自由理论的形成。

王韬是论述新闻自由思想的中国第一人。王韬主张，"新报指陈时事，无所忌讳"。新闻报道不应当有所限制。王韬还描述了言论自由的理想状态："四方之水旱，货物之盈虚，讼狱之是非，民情之苦乐，备书其事以动当局之听闻。"② 王韬以一种素朴的形态最早阐述了一种不受限制的新闻自由理论。

然而，王韬的新闻自由思想并没有成为近代中国新闻自由理论的主流。近代中国新闻自由思想的集大成者是梁启超，"梁启超作为中国近代史上的著名报人，第一个全面地研究了这一重大问题"③。"思想自由、言论自由、出版自由，此三大自由者，实惟一切文明之母，而近世世界种种现象皆其子孙也。而报馆者实荟萃全国人之思想言论……故报馆者，能纳一切，能吐一切，能生一切，能灭一切。"④ 报馆就是三大自由的产物。同西方学者

---

① 童兵：《中西新闻比较论纲》，新华出版社，1999 年 9 月，第 363 页。

② 王韬：《论各省会城宜设新报馆》，张之华主编：《中国新闻事业史文选》，第 14 页。

③ 张昆：《传播观念的历史考察》，第 93 页。

④ 梁启超：《本馆第一百册祝辞并论报馆之责任及本馆之经历》，张之华主编：《中国新闻事业史文选》，第 37－38 页。

一样，梁启超也把新闻自由作为出版自由的同义语来使用。梁启超进一步指出，"言论自由，出版自由，为一切自由之保障"，"报馆者即据言论、出版两自由，以龚行监督政府之天职者也"①。新闻自由思想是梁启超新闻思想的核心。"自由者，权利之表证也"②，"自由者，天下之公理，人生之要具，无往而不适用者也"③。

　　基于对自由本质的认识，梁启超坚决反对政府对报业的垄断和对思想的控制。他认为，如果政府垄断了报纸，国民就无法了解事实真相，自由权利事实上也就被剥夺了。在梁启超看来，"倘若拿一个人的思想做金科玉律，范围一世人心，无论其人为今人、为古人，为凡人、为圣人，无论他的思想好不好，总之是将别人的创造力抹杀，将社会的进步勒令停止了"④。解除垄断难道不会导致离经叛道吗？对此梁启超的回答是：如果是"经"是"道"，越经过批评，就越会显示其内在价值。反之，如果规定不许人批评某种理论，倒像这种理论经不起批评，不是真正的"经"和"道"。

　　梁启超的新闻自由观，虽然深受西方近代自由主义报刊理论的影响，但两者存在一定的差别：西方自由主义报刊理论认为，自由是一项人人生而具有的，在行使这项权利时，人们并不需要担负任何责任和义务；梁启超认为绝对新闻自由理论自身存在着

---

①　梁启超：《敬告我同业诸君》，张之华主编：《中国新闻事业史文选》，第47页。原文如此。另本书中引文都经仔细核对，与原文无误。——编者注

②　梁启超：《十种德性相反相成义》，夏晓虹主编：《梁启超文选》（上），第94页，中国广播电视出版社，1992年8月。

③　梁启超：《新民说·论自由》，夏晓虹主编：《梁启超文选》（上），第124页。

④　梁启超：《欧游心影录：下篇·思想解放》，夏晓虹主编：《梁启超文选》（上），第420页。

缺陷：“又见乎无限制之自由平等说，流弊无穷，惴惴然惧。”①
为此，报人必须对社会承担义务，报纸的一切报道和批评，必须
在“服从”的前提下进行。“真自由之国民，其常要服从之点有
三：一曰服从公理，二曰服从本群所自定之法律，三曰服从多数
之决议。”也就是说，报人的活动必须受社会公理、社会法律规
范与群体的整体利益的限制。自由的公理是“人人自由，而以
不侵人之自由为界”②。报人在行使言论自由权利时，还必须尊
重他人的言论自由权利。因为在一个社会中，只有实现“无一
能侵他人自由之人，即无一被人侵我自由之人”，那才是真正的
自由王国。梁启超强调，不能把自由与服从，自由与制裁对立起
来。“制裁云者，自由之对待也”，历史上“凡最尊自由权之民
族，恒即为最富于制裁力之民族”，“文明程度愈高者，其法律
常愈繁密，而其服从法律之义务亦常愈严整”。只有这种有制裁
的、有服从的自由，才是人类进化的至宝；而那种没有制裁的、
不受任何束缚、不服从任何规范的自由，就是“野蛮人”的自
由，是“群之贼”。所以，“自由与制裁二者，不惟不相悖而已，
又乃相待而成，不可须臾离”。③

　　由此可见，梁启超提出了自由和义务密切相连，报刊的言论
自由必须以其对社会承担的道德义务为前提，言论自由还要服从
法律的规定等等主张，这种见解与西方国家迟至 20 世纪 40 年代
才兴起的报刊社会责任理论相吻合。19 世纪末 20 世纪初，中国
资本主义尚未得到充分的发展，中国报业发展同世界报业发展相
比，更存在着巨大的差距，梁启超在这种情况下却能洞悉绝对新

　　① 梁启超：《鄙人对于言论界之现状及将来》，夏晓虹主编：《梁启超文选》
（上），第 180 页。

　　② 梁启超：《十种德性相反相成义》，夏晓虹主编：《梁启超文选》（上），第
95 页。

　　③ 同上书，第 96 页。

闻自由观念存在的种种弊病，实属难能可贵。梁启超的新闻自由思想，具有很强的理论前瞻性，也具有早熟特征。

梁启超是 19 世纪末 20 世纪初中国最有影响的报刊活动家与宣传家，是"舆论界之骄子"，也是具有完整新闻思想体系的中国第一人。梁启超的新闻自由思想因其在新闻实务界的特殊地位而产生了广泛而深远的影响，接受新闻检查的新闻自由理论的提出，正是梁启超新闻自由思想的继承与沿袭。

三　反新闻检查的新闻自由

从 1944 年开始，这种牺牲新闻自由的论调渐渐弱化，代之而起的是有关"新闻自由运动"的呼吁。这种转变源于国际与国内新闻实务界的"新闻自由运动"。

1944 年，由当时美国 357 家报纸主笔组织的"美国报纸主笔协会"召开大会，研究推广新闻自由问题。大会提倡"战后和平条约，将国际的新闻自由定在上面，并规定为签约国家义务，于是其他新闻团体，亦纷纷响应，美国两大政党开全国代表大会，都将此运动列为两大党政策之一。而美国的国会上下两院，均通过决议案，主张向各国建议，国务部亦有建议书提出"[1]。美国新闻界的这一活动引起了当时中国新闻人的充分关注。

抗战胜利后，国统区新闻界开展了争取新闻出版自由的斗争，其中以 1945 年八九月间发生的"拒检运动"[2] 最具代表性。1945 年 7 月，黄炎培访问延安。黄炎培应重庆国讯书店之邀，

---

① 马星野：《现阶段之国际新闻自由运动》，《扫荡报》，1945 年 4 月 3 日；马星野：《新闻自由论》，南京中央日报社，1948 年 3 月，第 34 页。

② 参见方汉奇主编：《中国新闻传播史》，第 295－297 页。

将其所见所闻整理写成《延安归来》一书。该书记载了中国共产党的政策实施情况及解放区政治、军事、经济等各方面的情况。为了避免国民党书刊检查机构的无理删改，国讯书店在其他进步书店的支持下，不将该书送检，于 8 月 7 日出版该书。之后，进步人士张志让、杨卫玉、傅彬然三人起草了重庆杂志界宣布"拒检"的联合声明，在征得《宪政》月刊、《国讯》杂志等 16 家杂志社的签名后，宣布于 9 月 1 日起 16 家杂志社不再送检，并将这一决定函告国民党中宣部、宪政实施协进会和国民参政会。

这一拒检声明得到了生活书店、新知书店等 19 家出版社组成的新出版业联合总处的支持。8 月 27 日，重庆杂志联谊会集会，在拒检声明上签名的杂志社已多达 33 家。同时，《宪政》月刊、《国讯》杂志、《中华论坛》等 10 家杂志社还决定，在既不办理登记手续，又不将稿件送检的情况下出版《联合增刊》，9 月 15 日，《联合增刊》第 1 期问世。9 月，拒检运动由重庆扩展到成都、昆明、桂林、西安等地，并且由出版界扩展到新闻界。四川大学、燕京大学、复旦大学等高校学生编辑的刊物、壁报也通电响应拒检，不再送交各校训导处检查。9 月 22 日，国民党中央召开第 10 次常会，通过了废止新闻出版检查制度的决定与办法。国统区争取新闻出版自由的斗争，取得了巨大的胜利。

国际国内新闻界争取新闻出版自由的斗争，影响了新闻学者与新闻工作者的思想认识，他们的新闻自由思想也由此发生了根本性的转变。这时，他们已不再热衷于新闻检查制度下有限的新闻自由的合理性论证，而是站在新闻自由与世界和平关系的高度来审视新闻自由这一古老话题。

张西林指出，"至于中国国内新闻自由，一向是不充分的。过去中国所以被外人曲解，日本侮辱，主要正是国内没有新闻自由，以致政治腐败，社会没有公道"①。张西林将没有新闻自由看作是政治腐败的原因，认为新闻自由与民主政治之间存在着必然的联系，认为没有新闻自由与中国受侵略之间也存在着必然的逻辑关系。

桑榆指出，新闻自由不仅关系到一个国家的命运，而且关系到整个世界的和平：

> 每当一个政府想发动一次战争之前，就得先控制新闻。在第一次世界大战的和平会议上，我们忽视了这世界和平的基本因素。在第二次世界大战的和平会议中……我们不应该再忘记了。②

马星野赋予新闻自由以更大的使命：

> 多少历史家及政治家，研究国际战争引起的主要因素，公认各国新闻纸的恶意宣传，是一个罪魁……政治家与历史家也一致公认，在国际政治中，新闻纸是最伟大力量之一，新闻纸可以招致国际和平，要今后世界永无战争，便要加强新闻纸的和平力量。③

马星野号召"研究国际新闻自由以保障世界和平"，并阐述其理由：

---

① 张西林：《最新实验新闻学》，第227页。
② 桑榆：《新闻背后》，复兴出版社，1945年8月，第66页。
③ 马星野：《新闻自由与世界和平》，《中央日报》，1944年9月24日，马星野：《新闻自由论》，第7页。

新闻是国际政治中一个重要因素，是一股极大的力量……在国际政治中，我们可称之为第四武力，海陆空军以外，还有新闻一个武力，这个武力，用之不当，直接可以拨起战争，这个武力好好利用，可以根本消灭了战争……因为：第一，新闻自由可以肃清国与国间之恶意宣传，第二，新闻自由可以防止国与国间之秘密外交，第三，新闻自由可以消除国与国间之误会而养成四海一家的国际意识，第四，新闻自由可以组织形成强有力之国际舆论，以此舆论力来制裁侵略，来抑制战争之企图，保障和平之永固。[①]

对于战争结束后的未来，人们给予了美好的憧憬。桑榆认为，新闻从业人员应该有"在世界的任何角落里采访新闻的自由——同时应该予任何一个记者听取与进入的平等待遇；更应该享受不受检查的播送自由；新闻机构应该有刊载新闻的自由；通讯社则应该有互相竞争或不受限制的交换自由"[②]。

马星野也呼吁："在战事结束以后，废除新闻的检查制度，因为我们既决心于抗战以后实现宪政，为宪政基石之新闻自由，要充分实现使大众之事，为大众所共知，为大众所共见，使大众意见有充分表达之机会，在抗战期中，检扣新闻也要严格地限于禁载标准十二条，在军事与社会安全之必要以外，不干涉新闻自由，使报界养成自治自束之习惯，使我国舆论为国际重视。"[③] 此时，他们已不再论证新闻统制政策的合理性，而是主张取消战时新闻检查制度。

---

① 马星野：《新闻自由与世界和平》，《中央日报》，1944 年 9 月 24 日，马星野：《新闻自由论》，第 9 页。

② 桑榆：《新闻背后》，第 66 页。

③ 马星野：《到世界新闻自由之路》，《扫荡报》，1944 年 11 月 9 日，马星野：《新闻自由论》，第 19 页。

　　由此可见，人们在新闻自由问题的认识上又走向了另一个极端，过去是轻率地限制新闻自由，在一定程度上低估了新闻自由的作用；而现在又开始过分自信地夸大新闻自由的作用。新闻自由对于民主政治与世界和平固然有促进作用，但它们之间并不存在必然的逻辑关系。

第六章　报刊舆论思想

报刊与舆论之间的关系如何？在现代中国，主要有四种不同的说法，即代表舆论说、创造舆论说、引导舆论说、组织喉舌说。

早在 20 世纪初，人们就对舆论问题进行了思考。1909 年，胡汉民指出："夫舆论，则关于公共问题，自由发表，于社会有优势之意见也。"胡汉民强调，舆论首先是"关于公共问题"的意见，其次是"自由发表"的意见。胡汉民对意见的"自由发表"十分重视："其判断事物，纵非独立创造之见，亦必以自由意思而取舍。若受强制而服从于外，无意识而雷同于人，于此之际，其所发表不成舆论。"强迫发表的意见不是舆论，言论自由是舆论发生的前提条件。"故凡生活于专制之国，则舆论之发表难，以其人民之言论，莫不受强制而服从，非自由意思也。不受强制而亦为漫无意识之雷同，则是自暴自弃，而为舆论所不齿。"意见是否自愿发表是判断民主国与专制国的重要标准。胡汉民特别强调，不是什么意见都可以形成舆论的，只有"于社会有优势的意见"才能形成舆论。胡汉民进而解释："至社会优势之云，则以比较而见，非比较于社会全体，而得其过半数，乃比较于自由发表意见之各个人中，而得其过半数，此政治学者所恒言。故舆论之行，其时非必绝无反对者，又非必无有发表无意识之言论者。而舆论之为优势于社会自若，何也？以反对者为少数，而无意识之言论，更不足为反对也。"①"社会优势"是个相对的概念，不能绝对化，"优势"是相对于发表意见的人而言，并不是相对于社会全体而言。对"社会优势"的认定，也是允许民众不发表意见，或者发表无意识的意见。在此，胡汉民赋予民众发表意见的方式以相当大的"自由"度。

1910 年梁启超指出，"夫舆论者何，多数人意见之公表于外者也"。少数人发表的意见，是不能形成舆论的，即使是多数人持有意见而不发表，也不能形成舆论。在舆论的形成过程中，个人具有表达意见的权利，也具有表达意见的责任："是故当舆论之未起也，毋曰吾一人之意见，未必足以动天下，姑默尔而息也。举国中人人如此，则舆论永无能起之时矣。当舆论之渐昌也，毋曰和之者已不乏人，不必以吾一人为轻重，姑坐观成败也。举国中人人如此，则舆论永无能成之时矣。故近世立宪国所谓政治教育者，常务尊重人人独立之意见，而导之使堂堂正正以公表于外。苟非尔者，则国中虽有消极的舆情，而终无积极的舆论。有消极的舆情，而无积极的舆论，此专制国之所贵，而立宪国之所大患也。"② 梁启超的舆论观，指明了舆论的主体——多数人，即公众；也指明了舆论的形成方式——意见"公表于外"，舆论形成的前提条件——民主政治。

胡汉民、梁启超都将舆论定义为国民"公意"，到了现代中国，人们基本采纳了他们的观点："广义的舆论，是国民公意……也就是无形的舆论。"③"国民多数公意之表示，即为'舆

---

① 胡汉民：《近年中国革命报之发达》，杨光辉等编：《中国近代报刊发展概况》，新华出版社，1986 年 9 月，第 15 页。

② 梁启超：《读十月初三日上谕感言》，张枬、王忍之编：《辛亥革命前十年间时论选集》第 3 卷，三联书店，1977 年 12 月，第 670 页。

③ 邵力子：《舆论与社会》，《报学月刊》第 1 卷第 2 期，1929 年 4 月。

论'。"① "社会进程中，无论任何方面，均有其必不可少之势力。
在任何社会环境下之团体或个人，甚而至于全人类的行动，无形
中均受一种潜势力的影响……其势力为何？舆论是已。舆论者社
会之音也，亦即公意之谓也。"② "什么叫做舆论呢？就是以大多
数人之意志为依归。"③ "什么是舆论？就是群众所要讲的话，和
国家政治、社会事业的改进，都有绝大的关系。"④ "在社会进程
的环境中，无形中均受一种潜势力的影响。这种势力，可以左右
人类的倾向，决定政治的种类，转移人群的心理，改良社会的腐
败，与增进人类共同的幸福，这就是舆论，亦即公意。"⑤ 在此
内涵下，人们着手探讨报刊与舆论的关系。

一　代表舆论说

有关报刊与舆论的关系，早在 1902 年，梁启超就在《敬告
我同业诸君》一文中指出："舆论无形，而发挥之代表之者，莫
若报馆。" "报馆则代表国民发公意以为公言者也。"⑥ 他认为报
刊可以代表舆论。

20 世纪 10 年代末至 20 世纪 30 年代初，代表舆论说是一个
比较流行的观点。

徐宝璜将"代表舆论"作为"新闻纸重要职务之一"。新闻

---

① 周孝庵：《最新实验新闻学》，第 174 页。
② 刘国桢：《舆论与社会》，黄天鹏编：《新闻学论文集》，第 143－144 页。
③ 戈公振：《新闻学泛论》，黄天鹏编：《新闻学演讲集》，第 4 页。
④ 郭步陶：《今日中国报界应有的觉悟》，管照微编：《新闻学论集》，第 210
页。
⑤ 沙凤歧：《报纸与社会》，《明日的新闻》第 9 期，1933 年 5 月 1 日。
⑥ 梁启超：《敬告我同业诸君》，张之华主编：《中国新闻事业史文选》，第 47
页。

纸能代表舆论，但代表的是什么样的舆论？徐宝璜从历史的、发展的角度进行分析："昔则仅为对于政府而代表国民之舆论也，今则又应对于世界而代表国人之舆论。"① 徐宝璜将舆论发生主体区分为"国民"与"国人"，"国民"是相对于政府而言的，而"国人"是相对于"世界"而言的，"国人"较之"国民"，其范围已得到了扩大。由此可见，徐宝璜已不满足于舆论是"国民"公意的内涵界定，而是把舆论界定为"国人"公意，他从"世界"的角度在更广泛的意义上来界定舆论，从而扩大了舆论的代表对象。

徐宝璜认为，新闻纸若想尽"代表舆论"的职务，必须具备一定的条件："新闻纸欲尽代表舆论之职，其编辑应默察国民多数对于各重要事之舆论，取其正当者，著论立说，代为发表之。言其所欲言而又不善言者，言其所欲言而又不敢言者，斯无愧矣。"② 新闻纸所代表的舆论，是"正当"的舆论，而且是多数"国民"对于"重要"事情的"正当"舆论，在此，舆论已不是泛泛而论的国民公意了。

这里，有一个逻辑推论前提："国民"的舆论不一定都是"正当的"，也就是说，徐宝璜默认，舆论具有消极本性。为此，徐宝璜积极寻求"健全舆论"的有效途径：

舆论之健全与否，又视其所根据之事实究竟正确及详细与否以为定。舆论之以正确详细之事实为根据者，必属健全，若所根据者并非事实则健全之舆论无望矣。新闻纸者，最能常以关于各种问题之消息，供给社会者也。舆论之根据，实在其掌握中。如以新闻相供给，则社会有正当之根据，自发生正当之舆论，诸事自可得正当之解决。若所供给者为非新闻，则舆论之根基既已动

① 徐宝璜：《新闻学》，余家宏等编注：《新闻文存》，第 285 页。
② 同上书，第 285 页。

摇，健全何有?①

　　新闻从业人员只有正确而又详细地进行新闻报道，才能保证舆论的健全。在徐宝璜那里，舆论的发生主体是"国民"或"国人"，但健全舆论问题不能靠舆论发生主体自身，而是要靠新闻从业人员来解决，也正因如此，他将"代表舆论"看作是新闻纸的一个重要职务，这是由舆论本身的特性所决定的。

　　陶良鹤也持报刊能代表舆论的观点："欧美人士常常说：'新闻纸是国民的喉舌，社会舆论的代表。'可见新闻纸代表舆论的职务，已成为世人所公认的第二天职。"② 陶良鹤也默认舆论具有消极本性，并提出与徐宝璜一致的应对措施，即确保新闻报道的正确性：

　　　　舆论的健全与否，又根据事实——新闻纸上的新闻正确程度如何为断，差不多成为了一个正比例。舆论所根据事实正确者自属健正，否则不能健全的……故为记者应始终以正确的新闻，来供给社会，使社会有正当的事实做根据，而发生正确的舆论。③

黄天鹏也认为报刊能"代表舆论"：

　　　　近来学者有倡新闻纸不能代表舆论说，意谓公众的意见，断非少数记者笔下所能代表，而主张新闻纸职务止在忠实报告而已，评判应任之于读者。但是这只见到一面，其实事实如何，即舆论的所在，舆论事业的舆论性，仍然不会消

---

① 徐宝璜：《新闻学》，余家宏等编注：《新闻文存》，第 284 页。
② 陶良鹤：《最新应用新闻学》，第 22 – 23 页。
③ 同上书，第 21 – 22 页。

灭的。①

　　人类的生活，在未脱离民族或国家而进于世界大同之前，新闻纸必有其民族性与文字性的存在，而舆论性亦因此而有不同。最初代表国民的舆论于政府，次则代表国家的舆论于国际，最后则代表民族的舆论于人类，而致人生之享受。以今日的情形而言，新闻纸自为国民舆论的代表，一国政治的隆替，国民思想的趋向，社会状况的程度，皆可于新闻纸中求之。②

　　黄天鹏将舆论的代表范围由政府，扩大到国际，再扩大到人类，这发展了徐宝璜的观点。

　　舒宗侨③对黄天鹏的报纸代表舆论的三个方面进行了更为细致的阐发。首先，他指出：

　　　　代表国民舆论致之于政府。报纸在人民有痛苦和要求的时候，有两种任务，一是唤醒人民自身的注意，一是做国民的喉舌，致意政府，要求政府的改良。后者意义非常重大，甚至报纸处于主人地位指导监督政府，走向正当的途径。平时报纸本身就是人民直接发言机关，政府受着舆论的指摘，一面是不能做一面不敢做；政府如受着舆论的鼓励赞助，一切事务皆有顺利进行的可能。

　　在此，舒宗侨将舆论监督的职责赋予报纸。他还说：

---

①　黄天鹏：《新闻学入门》，第 49－50 页。
②　同上书，第 48－49 页。
③　舒宗侨：《新闻纸之舆论性》，《明日的新闻》第 8 期，1933 年 4 月 15 日。

　　　代表国民舆论是当今报纸一个最大的责任，尤其在过渡
式的国家里，一切皆需要报纸表现它的成功，不过国民舆论
的发挥，报馆自身须要有坚强的毅力和高尚的操守，因为报
馆之容易堕落，正如人一样的。它时时受着势力金钱的利诱，
如若报馆堕落了，非但无所谓代表舆论，而且要助纣为虐呢。

　　报纸若想履行舆论监督的职责，必须具备高尚的品格，否则
不但不能成为国民舆论的代表，反而会危害社会。舒宗侨进而又
指出：

　　　代表国家舆论致之于国际。国家的行为常常是影响到无
数有关系的国家，在这种影响当中舆论是常用做唤醒世界注
意或谅解的工具，如果我们的舆论不能得着世人的同情，那
与国家的地位是异常不利的，例如民七巴黎和会对于山东问
题的处置，各报异常愤慨，对当局更采激烈论调，发起救国
储金，电请我们代表辞职，拒绝签字，结果美上院不批准和
约，而产生民十之华盛顿会议。此为代表国民舆论一明证。

　　报纸若想代表国家舆论，在国际社会中起到较好的作用，必
须有健全的通讯组织，依靠他人非但不能代表国家舆论，反而会
代表帝国主义的霸论。代表国家舆论的报纸必须站在本国的立场
上，必须依靠本国的力量来表达舆论。

　　舒宗侨还指出，报纸“代表民族舆论致之于人类。此点在
今日民族正在起着激烈斗争的时候，效用殊不巨大”①。

　　对于以上三者的关系，舒宗侨认为，报纸代表舆论的三个方
面，虽然是范围的不同，但在时间上是同时并进的，并没有先后

————————————

　　① 　舒宗侨：《新闻纸之舆论性》，《明日的新闻》第 8 期，1933 年 4 月 15 日。

的次序。虽然在程度上各有轻重的差异，而在进行的次序上是可以同时进行的。

邵飘萍将"国民舆论代表"看作是"新闻事业之特质"：

> 人类之社会的共同生活，胥以国家的或民族的形式为其范围，当现世此种范围尚未打破以前，国家或民族的有机体内共同生活之分子，是之谓国民。另一方面观之，国家与民族皆为社会之一种，故营此种社会的共同生活者即国民也。新闻纸既为社会公共机关，同时即为国民舆论之代表，乃新闻事业之第二特质。①

新闻事业的社会公共机关性质决定了新闻事业是国民舆论的代表。邵飘萍进而指出：

> 凡人既不能离群而为孤凄之生活，故人人皆为国民之一分子。新闻纸既为社会公共机关，同时即为国民舆论之代表者，乃至为明了之事也。新闻纸与国民，既有上述之关系，于是欲考察一国国民之言论思想者，多于新闻纸中求之。②

人的社会关系属性，决定了新闻事业可以代表国民舆论。新闻事业与国民舆论的关系，对新闻工作者提出了较高的要求：

> 明乎新闻事业之特质，乃为国民舆论之代表者，则吾人执笔而为新闻之纪载评论时，即当默察多数国民之心理，与夫人群发达进步之潮流，不敢因一人一时之私见或利害关

---

① 邵飘萍：《新闻学总论》，第 11 页。
② 同上书，第 13 页。

系，发为非国民的悖谬之议论，致失多数国民之信仰与同情，此层与新闻事业之前途有莫大影响，为业新闻者所不可不知之事，因有此种影响，故事实上新闻纸决无脱离现实的社会之情状而为过先或过后于时代之舆论载者，此新闻纸所以自然成为社会与国家之背景，字字不能与国民之现实生活无关系耳。①

新闻事业代表舆论的特质决定了新闻报道必须时时刻刻关注国民的现实生活。

周孝庵认为，报刊若想代表国民的舆论，就要站在国民的立场上为国民谋利益：

> 近代民治潮流，弥漫全球，"主权在民""言论自由"殆为一般人所公认之原则。民治者云，以民众决国是，而征众意于舆论。是以舆论为改进政治之原动力，而报纸者，所以代表舆论者也。惟其然，报纸之态度须极光明坦白，应立于人民地位上，为人民之代表，作人民之喉舌，其目光应注射于"最大多数之最大幸福"。人民所欲言而不能言者，报纸言之；人民所欲言而不敢言者，报纸言之；人民所欲知欲闻而不及知不及闻者，报纸述之。②

二　创造舆论说

早在 20 世纪初，就有人提出了报刊能创造舆论的主张：

---

① 邵飘萍：《新闻学总论》，第 15 页。
② 周孝庵：《最新实验新闻学·著者自序》。

"舆论者，造因之无上乘也，一切事业之母也。故将图国民之事
业，不可不造国民之舆论。舆论谁尸之？此亦不难解决之问题
也。夫贵族与平民之界既分，则不在贵族而在平民无疑。然平民
之质点甚殽乱，言庞而论驳无当也。"舆论是一种伟大的势力，
是"一切事业之母"，它关系到国民事业的发展，为此必须创造
舆论。舆论由谁创造呢？应当由平民而不是由贵族，然而，平民
"言庞论驳"且"无当"，是无法担负起创造舆论的重任的。"盖
舆论者，必具一种无名之舆论，隐据于工规师谏之巅，而政治之
发见，亦间受其影响。不过公理之未著明，民党之无势力，凡文
明上之事业，皆谓第四种族之新产儿出世，而舆论乃大定。第四
种族者，以对于贵族、教徒、平民三大种族之外，而另成一绝大
种族者也。此种族者何物也？乃为一切言论之出发地，所放于社
会之影光，所占于社会之位置，至于如是。"① 创造舆论的是
"第四种族"。"第四种族"是西方形容新闻界政治权利和社会地
位的一个喻词，泛指新闻记者享有特殊的权利和地位。这里所说
的"第四种族"实际上是指报纸具有至高无上的地位，是"一
切言论"的"出发地"。这种观点实际上是将报纸当作舆论发生
的主体，夸大了报纸在舆论形成过程中所起的作用，而否认了普
通民众在舆论形成过程中的作用。

　　1910 年，梁启超在《〈国风报〉叙例》一文中曾明确指出：
"夫舆论之所自出，虽不一途，而报馆则其造之之机关之最有力
者也。"② 梁启超也将报刊视作舆论的创造者。

　　五四时期，"创造舆论"是徐宝璜赋予报刊的另一重要职

---

　　① 《〈国民日日报〉发刊词》，《国民日日报》，1903 年第 1 期，张之华主编：
《中国新闻事业史文选》，第 108 页。
　　② 梁启超：《〈国风报〉叙例》，张枬、王忍之编：《辛亥革命前十年间时论选
集》第 3 卷，第 588 页。

责："新闻纸……应善用其势力，立在社会之前，创造正当之舆论，而纳人事于轨物焉。"而创造舆论的方法有三："一为登载真正之新闻，以为阅者判断之根据。二为访问专家或要人，而发表其谈话。三为发表精确之社论，以唤起正常之舆论。"①

周孝庵也主张，"报纸不特代表舆论，亦可创造舆论，创造之要件有三：（一）说出多数人心坎中所欲说之言；（二）说出多数人所应知而未知之言；（三）说出多数人所欲知而未知之言。"②

抗战时期，人们赋予"创造舆论"说以新的内涵。王新常看来，"舆论"掌握在新闻事业者的手中，在这全面抗战的非常时期，他"希望全国的新闻事业者，能把抗战再升一格，让它占据至高无上的尖端，同时把自己的代表的一部分之政治的社会的立场，思想的行动的生活，放到抗战的下面，而且希望全国的新闻事业者，能够同时发动造成舆论的力量，来创造抗战高于一切的舆论"③。

王新常还指出，徐宝璜提出的"创造舆论"的三点方式在抗战时期是不够的，而且还有不尽适用的地方，对此，王新常提出了下列方案：（一）刊载新闻以有利于抗战为条件：发动新闻的全面抗战；封锁足以暴露自身弱点的消息；将教育的方法渗入新闻。（二）著作评论应聚精会神拥护抗战：在抗战高于一切的原则下不容再写但书；努力阐明抗战的意义；推动整个民族的协同动作。

最后，王新常总结说，同一新闻，在不同读者面前会有见仁见智的不同，这在平时固然没有关系，但在这抗战期间，却关系重大，"因为在这抗战期间必须四万万七千万人能够有同样明了

---

① 徐宝璜：《新闻学》，余家宏等编注：《新闻文存》，第 286 – 287 页。
② 周孝庵：《最新实验新闻学》，第 176 页。
③ 王新常：《抗战与新闻事业》，第 19 – 20 页。

的民族意识，同样坚强的民族意志，同样热烈的民族情感，同样奋发的民族精神，又能够用集中的力量，整齐的步伐来参加抗战，然后最后的胜利才会属于我们"①。报刊若能充分发挥创造舆论的功能，则为新闻抗战大业的完成提供了有力的保障。王新常所说的"创造"舆论是指通过新闻宣传来振奋民族精神。

可见，创造舆论说是现代中国新闻学人对报刊与舆论关系的一种误读。他们虽然使用了"创造"字眼，，但从他们提供的"创造"的途径可以看出，他们所说的"创造"并不是从无到有的过程，而是通过正确刊载新闻，发表适当的言论等正常的新闻报道活动来达到"唤起正常之舆论"的目的。他们所说的创造舆论更接近于"引导舆论"的内涵。

三 引导舆论说

早在 1909 年，胡汉民就曾对报纸和舆论的关系进行了较为详尽的论述：

> 报纸所以号为舆论之母者，普通人民，以自动的而独伸其意见者，为少数，其受动的而采用他人之意见者，为多数。（此谓之模仿，与无意识之雷同迥别，阅者不可误会。）而报纸则往往于多数人民中，创发意见，有登高而呼，使万山环应之慨，故对于变动之人民，有先导之称。然必其于公共问题有正确之知识，及能为多数人民谋其祸福利害者，足以当之而无愧。

胡汉民认为民众大多被动地接受别人的意见，而主动阐明自

① 王新常：《抗战与新闻事业》，第 23 页。

己意见的人是少数，报纸却可以"登高而呼"，"创发"意见，对民众起"先导"作用，使民众形成对公共问题的正确认识，并且为民众谋福利。从这个意义而言，报纸是舆论之母。这种观点在一定程度上否认了舆论主体——民众在舆论形成过程中所起的作用。但胡汉民所说的"舆论之母"，实际上是指报纸具有引导舆论的功能。胡汉民还指出，报纸的责任重大：

> 置两种报纸于此，其一能为大多数之民族及政治上社会多数人，求免其压迫，登进于真正之和平。其一则欲使大多数之民族终不免于压制，且只为政治上、社会上一小部分人讲其利益，则其真理价值之孰为优劣，所不难辩，而其孰有造成舆论之资格，亦至易知。今以世界文明大国而言，其真有价值之言，其真有价值之报，则时时以反对其政府闻，未有肯袒护政府而与国民讼者也。其有为政府而辩护者，则国民呼之为"官报"，以其不足代表舆论，而仅得为政府官吏之应声虫也。①

报纸只有代表大多数人的利益说话，而不要代表政府说话，才能担当起引导舆论的职责。

在现代中国，这种报刊引导舆论的说法也得到了认可。刘觉民在批评制造舆论说的基础上，提出了引导舆论的主张：

> 中国一般人常说报纸能制造舆论，这是一个很大的误解。报纸本身不能制造舆论，他只能引导舆论。如果一个报纸每天登载一两篇社评就算制造了舆论的话，那这种舆论新

---

① 胡汉民：《近年中国革命报之发达》，杨光辉等编：《中国近代报刊发展概况》，第 16 页。

局面不是社会的意思，也没有社会的力量，而乃是报社——严格的说是编者的意思表示；这种所谓的舆论是不会有力量，而且我们并不把他看为已经制造了舆论，所以报纸是不能制造舆论的。报纸虽不能制造舆论但他却能引导舆论。他用公正不偏的态度编印新闻事实和解释这些事实的重要性的方面引导社会的舆论的形成。社会从报纸的事实记载（presentation）和事实解释（interpretation）而发生形成的舆论，才是社会的舆论，才有社会的力量。所以报纸是有引导社会舆论的功能的。①

刘觉民认为，舆论的发生主体是"社会"，而不是"报纸"，为此，报纸能引导舆论而不能"制造"舆论。刘觉民正确地认识了报刊在舆论发生与发展过程中所起的作用。可见，引导舆论说既认识到舆论的发生主体是民众，又认识到民众的"公意"在形成过程中需要加以引导，从而正确评价了报刊与舆论的关系。

四　组织喉舌说

在延安整风期间，党报工作经验得以总结，从而形成了以党报工作政策、方法、原则、作风为主要内容的无产阶级党报理论。而党报是党组织这个巨大集体的舆论喉舌，是中国无产阶级党报理论的思想核心。

无产阶级党报理论是列宁新闻思想与中国革命新闻工作实践的有机结合。报纸是集体的宣传员、鼓动员和组织者，是列宁新闻思想的核心论断。这一思想影响了中国共产党党报基本模式与

---

① 刘觉民：《报业管理概论》，第2页。

思想的确立。1942 年，列宁的新闻思想已经中国化，列宁所说的"集体"已经具体化为党的组织，正如《解放日报》社论指出的：

> 所谓集体宣传者集体组织者，决不是指报馆同人那样的"集体"，而是指整个党的组织而言的集体，党经过报纸来宣传，经过报纸来组织广大人民进行各种活动。报纸是党的喉舌，是这一个巨大集体的喉舌。在党报工作的同志，只是整个党的组织的一部分，一切要依照党的意志办事，一言一行，一字一句，都要顾到党的影响。报馆的同人应该知道，自己是掌握党的新闻政策的人，自己在党报上写的每一句话，每一个字，选的消息和标的题目，直到排字和校对，都对全党负了责任，如果自己的工作发生了疏忽或错误，那并不是仅仅有关于一个人或几个人的问题，而是有关于整个党的工作和影响的问题。①

报纸是党组织的喉舌，党报必须用党的立场、观点去分析问题，与整个党的方针、政策、动向呼吸相通，否则就会危及党的工作与利益。

"既然报纸是'组织的喉舌'，就意味着党报与党的组织是互为依托，甚至就是二而一的。这在四十年代的延安，就化了四个字——'全党办报'。"②"全党办报"要求"党的领导机关要看重报纸，给报纸以宣传方针，而且对于每一个新的重要的问题，都要随时指导党报如何进行宣传。党的领导机关与党报的关

---

① 《党与党报》，《解放日报》，1942 年 9 月 22 日。
② 黄旦：《"耳目"与"喉舌"的历史性变化：中国百年新闻思想主潮论》，《新闻记者》，1998 年第 10 期。

系，也应当是很密切的，呼吸相关的，息息相通的"。①"全党办报"还要求"党必须动员全党来参加报纸的工作"，"如果不这样做，如果不动员全党来办报，其结果，党报还是不能成为党的报纸，而会多多少少成为报馆同人的报纸。报纸办不好，乃是全党的损失，这种损失，不仅党报的工作人员要负责任，而且每个党员都要负责任的"②。可见，"全党办报"要从两方面来理解，一是各级党组织的高度重视，二是全体党员的积极参与。这两点是党报能否成为党组织舆论喉舌的关键所在。

组织喉舌理论既是对列宁新闻思想的理论阐发，更是对中国党报实践的理论总结。1944 年 2 月，延安《解放日报》改版已经历了一年又十个月的实践检验，中国党报理论也经历了一年又十个月的经验积累："这一年又十个月中间，我们的重要经验，一言以蔽之，就是'全党办报'四个字。由于实行了这个方针，报纸的脉搏就能与党的脉搏呼吸相关了，报纸就起了集体宣传与集体组织者的作用。"③

---

① 《党与党报——〈解放日报〉社论》，《解放日报》，1942 年 9 月 22 日。
② 同上注。
③ 《本报创刊一千期——〈解放日报〉社论》，《解放日报》，1944 年 2 月 16 日。

第七章　新闻伦理思想

20 世纪二三十年代，对黄色新闻现象的批判之声不绝于耳，在这一过程中，人们对报格问题进行了阐发。30 年代中后期，人们要求报纸与报人必须发扬"国家至上、民族至上"的精神，而勇于牺牲"小我"的利益。40 年代，人们再次关注黄色新闻现象，并开始从报人人格角度立论，试图寻求解决问题的途径。

一　报格论

黄色新闻报道，是整个现代中国都无法消除的一种新闻现象。在批判黄色新闻的过程中，报纸应当为社会负责、为民众负责的新闻伦理思想得以阐发。这一思想是 1919 年至抗战前新闻伦理思想的主流。

1. 现象分析

在中国人撰写的第一本新闻学著作中，徐宝璜就对新闻伦理问题加以探讨：

> 新闻纸应立在社会之前，导其入正常之途径，故提倡道德，亦为新闻纸职务之一。使新闻纸素得社会之信任，则恶者因其劣行登载而受舆论之攻击，善者因其善行登载而受舆论赞扬，虽不必发生严如斧钺，或荣如华衮之力量，然足以

惩恶励善，则毫无疑也。……吾国报纸，虽无不以提倡道德
自命，然查其新闻，常不确实，读其论说，常欠平允，往往
使是非不明，致善者灰心而恶者张胆。更观其广告，则诲淫
之药品，冶游之指南，亦登之而无所忌讳。甚至为迎合社会
心理以推广销路起见，于附张中或附印小报，登载"花国
新闻"，香艳诗词，导淫小说，及某某之艳史等案件。且有
广收妓寮之广告并登妓女之照片，为其招徕生意者。是不惟
不提倡道德，反暗示阅者以不道德之事。既损本身之价值，
亦失阅者之信任，因阅者将渐视其为一种消闲品耳。①

　　提倡道德本是新闻纸的天职，新闻纸不但不提倡道德，反而
向读者暗示种种不道德之事，实在是应当得到抨击。
　　新闻纸本应负有神圣的职责，正如高纯斋所指出，"新闻纸
是社会的导师，社会的先锋"。然而令人遗憾的是，从事黄色新
闻报道的报纸，"简直变成了社会改造的障碍物，做了文化进步
的'绊脚石'，有形无形地，直接间接地制作了许多罪恶，给社
会遗下莫大的害处"②。
　　雁寒指出，这种贻害社会的现象首先在小报上有充分的
体现：

　　　　小报本来创办既易，价又低廉，而且对象又是社会中下
　　阶级，很好藉作普及民众教育的工具了；然而事实上多半不
　　是这样，他们为着引起中下阶级的低级趣味和增加销路起
　　见，内容也便不自检点，无聊文字，滥竽充数；罪恶新闻，

---

①　徐宝璜：《新闻学》，余家宏等编注：《新闻文存》，第288页。
②　高纯斋：《不良小报应严加取缔》，《平津新闻学会会刊》第1期，1936年。

登载不厌其烦，甚至描写入微，把肉麻当有趣。[①]

高纯斋则对不良小报所产生的贻害进行了分类：

第一是新闻。不良小报为迎合一般人的低级趣味起见，所登载的新闻，十九是奸淫、盗匪、自杀、凶杀、诱拐、迷信等等事情。我们并非不承认这些事情是新闻，更非主张这些新闻不应登载，我们所反对者，乃是这种新闻纪述之过分的铺张、夸大、渲染的描写，以及过分的重视（即每日专以此种新闻占最大的篇幅）。因为如此登载的结果，不但使当事人受影响，甚且教导人作恶为非的方法[②]。

第二是副刊，包括小说、小品、杂文。我们打开报纸一看，其中至少有三四篇小说，这些小说的内容，大部分是性欲的描写，荒谬绝伦，神神鬼鬼的迷信记述，以及江湖剑侠，绿林强盗等等生活的描述。这些小说大半是无聊文人为换取稿费而作，在文学上一点价值没有，给予读者——尤其是男女青年及儿童——的印象完全是坏的，非教导青年为非作歹，即鼓励青年流为江湖绿林"英雄"，或出家修道成仙。

第三是广告。我们打开小报一看，触目皆是卖药的广告，这些卖药的广告中，又有十分之八九是公开地售卖春药、性药。这是中国小报特有的现象，欧美及日本各国的小报广告中，绝对找不出这些害人的东西来。因为春药与性药不是随便可以服用的，更不是药商可以任意公开销售的，这

---

① 雁寒：《新闻事业的前瞻》，《民国新闻》第 1 卷第 2 期，1933 年 12 月 12日。

② 高纯斋：《不良小报应严加取缔》，《平津新闻学会会刊》第 1 期，1936 年。

种药品直接可影响个人的健康与前途，间接可影响整个民族的健康。无奈我国一部分不良小报主持人不顾及此，只图多收入一些广告费，抱定"来者不拒"的政策，什么广告都可刊登，什么东西都可代为宣传。

　　第四是插画。不良的小报所刊的照片，十分之八九是坤伶、明星、妓女、鼓姬、女招待、裸体女像。除坤伶、明星的像片，因为广告关系，可间或刊载，代为宣传外，其余的我们以为根本没有登载的价值。我们希望报馆的负责者要注意，登载这些不三不四的像片，固然可以多吸引一部分"低级趣味"的读者，但是已失掉了大部分"正当"的读者的同情。有许多朋友常说，决不让他们的小孩子看报。还有一个同事，有一个小报按日送他一份，他看过就扔在纸篓中了，决不带回家去，恐怕他的小孩们看了，蒙受恶劣的影响。

　　在我国今日的画报不多，但是登载新闻照片的真正的"画报"则尤其寥若星辰，大部分仍然是满篇的妓女、花王、鼓花、花后、交际花、名媛、女侍……几乎无一不是女人，无一不是"性"的吸引。这是"画报"吗？简直成了"花报"了。小报的插图的主要材料是女人、大腿……不料堂堂的画报今日仍然如此，真令人痛心！①

对于上述小报而言，它们都没有对社会承担其应尽的责任。小报如此，大报的问题也不小，雁寒指出：

　　现在新闻事业，从表面上看起来，虽比较过去是进步多了，然而实际情形，仍然是未容乐观。就派别说，无论

---

① 高纯斋：《不良小报应严加取缔》，《平津新闻学会会刊》第 1 期，1936 年。

南派北派，十九都有特殊阶级的背景，而南派尤有其独占化的趋势；就性质来说，特殊阶级机关报，富有深厚政治色彩，结果，不成为民众的舆论，因之就失去了民众的信任。营业报因为在这种言论不自由的社会当中，稍一不慎，马上就有封门的危险，所以它不能不时常登些不负责任的废话，搪塞搪塞。同时为着营业前途计，不能不瞎吹瞎打，捕风捉影，只求把张白纸，涂黑起来，换取几大枚，就算完事，这些全是病态的报纸，失却新闻的真谛。大报的缺陷，已如上述。①

黄色新闻报道的弊病在于其报道的片面性，而这种片面性的报道妨碍了人们对社会及其黑暗面的正确认识：

展阅今日报纸，国内外要闻版所刊沙场上厮杀血斗，白骨累累的新闻与会议厅舌枪唇剑，剑拔弩张之电讯，固令人神经为之紧张，情绪为之不快。驯至使一般意志薄弱者心神失常，六神不定。抑有进者，即其他各版，连篇累牍，几全部为记述奸淫、抢劫、拐骗、谋杀、窃盗、敲诈……诸种灭绝人伦纲纪、罔顾法律情理的罪恶的记载所充满。倘吾人承认新闻为人类社会交互活动之结晶，则似乎在当前时代中，社会上除诲淫诲盗，血腥气的事件之外，别无"新开"，但吾人衡诸事实，并不尽然，当前社会虽可以"黑暗"形之，若以"暗"两字概括一切，实不免失诸武断之嫌。譬如今日一部分政治人物之贪污腐化，固属人人皆知，但忠贞不渝、克己守职的公教人员，宁非所在多有？故知社会之光明面，实

---

① 雁寒：《新闻事业的前瞻》，《民国新闻》第 1 卷第 2 期，1933 年 12 月 12 日。

际并未消灭，其所以致者，良以吾人之注意力皆一致集中于黑暗面，甚至不惜穷尽其时间精力以搜寻黑暗面也。①

张鹤魂剖析了黄色新闻报道的实质——要么在诱导读者，要么在欺骗读者：

> 很多的报纸，常常为讨资本家的欢喜，而在社会新闻，刊登某大公司，某某商店，大减价，大赛卖，大赠彩……一类轰轰烈烈变相的广告，这对于一个报纸营业的本身，自然有他的苦衷；但是看到的读者，见了这种新闻而去买东西，买了东西受了骗，这岂不是报纸欺骗读者？还有一种报纸在社会版，常常登载盗贼的新闻，把盗贼如何抢劫、逃走……的方法都登出来，这岂不是给了社会一种暗示？②

2. 成因分析

王亚明认为，商业化经营是导致黄色新闻产生的主要原因之一：

> 私人所经营的报纸，又多流于商业化，因为商业化的关系，只求报纸业务发达，有利可图，对于读者所发生的影响如何，却丝毫不去过问，诲盗诲淫，伤风败俗，结果反给社会造下了罪恶，所以这种过分商业化的报纸，不但太不需

---

① 邵燕平：《黄色新闻之罪恶》，《新闻学季刊》第 3 卷第 2 期，1947 年 12 月 25 日。

② 张鹤魂：《社会新闻之我见》，《民国新闻》第 1 卷第 2 期，1933 年 12 月 12 日。

要，并且应该加以相当的取缔。①

邹韬奋也认为，黄色新闻现象的产生，源于报纸对经济利益的过分追求：

> 报纸究竟是社会上推动文化的事业，虽为维持经济的自立生存，不得不有广告上的相当收入——至少在现在的社会里——但我国的大报过于营业化，却是一件无可为讳的事实，简直是广告报！报价并不因广告之多而特别减低，国民的购买力既每况愈下，费了许多钱买着一大堆广告报，反而不及费较低的价钱买一份小型报纸看看。尤其可怪的是，竟将特刊的地位当广告卖，大发行其"淋病专号"……替"包茎专家"大做广告，替"花柳病专家"大吹牛……于每篇文字下面还要用"编者按"的字样，大为江湖医生推广营业，好像报馆所要的就只是钱，别的都可以不负责任。②

花应时则认为，黄色新闻现象的产生，源于对新闻真实性原则的违背：

> 新闻为多数读者所欲知之事实，此种事实，必为社会之变态，然报纸应平均反映，无所袒视，闭门造车，捏造事实，固为不可，然漫无标准，有闻必录，亦非报纸所应尔。故报纸固在供给读者以真实消息（不欺读者），尤须审慎剪裁，与读者以有兴味，有意志，有兴奋性的正大消息（勿与读者以

---

① 王亚明：《报纸和社会的关系》，《新闻纸展览特刊》（汉口市新闻纸杂志暨儿童读物展览大会纪念刊），1936 年。

② 邹韬奋：《大报和小报》，《大众生活》创刊号，1935 年 11 月 16 日。

为恶的启示），奸淫盗掠，为社会病态，吾人不能持道学面孔讳忌不言，然只可叙其重要轮廓，记其简单事实，尤须于载事之后加以严格评正，使读者有所戒惧。近来各报社会消息，或则漫不注意，或则加以渲染，以幸灾乐祸之心理，搜求卑劣淫秽消息，大有"愿上天多生淫荡事，以光篇幅之感"。卑劣的新闻，能与社会以恶的启示，不知若辈于振笔作稿时，亦知罪孽深重，有非本身殒灭所可被其辜者乎？[①]

邵燕平指出，黄色新闻现象的产生，源于采访工作的不踏实：

国父中山先生有云："试观各地之所谓访员者，或称有闻必录，徒为风影之谈，或竟闭门造车，肆作架空之语，及其真相毕露，则又如风马牛不相及。于此，而欲求新闻记载之有价值，不似南辕北辙乎？"中山先生斯语，诚一语道破今日新闻记载之弊端矣。试以报端里巷琐闻为例，其中千篇一律，主角殆均为奸夫淫妇，而新闻记者笔下，所谓"好梦方甜""陈仓几渡""珠胎暗结""一夜春风"……浮词滥调，更不知用于若干次数，绘声绘影，淋漓尽致，几若记者曾亲眼目睹，或参预其事，然实际上，记者不过掇拾一二街谈巷议，独坐于斗室之内加以夸大与渲染，以投读者所好；亦即国父所谓"有闻必录"或"闭门造车"，遂形成"黄色新闻"。[②]

---

① 花应时：《理想中的新闻纸》，《民国新闻》第 1 卷第 2 期，1933 年 12 月 12 日。

② 邵燕平：《黄色新闻之罪恶》，《新闻学季刊》第 3 卷第 2 期，1947 年 12 月 25 日。

3. 解决途径

如何提升报格，对社会尽其应尽的责任，詹文浒从新闻报道角度进行了研究。

第一，对于犯罪新闻的处理问题。"我们在一方面固不能抹煞犯罪的事实，同时却不能过分渲染，特别铺张，从而引起社会的可虑恶果。我们应当像滤水器般地，经过层层的提滤，其渣滓部分业经滤去，保留下来的部分应当可以进入每一家庭，供一位十六七岁的少女的阅读了。"① 对于犯罪新闻的报道，一定要"过滤"掉不必要的细节与过程。

第二，对于迎合读者兴趣问题的解决。办报的人，应当明白自己负有的社会教育的责任，"社会风气的转变，其主要部分就负在我们肩上。我们希望自己子弟知道的事情，同时亦必为读者们希望他们的子弟所知道的事情。我们不希望自己的子弟多看淫猥的书报，我们亦当在自己报上竭力避免这些材料。我们希望自己的子弟多看有教益同时又富于启发性的读物，我们就得多获此项稿件，在自己的报上发表。这虽是编者的主观问题，但此项主观是有相当的客观尺度的"。② 新闻从业人员应当站在读者的立场上考虑问题，大力发扬"己所不欲，勿施于人"的优良品德。

第三，要忠实地报道，切忌以凭空的推测，代替客观的报道。

第四，要忠于自己。"办报的人应有崇高的理想，伟大的抱负，他的目标不仅在于办好报纸，且要善用报纸，发挥舆论力量，图谋社会与政治的改革。"③ 总之，一家健全的报纸，要对

---

① 詹文浒：《报业经营与管理》，第 107 页，正中书局，1946 年 11 月。
② 同上书，第 107 页。
③ 同上书，第 108 页。

国家、民族、社会尽其应尽的责任。

二　牺牲论

随着国难日深，人们对国家民族利益给予了深切的关注："在过去的十年内，中国新闻界中有着一种共同的意向，就是所谓'民族至上'的认识。自"九·一八"以后，中国新闻界对于国难的看法，虽然不免有相异之点，但其目的，总是求国难的排除与民族的自由生存。"① "民族至上"的精神准则要求新闻工作者必须具备种种牺牲精神。

王新常指出："我们武力的不如人，既无可为讳，倘欲争取最后的胜利，就更非整个民族都有不辞一切牺牲的精神不可，整个民族既都必须拿出不辞一切牺牲的精神从事抗战，那本应站在最前线的新闻事业者和新闻记者，就更应该牺牲小我的一切成见，不顾小我的一切利害，赶快造成抗战高于一切的舆论，造成上下一致抗战到底的意志。"② "小我"的"利害"到底是什么呢？"新闻界为求国家民族的大自由，自愿适度的牺牲本身的自由，而接受政府的统制，然后强有力的新闻国防可以树立，心理国防亦因以巩固。"③ 王新常所说的牺牲，是指牺牲新闻工作者的新闻自由。

俞颂华不再泛论新闻业者的牺牲精神，而是在大都市商业报纸与内地报纸的对比中，倡导一种国家民族利益至上的精神。俞颂华指出，大都市的商业报纸，有许多不良的广告，还有些广告

---

① 邵力子：《十年来的中国新闻事业》，《十年来的中国》，第483页，转引自章丹枫：《近百年来中国报纸之发展及其趋势》，上海开明书店，1942年2月，第56页。

② 王新常：《抗战与新闻事业》，第46页。

③ 赵占元：《国防新闻事业之统制》，第8—9页。

"假装了新闻或短文的形式，混入新闻版中"，这都是有违新闻伦理原则的。至于沦陷区傀儡组织的报纸，淆乱是非，颠倒黑白，认贼作父，根本谈不上所谓的报业伦理。他们之所以这么做，一个重要的原因就是为了营利。

内地报纸，尤其是在战区以及接近前线各地的办报纸的人，却有着相反的价值取向。在那些地方，因交通不便，纸张及印刷材料缺乏，加之工商凋敝，广告极少。但在这样困难的条件下，他们却胸怀"国家至上、民族至上"的崇高理想，在"技术"方面力求"精编"，以最经济的方法，取得比较好的效果。在二者的对比中，俞颂华对新闻伦理原则进行倡导：

> 办新闻事业，须以贯彻道德的理想为最高鹄的，而以营利为达其目的的手段，为次要的企图。倘为了营利而不惜牺牲其最高鹄的，则新闻事业神圣的任务，将逐渐损伤，新闻带来神圣的意义，将渐渐消失，这是各地，尤其是各大都市，商办的报馆的经理人所当深戒的。
>
> ……
>
> 大都市的大报，倘使专以营利为唯一目的，不惜为营利而牺牲其新闻事业道德的精神，神圣的任务，则就伦理的价值而论，倒反不如以道德的理想为前提的简陋的内地报纸了。所以主持大都市大报经理部的负责人，于此实有注意猛省的必要。要晓得这次抗战是各种事业的试金石。一切善的，自然为全国所欢迎；一切不善的，将来总难免不为国人所唾弃。①

在此，俞颂华同样是在倡导一种牺牲精神，一种牺牲经济利

---

① 俞颂华：《论报业道德》，《新闻季刊》创刊号，1939 年 11 月 20 日。

益的精神。

新闻抗战的大任对新闻工作者的牺牲精神提出了较高的要求，中国新闻学会唱响了新闻工作者自我牺牲的最强音：

> 我国报人与国家民族命运特有最深厚密切之关系，故同人今日首先宣布：吾侪报人对于抗战建国实负有重大责任，夙夜自勉，不敢懈怠，苟利国家，万死不辞。……敌寇入侵，国危民辱，成败兴亡，匹夫有责，今日抗战建国之大义，在牺牲个人一切之自由，甚至生命，以争取国家民族之自由平等。吾侪报人，以社会之木铎，任民业之先锋，更应绝对以国家民族之利益为利益，生命且不应自私，何况其他。是以严格言之，战时之中国报人，皆为国家之战时宣传工作人员，已非复承平时期自由职业者之比矣。本会同人，不论是否在党，对于此点，实具一致之认识，是以今后工作方针，仍概依中宣部之指导，恪守法令，尊重纪律，以共求国家至上民族至上之共同最高利益。①

在此，新闻工作者"小我"利益的牺牲，已扩大至整个生命。这种牺牲，可谓最彻底的牺牲，而其精神支撑点，就是国家的民族的至高无上的利益。

三　人格论

从新闻道德主体角度阐述新闻伦理问题，是 20 世纪 40 年代中国新闻人的另一研究与批判角度。

任白涛对当时中国新闻道德现状十分不满，将记者"迎合

---

① 《中国新闻学会宣言》，《中国新闻学会年刊（1）》，1942 年 9 月 1 日。

阅者下意识的趣味”的行为称作“罪案”，并勾勒记者犯下的种种“罪行”：

> 　　有隶属于出版业的新闻记者；有从绸缎店讨些施舍的新闻记者；有从化妆品店受取赠物的新闻记者；更有同剧场或书场、同酒馆或茶店、同优伶或拳师、同滑稽家或唱小曲者，结相当的关系，而取得若干的收入的；甚至用某某新闻记者的一张名片而胁迫、而强要，无代价地穿件上衣，或是无代价地穿条裤子；米店、酒店、菜馆，都只有战战兢兢地奉劝尊用了。万一说个“不”字，便在报上攻击，差不多的人物或店铺，都要攻倒哩！①

　　任白涛指出，这种认为只要出钱，不论什么坏事或丑行都能隐匿得住，即钱能通神的思想是很危险的，社会所有的罪恶，几乎都是从这个思想中生出的。担当“天下之耳目，社会之木铎”的新闻记者，若是遵照这种观念行事，那么这个人世，便常黑暗了。

　　任白涛对当时充满“性”、“腥”，又屡屡侵犯当事人隐私权的社会新闻报道深恶痛绝：

> 　　我们时常看到报纸上详细地载着少女私奔、或被人诱奸、强奸、寡妇偷情的新闻。姓名里居门牌，不肯遗漏隐藏。报贩们往往拿着满街叫喊；并且到当事人所居住的地方去叫喊。试问在吃人的旧礼教尚深入人心的现时代，一个意志薄弱的弱女子，受尽了社会亲族间的鄙视奚落，能不能安然生活下去！虽然报纸上很少看见什么人因为报纸上揭露了

---

① 　任白涛：《综合新闻学》，第95页。

她的秘密，或者诬蔑了她而自杀。不过为了她们没有阮玲玉般的社会地位；或者不经过法院的检验，为报纸的新闻采访网所不及；或者记者先生们认为无足轻重，不去详细采访罢了，谁能保证她们不毅然自杀或慢性自杀呢？①

这种足以威胁别人社会名誉和地位的报道，无异于杀人的工具。任白涛在对受害者予以深切同情的同时，也指出，这种现象的背后，是赤裸裸的金钱关系。在利益的驱使下，一些记者竟然为了"顾全"一方"当局者"的利益，对一些关系着多数人生死存亡的事件，即多数读者急于知道的新闻置之不理；而对那些"私的隐秘生活"却任情描写，充分"暴露"。这是"骄纵的气概和卑屈的自贱心理"在作怪。记者虽然从中得到了小惠，却背弃了多数读者。

任白涛痛惜记者违反新闻道德的行为，并对记者失节的原因进行了挖掘和分析。

第一，记者的收入过低。任白涛引用日本新闻学者松井柏轩的一段话进行论证："做新闻记者而自犯其德义，是何缘故？是为面包呵！是为某种欲望呵！"任白涛认为，新闻记者当中青年人很多，他们平时十分欣羡记者的地位，一旦做记者，恰似科举及第一般洋洋得意。然而，"其俸给的微薄，到底不能同公司银行职员比较，更比不上公家吏员或教师"，于是，"为了面包，不得不在俸给以外取得同等的收入"。当青年人"脱离学校的羁绊，开始成了自由之身"的时候，欲望"就像火一般地燃烧起来"。加之新闻职业具有特殊性，"宴飨或交游的机会多了，遂感到放荡的滋味；跟着这样的生活，益发地需要获得俸给以外的收入"。因此就可以"断定新闻记者堕落、不道德的主要原因，

_____

①　任白涛：《综合新闻学》，第 102 页。

是在其俸给的微薄"①。

第二，记者个人修养的欠缺。"卖身投靠"是为"面包"，是为"欲望"，还只是一方面的理由，另一方面是因为记者意志的薄弱。涉及"风纪问题"的记者，其自身修养往往不足，常常是一旦做了记者，就目空一切；其思想行动，也因此"去掉常态"。如物质生活的享受渐渐提高起来，用有限的薪金进行无限挥霍，自然要产生"苟且行为"。"我从未见过一个不涉及风纪问题的记者连饭都弄不上嘴，倘若是真正从事于报业的。反之，一个涉及风纪问题的新闻记者，也不一定个个能腰缠万贯。真正的报人，他一定不忘记真正的人格"。在任白涛看来，那些违反新闻道德的记者，都缺乏"纯正新闻学的修养"②。

第三，外力的引诱。在任白涛眼中，中国社会，上自政府，下至人民，还没有彻底认识到记者的责任。记者违反新闻道德时，来自外来的引诱力往往比内心想去作恶的力量大。事实表明，那些没有上台的"政治难民"，总是设法勾结记者，以求为自己大吹大擂。一些被外力引诱的记者，今日替人吹捧，也是为自己将来"轻揭帘笼登台"创造机会，因而就忘了自己的立场，替人搬弄是非。社会上的一些人看透了记者的"心肠"，于是不惜使用种种卑劣手段笼络记者，以便有机会捧捧自己；或者在出了乱子的时候，唆使记者，淆乱听闻。于是，某某记者与某某要人"有关"的事情就屡见不鲜了。

第四，新闻记者的新闻学修养有待提升。违反新闻道德的记者，未能处理好如下关系：

其一，新闻道德与新闻价值。任白涛认为，当时的新闻价值与新闻道德往往处在冲突之中："新闻业者所需要的材料的标

---

① 　任白涛：《综合新闻学》，第104页。
② 　同上书，第107页。

准——新、奇、常等等的标准——原是与道德对立的。即标准是不考虑道德的。"然而，道德的作用是不可避免的，"道德的要求，完全在对各标准的选择中"。新闻业者"不可为新闻价值（News value）而蹂躏道德的要求"，因为他们"是受着新闻业者方面的道德的要求和一般社会之道德的要求的二重束缚的。新闻业者无论怎样地想遵从新闻价值的要求去超越道德，也不能抑压住那做一个社会人的彼的心中所发生的道德。缺乏这种道德感的人，是不能制作为社会多数人所欢迎的有价值的新闻记事的"①。任白涛指出，当时充斥报纸版面的有关"暴露"与"杀人"的报道，是对新闻价值"误认或误用的真确的凭证"，他质问说："试问这些'杀人'的新闻记载，对社会有什么利益；如其含蕴一些，简略一些，难道减低了新闻的价值吗？"② 从中不难看出，任白涛所批判的，是以满足读者猎奇心理为核心的新闻价值观。任白涛看到，按照这种价值标准进行新闻报道，必然要迎合读者的低级趣味，必然要违反新闻道德。任白涛一再强调"遵守社会道德，乃是新闻工作的最根本的条项"，实际上是用新闻道德理论去矫正新闻价值理论的偏颇，这是一种有益的尝试。

　　其二，新闻道德与新闻真实性。任白涛在介绍了美国新闻学者与著名报人的种种新闻道德信条后指出，现今美国"新闻伦理运动"的重心落在了"正确第一"（Accuracy first）和"常常正确"（Always accurate）这两句标语上。任白涛要求新闻工作者"不单在记事上要这样办，在广告上也要这样办"。也就是说，要把"正确"作为新闻业者应遵守的"唯一无二的金科玉律"。任白涛还进行例证："《春秋》，所以能'使乱臣贼子惧'者，唯一原因，就是它在'褒贬'上能够绝对注意'正确'，决

----

① 　任白涛：《综合新闻学》，第 79－80 页。
② 　同上书，第 103 页。

不任意捏造事实。所以新闻业者如欲保持报纸的威力，不使失坠，必须牢守着'正确'或'真实'的原则。"① 正是基于此，任白涛严厉抨击了捏造事实的做法。

其三，新闻道德与新闻宣传。任白涛从论述政党报纸入手，论述新闻宣传与新闻道德之间的关系。带有党派色彩的报纸算不算报纸？任白涛指出，如果仅仅同情某个政党，还不失其做报纸的资格。如果政党色彩"染遍全纸"，而且对于自党的事，单写好的一面，对于他党的事，单写坏的一面，即故意歪曲事实，赞美自党，毁谤他党，这就是虚伪的宣传，也就丧失了做报纸的价值。因此，报纸带有党派色彩，不一定就是坏事。"纵然带党派的色彩，只要那编辑者守着新闻道德而忠实地去报道，那也不至于丧失了报纸的价值。"这里所说的新闻道德，就是报道的公正性。在任白涛看来，一些政党机关报，"它们的编辑方针缺乏公正性；它们的报人不能严守新闻道德；换言之，他们没有报格"②。因为这样的报纸只是一部分人的喉舌，不能代表一般的大众，不能得到多数的读者。任白涛还举例说，虽然苏联只有一个政党，不允许反对党报纸的发行，但世界各国的政党机关报，恐怕没有比苏联更发达的，就是因为它们的编辑方针"至少对内具有公正性"，而报人也能够遵守新闻道德。任白涛是在强调，新闻宣传也必须遵守新闻道德规范。

总之，任白涛既批评了记者个人修养的不足，又分析了记者经济基础的薄弱，还看到了社会政治环境对记者的引诱。他从主、客观两方面剖析记者失节的原因，是比较冷静而又全面的。"病灶"找到了，那么又如何治病救人，改变中国新闻记者失节的状况呢？任白涛痛下针砭：

---

① 任白涛：《综合新闻学》，第 93 页。
② 同上书，第 120 – 121 页。

第一，力促报业发达。任白涛回顾自己在几家报馆的经历后指出，报业不发达的原因，"决非片言只语所能尽"。最主要的原因是"少数学者志士"，"想把学术理想、志愿抱负，都在报纸上面发挥；然因陈义过高，反与一般社会心理，格格而不相入"。报人不"迎合低级趣味"、不"仰承权贵意旨"，自然值得提倡，但不意味着完全与社会"不相入"。因为"办报的人，没有新闻学识，即虽有办报的志愿而没有办报的本领"①，报馆的寿命是不会长久的。在任白涛看来，报纸在内容上与一般社会不"相入"的同时，又与新闻不"相入"，编辑、采访、经营、印刷等等，采取的都是瞎摸的方针，即使是较聪明一点的，也只是看着人家怎样自己也跟着怎样，具体表现为：政治新闻多，而社会新闻少；外来新闻多，而自行采集的新闻少；各报社的新闻，十之八九是雷同的，编辑法也没有"意匠"和特色；因不讲究方法而使印刷费用增多；事务繁杂而用人过多，实效不举；销路不广；报纸的发行数少；卖价不够纸钱，广告亦过于低廉。简言之，报社根本就不重视营业和经济的独立。结果，"其不受社会欢迎必矣"。这样就陷入了恶性循环之中，"报纸之生活愈难，遂愈不得不卵翼军人、政客之下"。老话说，"仓廪实而知礼节，衣食足而知荣辱"。但任白涛认为，"仓廪实"不是新闻记者"之所必需"，但"衣食足"是不可缺少的条件，因此要谋求报业的发达。

不过，就中国新闻记者的现状来说，追求学问上的补充，或许比谋取"衣食足"更重要。因为记者的文化水平提高以后，新闻事业自然就会发达起来，那样，记者的生活自然随之提高。由此可见，任白涛所说的与社会"相入"，实质上是希望通过提高新闻工作者自身业务水平与新闻报道的可读性，来实现报纸的

---

① 任白涛：《综合新闻学》，第 109 – 110 页。

根本改革。任白涛从新闻工作者自身着手，从"内因"方面寻求治病之方，是值得称道的。从中也不难看出，作为新闻学者的任白涛，对于普及新闻学理论，加速新闻工作的职业化拥有莫大的热情。但是，若不改变当时中国社会整个的政治、经济、文化形势，新闻记者无论怎样"新闻化"、职业化也是无法彻底解决问题的。任白涛的"理论批判"又因书卷气过浓而无法转变成变革现实的力量。

第二，制裁失节的记者。记者失节，固然与新闻事业不发达相关，但新闻记者的"不肯刻苦自励"也是一个重要方面。为此，必须制裁失节的记者。制裁的方法有四种：其一，国家的制裁，即法律的制裁。其二，社会的制裁，这是没有条文的法律，通过不看报、不刊登广告、罢邮等途径来实现。其三，新闻社或全新闻界的制裁，即开展"伦理运动"。在中国，一些"有自觉"的现役记者，曾公开讨论"新闻界的风纪问题"，相信在某些时候，能够制定出共同遵守的规则。其四，记者个人的制裁。任白涛最后又强调，"这个制裁失节问题解决的一个重要点，毕竟还是在新闻社经济的独立——即新闻业的发达——上。"① 可见，任白涛还是在一定程度上认识到了经济基础对道德问题的决定作用，而不是就新闻道德而抽象地讨论新闻道德。任白涛提出的"硬控制"——法律与"软控制"——道德相结合的制裁方案，具有合理性与可操作性。

在任白涛那里，思考最多的问题是如何避免新闻记者不道德现象的发生。何敬仁则从正面阐述新闻记者应具备什么样的道德品质，他认为负责精神是报人的首要精神。具体而言，主要包括以下三个方面：

第一，对良心负责。

---

① 任白涛：《综合新闻学》，第 117 页。

报人报道消息，评述时事，以及处理整个报业，其心存动机，一念之差，往往可以定夺个人以至整个社会的幸福，所以报人首须唤起良心的警觉。

……

抗战时期，在敌前敌后艰苦奋斗的报人，所表现的正气大节，追本溯源，也都在于对良心的责任感。

报人立身社会，其处境最为复杂而多艰，各种引诱胁迫，随其担负的使命与表现的能力而俱增，若非有对良心的充分负责精神，堕落毁灭的命运是可以立致的。

第二，对群众负责。

报人传播知识，报道消息，以及倡导风尚的具体对象是广大的群众，对群众负责是无疑问的，群众接受报道，给报人以信任，且付出金钱与时间的代价，以获得报道。报人对群众所负的责任，消极的应当使群众获得最正确的消息，积极的更应使群众从报道的本身，得到正确的启示和判断。

……

多少年来有若干报纸，专以黄色新闻作为增出发行数字的凭藉。这些报纸，如果唤起对群众的责任感，将会立刻改变态度。

第三，对历史负责。

历史是无情的，在历史的考验下，善恶是非，终必一一在人耳目，不可讳避。往往在当代确认为善良的人，经过历史的考验，显现了原形，世人才了解其丑恶的真相。反之，往往世人所唾弃所攻讦者，在时过境迁之后，转而为世所怀念爱戴。报人除了对良心负责，对群众负责以外，更应该具有历史的责任感，这种责任感的产生，首在有历史的远见，不为一时的群众心理、群众行动和时髦思想所左右，进而以历史的观点，在众人纷纷议论之外，拿出独特的见解，以释群疑。而且在报道与评论一人一事的时候，就想到这报道和评论所可能产生的历史后果，以及自己所应负的历史责任。①

曾任国民党中央政治学校新闻系主任的马星野曾指出，新闻学术期刊《报学杂志》的第一任务，"也是中心的工作，还是提高报人道德，求职业荣誉之建立"。他说：

半年以来的苦痛与经验，使我们太伤心太感慨。中国的报人，败德、没人格的太多太多了。办报的不择手段在求自己之发财，造地位。做记者的滥用他们的笔来破坏他人之名誉，制造谣言，或沽名钓誉，或敲诈取财。极目祖国，健全的报业太少了，有人格的出版家太少，配得上尽大时代报人责任的也太少了。报界之清流，其力量又何等薄弱。报格、人格，始终未受到普遍的注意。本刊一天出版，本刊一天将为中国报纸争报格，为中国报人争人格。②

通过新闻学术研究来提升报人人格，也是现代中国新闻学人的一个选择。

---

① 何敬仁：《报人精神的认识》，《报学杂志》第 1 卷第 6 期，1948 年 11 月 16 日。

② 马星野：《今后的报学杂志》，《报学杂志》第 1 卷第 9 期，1949 年 1 月 1 日。

第八章　新闻教育思想

1918 年至 1949 年，中国先后出现 82 个新闻教育机构，其中包括高等新闻教育机构、新闻职业学校、各种性质的短期新闻培训班①。开创之初的中国新闻教育，主要是采纳了美国的新闻教育理念，以职业训练为本位。从 20 世纪 30 年代开始，中国新闻教育工作者经过多年的教学实践探索，开始反思中国新闻教育理念，在新闻教育的中国化方面做出了切实努力，并在媒介素养教育方面做出了大胆的理论思考。

一　以职业训练为本位

1918 年，北京大学新闻学研究会成立，中国新闻教育由此发端。此后至 20 世纪 20 年代末，上海圣约翰大学新闻系（1920 年）、北京平民大学新闻系（1923 年）、上海大夏大学新闻系（1923 年）、北京燕京大学新闻系（1924 年）、北京国立法政大学新闻系（1924 年）、北京国际劳动大学新闻系（1924 年）、上海南方大学新闻系（1925 年）、上海光华大学新闻系（1926 年）、上海国民大学新闻系（1926 年）、上海复旦大学新闻系（1929 年）等高等新闻教育机构先后成立。这一时期是中国新闻教育的草创时期，大多数新闻教育机构存在很短的时间就停

---

① 拙著：《中国新闻学术史（1834 – 1949）》，第 238 页。

办了。

1918 年 10 月 14 日，北京大学新闻学研究会宣告成立。校长蔡元培任会长，毕业于美国密歇根大学的徐宝璜、京报社长邵飘萍担任导师。研究会于每周一、三、五开会，每次由导师向会员讲授一个小时新闻学课程。徐宝璜的授课"注重编辑新闻之练习"，邵飘萍的授课"注重评论新闻之练习"①。

北京大学新闻学研究会非常重视新闻实践经验的学习，这从 1919 年 2 月 19 日改组大会通过的《北京大学新闻学研究会简章》可以窥见一斑。简章规定："本会以研究新闻学理，增长新闻经验，以谋新闻事业之发展为宗旨。"简章指明研究会的研究项目："（甲）新闻学之根本知识。（乙）新闻之采集。（丙）新闻之编辑。（丁）新闻之造题。（戊）新闻之通信。（己）新闻社与新闻通信社之组织。（庚）评论。（辛）广告术。（壬）实验新闻学。"简章还规定，"为增长会员新闻经验起见"，"本会可随时介绍会员，往各新闻社参观考察，及与中外通信社联络接洽，但须先得该新闻社及中外通信社之同意"。

1919 年 2 月 24 日，新闻学研究会召开全体大会，议决筹办周刊与通信社计划大纲。筹办通信社的计划未见实施，《新闻周刊》则于 1919 年 4 月 20 日正式创刊。《新闻周刊》的发刊目的有三：

> （一）便会员之练习。新闻事业，最贵敏速。而敏速为习惯之养成，由于训练。本会会员，虽于新闻学识，多有所得，使无练习之机会，或致知之而不能行，行之而不得其道。今有周刊之发行，则会员于研究学理之余，复可得采集新闻撰若干社论种种之实地经验……

---

① 《新闻学研究会启事》，《北京大学日刊》，1919 年 1 月 27 日。

（二）便新闻学识之传播。新闻为何物乎，如何求之，如何述之，如何构造题目，如何撰著社论，种种问题，内均含有至理。知而能行之者，则业兴。否则业败。吾国之新闻纸，多昙花一现瞬生瞬灭。即能于久存之大报，其销路亦远不及英美之大报。则新闻学识之亟应传播，从可知矣。本报同人，愿竭绵薄，每期登论文一篇，将研究结果，一一公之于世……

（三）便同志之商榷。有此周刊，国内同志可自由投函，提出新闻界之问题，互相商榷。①

可见，《新闻周刊》发刊的首要目的是满足会员的练习需要。

在新闻学研究会第一次研究期满式上，会长蔡元培训词说："本周刊纯重事实、提要钩元……凡一问题之起，非先有事实之标准，即多费考量，亦无由解决。而吾校所出之周刊，能将一国内外之大事，提要钩元，即示标准之意。曩保定某中学校长晤余，曾谓该校学生平时以学课关系，无暇读报。后见本校周刊出版，能将事实钩元提要，非常欢迎。五四停版以来，深为本周刊抱憾不平。"② 由此可见，《新闻周刊》的主要内容是报道一周的新闻，为会员的技能训练提供重要的实习基地。

1920 年，由卜惠廉（W. A. S. Pott）教授提议，上海圣约翰大学设立新闻系，这是中国的第一个大学新闻系。圣约翰大学新闻系附属在普通文科中，聘请密勒氏评论报主笔毕德生（D. Paltterson）兼任教师。毕德生是美国密苏里大学新闻学院院长威廉博士的高足，所以圣约翰的新闻系，"成了米梭里（密苏里）

---

① 《新闻周刊已出版》，《北京大学日刊》，1919 年 4 月 21 日。
② 《新闻学研究会发给证书纪事》，《北京大学日刊》，1919 年 10 月 21 日。

的一个分支"①。圣约翰大学新闻学系的课程，与当时美国大学新闻学系的课程大致相同。虽然授课时间都在晚上，但选新闻系的学生多达四五十人。

1924年燕京大学新闻系创立，1927年一度停办。美籍教授白瑞登（R. S. Britton）任系主任，美国密苏里新闻学院教授聂士芬（Vernon Nash）任教。当时仅在文学院开设了用英语讲授的二三门新闻学课程，由三四年级的学生选修，"对课程应当如何规定，普通教育和专门课程应当是怎样一个比例等等，是无暇也是未能顾及的事"②。

1925年春上海南方大学新闻系成立，"暑假因复辟风潮，该系亦遂之涣散"③。该系招收大学本科二年级以上程度的学生，课程设置是清一色的新闻学课程④，业务类课程占相当大的比重。这种设置是为切合其教学目的之需要。该系的创建目的很明确："报业高尚之职业也。惟其感化人民思想及道德之重大无比，故亟宜训练较善之新闻记者，以编较善之报章，而供公众较善之服务。报业之为职业也，举凡记者主笔经理图解员通讯员发行人广告员，凡用报章或定期刊以采集预备发行新闻于公众者，皆属之。本科之唯一目的，为养成男女有品学者，以此职业去服务公众。"⑤ 职业训练是其最终目的。

总之，这一时期，中国新闻教育机构受美国新闻教育理念的影响很大，新闻教育渐趋职业化，新闻教育的目标是为新闻事业

---

① 任白涛：《综合新闻学》，第47页。

② 刘豁轩：《报学论丛》，天津益世报社，1946年12月，第92页。

③ 吴宪增：《中国新闻教育史》，石门新报社，1944年5月，第16页。

④ 南方大学新闻系课程：（第一学年）报学历史与原理、访事一、访事二、广告原理、补习必修课、随意课；（第二学年）报馆管理一、报馆管理二（或社论编写）、编辑法、报学指导、补习必修课、随意课。

⑤ 吴宪增：《中国新闻教育史》，第39页。

培养人才，从而把职业技能训练作为教育的首要任务。这一时期，中国新闻教育工作者急急切切地创办新闻教育，于实践上亦步亦趋地学习美国的新闻教育，而无暇在思想层面阐发新闻教育思想，对于其中的利与弊，更是无暇做出判断与分析。

二 新闻教育的中国化

从20世纪30年代开始，中国新闻教育工作者与新闻学者开始反思全盘照搬美国的做法，任白涛曾指出："负有重大的社会文化的任务的新闻记者的教育，特别是在理论方面，叫外国人来培养——往外国留学是另一事——这就前述各国来说，似无成例可援，也许这是受帝国主义重重包围、压迫下的中国所独有的现象吧。然而这种关系重要的教育权——这种对于'握全世界活动之枢纽，为传达思想文化之机具的'制造事业——任令外人代办，决非可以长久永存的办法。"① 新闻学者在对当时新闻教育的种种弊端痛下针砭的同时，开始探索新闻教育中国化的种种方式。

1. 课程设置的中国化

现代中国新闻教育机构的课程设置，基本上以美国为蓝本，脱离中国实际的课程设置成为新闻教育改革者面临的首要问题。时任复旦大学新闻系主任的谢六逸，最早对中国新闻教育西化现象痛下针砭："现在国内的大学，并非能够完成大学的学术的使命。所制造的人才，他们的知识，不过比高级中学程度的学生高一点，发明与发现固然讲不到，要求头脑清楚，能够叙述时贤的学说的人，也是稀有的。原因在于现在办大学的人，不知道大学的本身，有完成学术的使命，他们只拿一点粗浅的知识贩卖给学生。就是说，他们

---

① 任白涛：《综合新闻学》，第50页。

所给予学生的知识，只有半截，剩余下来的半截到什么地方去拿呢？'到美国大学去拿呀！'"①谢六逸并不是反对大学毕业生出国留学，而是反对办学的人，因为大学毕业生还有海外留学，因而依赖别人，自己的大学就可以因陋就简的办下去。

谢六逸更反对由外国人主办新闻教育："中国既有国立或私立的大学，用不着等外国人来到国内来替我们培植，这种新闻教育的责任，是办大学教育的人应该负责的。"②谢六逸秉其完成学术使命的决心，担当起复旦大学新闻系首任系主任的重担。在谢六逸的努力下，复旦大学新闻系大纲中明确规定："本系设立之目的：养成本国报馆编辑人才，养成本国报馆经营人才。"谢六逸还试图通过合理设置新闻课程，如增加中国报学史一类的课程，来实现为本国报业培养人才的目的。

燕京大学的办学性质决定了燕大新闻系在课程设置方面，更是全盘照搬美国。卢沟桥事变后开始主持燕大新闻系的刘豁轩，对中、美新闻教育现状进行了比较：一个普通的美国大学毕业生，用英文写普通的新闻不会感觉有多大的困难；一个燕京大学新闻系的毕业生，能用通畅的中文写新闻的，便不很多。原因在于燕京大学新闻系学生的外文课种类与课时太多。再比如，中国报业的现状同美国比较，在物质方面落后一个世纪。如果中国也按美国的方法，将报业经营这门功课分化成许多独立的课程，如广告招揽、广告设计、科学的推广销路、工厂管理、印刷技术、报社会计等等，就会造成不必要的"浪费"。针对这种情况，刘豁轩呼吁：燕大的新闻学教育，"要针对着中国报业的现状，造

---

① 谢六逸：《新闻教育的重要及其设施》，黄天鹏编：《新闻学演讲集》，上海现代书局，1931 年 10 月，第 19 页。

② 谢六逸：《新闻教育的重要及其设施》，黄天鹏编：《新闻学演讲集》，第 24 页。

就人才。不使用非所学，或学非所用。报学教育的目的与理论，虽然不必有什么国籍之分；可是为造就中国的报人，在课程计划上，必须对于中国的特殊情形与中国报业的特殊需要加以正确而严密的注意。西洋的，东洋的，以及美国的报学课程与施教方针，绝对不能生吞活剥"。①

针对课程设置存在的问题，刘豁轩对燕大新闻系的教学计划进行了修订，首条原则便是"适合中国报业实际需要"。刘豁轩特别注重对"文字学科"的调整，一般不再鼓励学生选修第二外语及第三外语，而是鼓励学生将中文与第一外语——英文念得好一点。新闻系还与国文系、西洋语文学系合作授课，颇有成效。可惜，太平洋战争爆发后，日军侵入燕园，刘豁轩入狱，其改革计划被迫终止。

教材配备也是有关课程改革的一个重要问题。对此，1934年至1937年主持燕京大学新闻系的梁士纯明确指出，中国新闻教育存在的一个重要问题是中文教材的缺乏：

> 现在各学校所用的新闻学课本，差不多皆为英文，或少数由英文翻译成中文的书籍。在最近几年来，关于新闻学或新闻事业的著作，也可算不少，不过这些书籍大致都是属于普通介绍的性质，不能作班上的课本之用。现在所亟需的是中文的教科书，以中国的情形及需要为背景，而根据实地的经验，研究，所写出来的教科书。这并不是说外国文的书籍绝对的不合用，不过在这些外国文书籍外，还应有以中国报业为对象的中文书籍来补充。②

---

① 刘豁轩：《报学论丛》，第 108 页。
② 梁士纯：《中国新闻教育之现状与将来》，燕京大学新闻学系，1936 年 5 月，第 6 页。

梁士纯首次将教材的配备问题提出来，但这个问题直到1937 年刘豁轩担任系主任时仍没有得到解决。刘豁轩指出，中国自从有人提倡新闻教育到现在，已有二十年的历史，可是严格的说，一本可看的关于新闻的中文书籍都没有：

> 燕大报学系自开办到现在，据我们所知，几乎没有用过一本中文书……学生为了读书所费的时间太多，而所得能切乎中国报人需要的，在许多方面是很少的。我们图书室中所有四五百部报学书籍，百分之九十九是美国人写的。①

20 世纪 40 年代，教材问题仍困扰着新闻教育工作者。储玉坤将其看作中国新闻教育失败的重要原因之一：

> 在中国出版界，新闻学的著作，更少得可怜，真有些像凤毛麟角，因此在教授方面，感到教材的缺乏，觉得没有什么可以教学生；在学生方面，除了听教授在上课讲解而外，又无参考书可以阅读，藉以补充教授讲解之不足。所以新闻系的学生，读满了四年毕业，反躬自省一下，未免茫茫然，而感觉到内心的空虚，几乎读书四年一无所得。②

储玉坤号召，教育部应"召开新闻教育会议，凡是国内知名的新闻教育专家，新闻学著作人，各大学新闻系主任，各新闻专科学校校长、教务长，各大报各通讯社的社长、总主笔、总经理、总编辑，均应邀请参加，共同商讨新闻教育应兴应革的事宜。目下亟待解决的问题有：（一）新闻系四年必修与选修的科

---

① 刘豁轩：《报学论丛》，第 117 页。
② 储玉坤：《现代新闻学概论》，第 8 页。

目及其课程标准；（二）延请新闻学专家编著各科大学用书参考书"①。

有关课程设置与教材配备问题的论述，向我们提出一个问题：新闻教育是为本国培养人才，还是为外国培养人才？这不仅仅是新闻教育的一个根本性问题——教育目标问题，还是有关中国新闻事业发展前途的大问题。中国新闻教育自然应以中国为本位，以中国新闻事业发展为本位。中国现代新闻教育在实践中对这一问题的忽略，是引以为憾的。

2. 教师配置的中国化

留学生与外籍教师是中国早期新闻教育的生力军。对此，刘豁轩提出批评：按常理来讲，留学生回国教书是再合适不过了，可是说到新闻学，尤其是中国新闻学，便有些困难。因为留学生大多对中国新闻业缺乏认识和经验，无论他们在外国念了多少门新闻学，进行了多少年新闻实践，要教中国的学生，恐怕还得先在中国的新闻事业单位干几年才行。况且，"美国留学生恐怕百分之九十九是能英文而不能中文的"，为英文报社及通讯社造就人才，自然能胜任；为中国报业造就人才，文字的隔阂便是一个很大的困难，"就燕大报学系近三年（1937–1940）的情形说，百分之九十五的学生是预备毕业后在中国报界服务的。在报学技术方面，美国的一套，很少是有用的"②。

外籍教师与留学生有理论，但缺乏与中国报业有关的实践经验。对此，受教育者更有感触：

---

① 储玉坤：《论我国新闻教育》，《报学杂志》第 1 卷第 2 期，1948 年 9 月 16 日。

② 刘豁轩：《报学论丛》，第 117 页。

　　　　假如我再念报学系……我要挑选这样一所大学，它的主持人对"洋水"并不迷信，在我是宁可听一位具实际丰富经验的教授说法的。我奇厌生吞活剥，和用"中国必须强大，罗斯福这样告诫报界"这样开头的新闻写作课。我坦率承认，我反对兼任教授上报学课，除了精力超人者外，十九不能忠于他的授课时间表，如果经验不会说谎，我相信我的反对深具理由。①

　　遗憾的是，在新中国成立之前，上述两个问题一直困扰着新闻教育者与受教育者。

3. 新闻教育的学术化

　　中国早期的新闻教育学习美国，重在职业训练。20 世纪 30 年代开始，新闻教育界与学术界开始对这一做法提出了种种批评。

　　美国学者的自我批评更具有说服力，窦定（J. F. Durind）指出，职业化新闻教育的最大弊端在于忽视了普通常识的学习：

　　　　欧美各国，尤其是英国和美国，新闻事业的发展，已臻成熟时期，所谓"新闻职业化"的趋势，早已显然明白。……现在美国新闻系学校对训练方法，仍然有不少缺点，关于这一点，是美国新闻界主持人物所公认……

　　　　近来中国的新闻教育，在仿效制度下已渐趋职业化，各大学差不多都有新闻系之设。……

　　　　在现在中国及美国新闻系学校中，我们总可以发现那些

────────────

① 余予：《假如我再念报学系》，《报学杂志》第 1 卷第 8 期，1948 年 12 月 16 日。

教师们训练学生对新闻的写法以及如何装配标题，如何组成一张完备的报纸等等，对于报纸的组织，亦不惜费许多精神去详细研究，此外如广告发行等等，也是费了很多宝贵的时间去教授。他们每年在这些学校中造就了许多青年男女的新闻从业者，但是他们大都在整个的修养方面是尚未十分成熟的生手，对于软性新闻及摘要等含义，多是一知半解，而对于国际大势民族关系等那种比较复杂的知识，都未能有更深刻的认识。老实的说，在那些学校里学生们所需要的一切材料，学校当局一些都没有供给他们。教师们所引导他们去学习的，仅仅是些极机械而刻板的理论和局部的见解，结果使得学生们仅具有一个狭窄单纯的脑子，而不易造就一个极健全的新闻从业者。新闻学校里现所学的课程，诸如编辑技术一类的"玩意"，只要在报馆实习了二三个星期后，便可熟习的，现在费许多时间去学习这类工作，宁非是种浪费。但是我们所不易学习的部分是什么呢？就是一般普通的常识。这种常识一个学生步出学校跑进报馆的时候，是常会感觉非常缺乏的。一个新闻家要是缺乏各种常识，他的新闻事业决不能有什么发展，在个人方面或是对国家社会也决不会有什么贡献。①

新闻教育是技能的训练还是普通常识的传授？中国新闻教育者做出了回答——新闻教育的学术化。

成舍我指出，新闻教育应注意加强学术研究：

　　　说到新闻教育，高深的研究和普通技术的训练，两者都

---

① 窦定（J. F. Durind）:《中国新闻教育方针的商榷》，邓树勋译，《报学季刊》第 1 卷第 2 期，1935 年 1 月 1 日。

不可偏废。就高深的研究方面说，任何学术均应有专门研究的必要，新闻学研究如何使报纸更有益于人类，他的范围广及于社会学政治学经济学心理学史学和报业的关系，及报业发展应循的路线……就技术的训练和教育上看，与高深的研究有同等的重要，这种教育的目的，是如何使报业能发挥它的最大力量，报人如何工作和如何使之发生最高的效能，这种教育报馆不能完全胜任，需要新闻教育的学校来办理。①

袁昶超主张，新闻学理的培养应重于新闻技能的训练，通过新闻"学术"的研究来带动职业训练的发展：

报业是一种社会事业，同时可以作为责任的职业来观察，这种事业对于社会，可能发生很大的影响，而从事于这种工作的人，对社会也要负很重大的责任。所以，报学教育的实质，虽然是把握职业训练的方法，但报学教育的精神，还是在学术上的建树，使报业不断有新的进展，各国的报学教育，方针虽然不完全相同，但对于学术贡献的努力，其态度是一致的。报学教育的前途，有着一条康庄大道，如果能够注重这学术上的贡献，则职业训练会获得更大的成功，因为主办报学教育的机关，将成为报界职业的精神领导者，非仅报业工作人员的养成所。社会人士承认了报学院或报学系的学术地位，而信仰其对于促进报业的成就之后，那些毕业生的出路便不成问题。过去有些报学教育家，订立了报业人员的道德信条，建树了经营报业的高尚理想，不啻是引导报业进步的指南针。今后继续作学术上的努力，完成报学教育

①　成舍我等：《当前报业的几个实际问题》，《新闻学季刊》第 3 卷第 2 期，1947 年 12 月 25 日。

的使命，可以说是必然的趋势。①

曾虚白则从"通才"与"专才"的关系入手，论证新闻教育加强"学术性"的必要性。他主张，新闻记者是"通才"，这决定了新闻教育应当重"学术"，而轻"技巧"。他是这样论述的：

> 新闻记者是一位"通才"，不是"专才"。"通才"的发展是横的，"专才"的发展是纵的。横的求其博，纵的求其渊。一个记者在专家集合的场所，会衬托而成浅薄，可是在普通人的场合中，却是一个无所不知，无所不晓的人物。他会运用他的博来发掘人家的渊，他的博是一串万能钥匙，可以打开任何渊深的宝库；他的博是一本索引，可以按图索骥，找到任何渊秘的资料。新闻技巧的研究，实际没有独立专科的必要。如何写新闻，如何写社论，如何写特写，当然各有其为然的技巧，可是这技巧也只是常识，老实说，聪明才智之士，略加解释，就能心领神会……真正成功的记者，决不靠以技巧炫人，却要有真才实学来贡献给读者。换言之，记者的教育应注重在"通"而造成其"博"……目前的新闻教育制度，实在有改革的必要。我们不应再偏重在技术的训练，而应转移注意到通才的培养……记者的博要有一串万能钥匙，要有一本万能索引，我们不希望每一个未来记者都读破万卷书，可是我们希望未来的记者能知道什么资料向什么地方去找。如能做到这一点，我认为新闻教育已真成功了。②

---

① 袁昶超：《报学教育的前途》，《报学杂志》第1卷第9期，1949年1月1日。
② 曾虚白：《注重通才的培养》，《报学杂志》第1卷第2期，1948年9月16日。

　　教育工作者的素质也会影响到新闻教育的学术化。中国早期的新闻教育工作者，相当一部分是在新闻业务方面颇有影响的"报人"。刘豁轩指出，由"报人"讲授新闻学，是新闻教育方面的一个根本困难。"报人"在教学过程中，大半是谈经验，讲技术。这是他们的长处，也是短处，因为"报人"不能使自己讲授的课程"学术化"。然而，新闻学的一个发展趋势却是由"技术化"向着"学术化"方面发展，新闻学已渐渐融入与它相关的学术领域了。如，宣传学与政治学、心理学的融合，报纸社论与哲学、社会心理学、社会科学、语言文字学的融合等。差不多每一门新闻学都与相关的学科"合流"，就连新闻采访，也加入了社会调查、统计学的内容。然而，"现阶段的中国报人，尤其是比较有地位的，平日忙于事业，很少有人能够在学术上作一番工夫"①。这样就产生一个严重的后果——各大学新闻系很难聘请到优秀的教师，各个学校都缺乏新闻学教授。刘豁轩向"报人"发出呼吁：设法将经验同技术组织起来，与新闻理论相印证，与其他部门的学术相融合。

　　新闻教育者应当具备丰厚的新闻学养，这是一个不言而喻的前提。新闻学本身的实践性，又要求新闻教育工作者必须了解新闻业务知识，否则培养出来的学生虽然深谙新闻理论知识，却脱离新闻业务实际，只会纸上谈兵，而没有实际动手能力。对此，梁士纯指出，理想的新闻教育者既要拥有扎实的理论功底，又要有丰富的实践经验：

　　　　当新闻学教授的人，不但只是有专门的学识，而亦应有相当的实际经验，并深知中国报业及报界的情形及需要。往往一个富有实际经验的报人，不肯，不愿，或不能教书，也

---

　　① 　刘豁轩：《报学论丛》，第 116 页。

是常有的事。而同时若只有理论上的学识，而无实际的经验，亦不能成为尽善尽美的新闻学教授。①

20世纪三四十年代有关新闻教育学术化问题的讨论，值得我们深思。理想的新闻教育，应当让学生成为理论与实践"双修"的全面发展的新闻专业人才，而一个理想的新闻专业人才，更应当是建立在"通才"基础上的"专才"，既要掌握人文社会科学及自然科学常识，更要学习与掌握新闻传播学基本理论与基本技能，这样，才能适应新闻工作需要，才能具有在新闻业务工作中持续发展的潜力与后劲。

4. 教育与实践贯通

新闻学是一门实践性很强的学科，受美国新闻教育理念的影响，中国早期新闻教育者都非常重视学生的新闻实践。周孝庵指出：

> 年来吾国国内大学之设新闻一科者甚多，专以养成专门人才，但偏于学理者多，侧重实验者少，实一遗憾，良以各大学所设之新闻科，应学验并重，不然，不如专设一"新闻科大学"，除研究学理之日常功课外，复重实验功夫，自办报纸，自设通讯社，前者为学生实习编辑，后者备学生实习采访，每日分派若干人出外活动，以成绩优良者送刊自办之报纸。②

储玉坤也认为："研究新闻学，和研究兵学一样，三分理论

---

① 梁士纯：《中国新闻教育之现在与将来》，第6页。
② 周孝庵：《最新实验新闻学》，第14页。

七分实际，如果没有实验室，就无异于纸上谈兵，所学得的理论与实际的工作，不能打成一片。"为此，他呼吁教育当局"于办理新闻系著有成绩的各大学，应予以特别经费，用以添置设备，最好各大学校新闻系均能自己办一个报纸，使新闻系的本身，就是一家完善的报纸"①。

朱沛人指出，新闻教育机构"要有实验报纸"：

> 我们今日的新闻学校，一切都是课堂上讲，这又是一个极大的笑话。我以为不办新闻学校则已，要办新闻学校必须有一个完整的实习报纸，使新闻学生走进社会具备基本的工作技能……新闻学校毕业学生出路都很坏，固然报业的不景气是一个原因，但报社对新闻学生的不信仰，也是一个因素。因为引用一个新闻学生进报社，并不能把他当作正式的工作人员来用。大的报社可以给他们实习练习的机会，小的报社就无此能力，也无此雅量了。我们为新闻学校学生出路着想，也应该改革新闻教育的内容。②

袁昶超也主张，新闻系要有附属报社：

> 开办报学系的时候，很少人想到附设小型报社的必要，各大学把报学系并入文学院或法学院，把报学系和文学系或政治系同样看待，没有顾及职业训练的必要条件。如果能够把报学系和医学院相提并论，则报学系之必须有附属报社，犹医学院之必须有附属医院，以配合学生的见习课程，这个

---

① 储玉坤：《论我国新闻教育》，《报学杂志》第 1 卷第 2 期，1948 年 9 月 16 日。

② 朱沛人：《改造新闻教育》，《报学杂志》第 1 卷第 2 期，1948 年 9 月 16 日。

道理是十分明显的①。

王公亮则认为，进步的新闻教育，要"把教和学统一在'做'上教，学习者要在'做'上学，教的方法根据学的方法，学的方法根据'做'的方法，使新闻教育由理论通过了实践，接触到现实社会，从真实的社会中取得人类生活意义的真谛"②。

中国早期的新闻教育机构，都曾有学生自办刊物的计划。如，谢六逸最初担任复旦大学新闻系主任的时候就设想，"江湾以北的地方，将成为上海市的中心……江湾复旦大学新闻系的学生，就可以办一种报纸来供给他们，正如美国的密苏里大学的新闻系办报供给密苏里地方的人阅读一样"③。然而，因为资金紧张，加之战事纷扰，许多新闻教育机构的实习刊物都昙花一现，除了燕京大学等少数教育机构所办的实习刊物勉强维持外，大多数新闻教育机构的学生只能到报社去实习。教育机构与新闻界的合作问题便凸显出来，而二者的关系常常又处在不十分融洽的状态，正如谢六逸所说：

> 办理新闻教育对外之困难，则为未能获得各报馆之了解，未能得其援助。在报馆主持人之心理……尤觉新闻学校毕业之学生，希望过奢，志气太高，患其调动不易；或且恐其滥作高论，提倡改良，影响营业。④

① 袁昶超：《报学教育和职业训练》，《报学杂志》第1卷第8期，1948年12月16日。

② 王公亮：《进步的新闻教育》，《报学杂志》第1卷第6期，1948年11月16日。

③ 陈江、陈庚初编：《谢六逸文集》，第278页，商务印书馆，1995年1月。

④ 转引自惜莹：《新闻教育问题》，《报学季刊》第1卷第3期，1935年3月29日。

这样，一个令教育者忧心忡忡的现象也就产生了：

> 新闻教育在中国，不久以前还是一个十分生疏，十分新颖的名词。自从有一些大学添设了新闻学系以后，有不少青年是朝夕被新闻学术陶冶训练着。每一期，每一年，总有一群青年人怀着美丽的憧憬踏进它的门限，总有一群青年怀着美丽的抱负戴着学士帽，披了黑纱衣走出校门。走出校门，接着是现实来一个迎头痛击："到那里去呢？"①

结果却是，"考我国各地报纸所用人员，来自新闻学校者，未足百分之一"②。这种现象如果不设法消除，不但会妨碍中国新闻教育的发展，更会影响新闻事业的进步。这是因为：

> 报业为谋本身发展，需要有训练的人才来工作，而这种期望却只有新闻教育机关可以完成……新闻事业犹如一种改造社会的武器，新闻记者，则如一个造武器的技师。技师的技巧足以影响武器的钝利……我们欲求新闻事业的发展，必将以新闻教育机关的发展为其前提，两者的关系最为密切，其共同提携共同合作已成为必需③。

新闻教育工作者希望，"以后各地报馆和通讯社与新闻教育机关应切实合作，互相协助。一面欢迎新闻教育机关派学生到报馆实习，尽力指导他们；一面尽量录用新闻教育机关出身的人

---

① 胡汉君：《新闻教育与教育新闻》，《报学季刊》第 1 卷第 3 期，1935 年 3 月 29 日。

② 赵君豪：《中国近代之报业》，第 200 页。

③ 张君良：《新闻教育机关与报业协作》，《报学季刊》创刊号，1934 年 10 月 10 日。

员，充分地补以发挥能力的机会。以此通力协作，才好共同来发展新闻事业"①。新闻教育界与新闻界的通力合作，成为关心新闻教育的有识之士的最高呼声。

毕业于复旦大学新闻学系的杜绍文，对新闻教育存在的问题有切身体会：

> 以往新闻教育失败的症结，主要的为教育与社会不贯通，理论与实践不贯通，驯致学校自学校，报馆自报馆，学理自学理，事实自事实，格格不入，到处凿枘，互相排斥，互肆诋评。根本的原因，就在于学校所习的，不是社会所要的，理论所发挥的，又不是容易于实践的。我国社会机构的窳陋，新闻园地的荆棘，固使优秀的新闻人才，无法学以致用，但新闻教育者和被教育者，缺乏决心以创造新风气，没有能力以开辟新环境，要为其中的主因。②

为此，杜绍文指出，"中国本位之新闻教育的重要原则"，"就是如何使教育与社会相贯通，如何令理论与实践相贯通而已"③。

新闻教育与新闻实践的脱节同样引起了复旦大学新闻系教授郭步陶的重视：

> 在学校所得的，不过是些书本上的理论，就是小小作些实验，也不过是些学校式的新闻编辑，学校式的新闻采访，和实际的新闻工作，相去尚不可以道里计。毕了业，没有去

---

① 惜莹：《新闻教育问题》，《报学季刊》第 1 卷第 3 期，1935 年 3 月 29 日。
② 杜绍文：《中国报人之路》，第 61 页。
③ 同上书，第 63 页。

处的，这样浅薄的课程，不消一年半岁，便可——都归还先
生。报馆或通讯社等有机缘的，拿了这闭门所造的车，想要
合乎适用的轨道，也是很不容易的了。①

郭步陶进而指出，"要根本改良本国新闻事业，非全数的新
闻人才，和全数的新闻事业机关，彻底合作不可"，"学校的新
闻课程，和报馆的新闻工作，须要冶成一炉，才能'相得而益
彰'。要是像现在这样各不相谋的长远做下去，新闻人才和新闻
事业，将永久不能得到相互的便利"。郭步陶"希望办理新闻教
育的学校，和办理新闻事业的团体或机关，能够相聚一堂，把这
个问题从细讨论。在没有议定妥善方法以前，学校课程，注重实
习，报馆用人，采取考试制度，或者也是一种相当地两利办
法"②。

新闻学者白宝善对新闻教育界与新闻实务界的合作寄以
厚望：

　　我国新闻教育，至今尚未健全，一般人所诟病者，如师
资缺乏，课程编配欠当，和新闻系毕业学生缺乏实地工作经
验等，均可藉新闻界之合作获得改进，此等缺点和困难，亦
唯有学校与新闻界合作方能改善。③

白宝善还提出了具体的合作方式，如免费赠送报纸，供学生

---

　　① 　郭步陶：《造就新闻人才和办理新闻事业有彻底合作的必要》，《新闻学期
刊》，1935 年 2 月。
　　② 　同上注。
　　③ 　白宝善：《论新闻系与新闻界之合作》，《报学杂志》第 1 卷第 7 期，1948 年
12 月 1 日。

阅读；设置新闻教育奖学金，救助贫寒鼓励研究；指导学生实习，增加学生对实际工作的认识；举办新闻学术讲座，传授经验，指导学习；筹募教育基金，充实学校设备；提供意见，帮助教学设计；接纳毕业学生工作，解决就业出路问题等。

新闻教育界与新闻实务界的合作，也是当今的新闻教育工作者面临的一个重要问题。新闻学的应用性、实践性决定了新闻专业的学生必须注意新闻业务实际操作能力的培养。在今天，新闻教育机构自办报刊作为学生实习基地的客观条件仍不具备。新闻教育界与新闻实务界携手合作，共同建造"实践基地"，既是今天新闻教育机构的最适宜的选择，也是现代中国新闻教育实践给予我们的重要启示。

三　媒介素养教育思想的萌芽

20 世纪三四十年代，新闻教育工作者在针对新闻教育工作的流弊，探索新闻教育中国化途径的同时，对新闻教育的普及工作做出了尝试与探索，媒介素养教育思想也在这一过程中得以萌芽。

有关媒介素养教育的起源，当今学术界基本达成了共识："媒介素养"教育的研究源于西方发达国家，20 世纪 30 年代，英国学者和丹麦教育工作者率先提出这样一种教育主张，认为"教育界应以系统化的课程或训练，培养青少年的媒介批判意识，使其能够辨别和抵御大众传媒的不良影响"①。媒介素养教育从 20 世纪下半叶开始在欧洲、北美洲和大洋洲以及拉丁美洲、亚洲部分地区逐渐兴起。

---

① 宋小卫：《学会解读大众传播——国外媒介素养教育概述》，《当代传播》，2000 年第 2 期。

有关中国对媒介素养教育问题的研究，有学者将其追溯到20世纪末："我国对媒介素养和媒介素养教育的关注始于1997年。当年，中国社科院副研究员卜卫发表了中国内地第一篇系统论述媒介素养教育的论文——《论媒介教育的意义、内容和方法》，追溯了'媒介素养'这个概念在西方演变的历史。文中的'媒介教育'即今天的'媒介素养教育'。此后，学者们陆续发表了一些研究媒介素养和媒介素养教育的论文，此课题在学界逐渐受到关注。"① 媒介素养教育作为一种新型的教学科目，在中国至今也没有兴起，这是一个不争的事实。然而，早在20世纪三四十年代，中国新闻学者与教育工作者就从不同侧面提出了在中小学教育中开设新闻学课程的主张，在中国新闻史上最早阐发了媒介素养教育思想。

1. 思想内涵的阐发

20世纪30年代初，中国的新闻教育已初具规模。但在教育者的眼中，"现在我国新闻教育机关为数不多"②，如何拓展新闻教育？新闻学者与新闻教育者不约而同地把关注的目光投向了中等教育与小学教育。

1931年，上海复旦大学新闻系教授黄天鹏指出，"在东方新闻记者的教育，已为一般人所承认，在中等教育也已有加进新闻学一门为必修的课程的动议。最低应给予中学生以'新闻纸是什么'的观念"③。对于教育者而言，这个"最低"限度的"观念"具体包括三个方面：

---

① 张志安、沈国麟：《媒介素养：一个亟待重视的全民教育课题》，《新闻记者》，2004年第5期。

② 惜莹：《新闻教育问题》，《报学季刊》第1卷第3期，1935年3月29日。

③ 黄天鹏：《怎样做一个新闻记者》，上海联合书店，1931年5月，第40页。

一引起学生对于作文更有嗜好心，而养成其写作的力量。……二增加学生的观察力，教授的注重力有三点：（a）精确地理解一切的事物；（b）对事物抱有善良的观念；（c）从新闻纸的记事，进而对高尚的文学有憧憬的心影。三使学生认识新闻纸是指导公众的公共机关，对新闻纸的发达，及关于社会的影响，也有相当的学识。且授予以新闻的分类，选择新闻的种种知识。总之，在中等教育里面，教员不必存了要养成一个新闻记者的观念，只要使学生对新闻纸有一个正当的认识，或引起相当的兴趣就够了。①

可见，黄天鹏认为，大学或专门学校的新闻教育，已成为一种职业的教育。而中等新闻教育则有所不同，中等新闻教育的目标，不是培养新闻记者，而是要使学生对新闻纸有一个"正当的认识"，或者能引起"相当的兴趣"。黄天鹏进而指出，"新闻学谁都有研究的必要"，因为：

我们对新闻学有相当的了解，对新闻社有若干的常识，则对新闻纸的记事，自有较深的认识。新闻纸的评论，也有更明确的判断。在社会上为报纸的监督者，在自己增加了是非的判别力。至于非常如战争、戒严时期，报纸因为当道的检查，不能公开的登载，而记者们却苦心孤诣的暗示事实的真相，往往从字里行间流露出来。懂得新闻学的可以减少错误的观察，而较一般不懂新闻的易得要领，和记者们在压力下无可奈何的暗示法。再推广来说，新闻学的性质既是人生多方面知识的结晶，我们利用这种科学来观察社会上、政治上的一切事物，来应付人生日常的生活，也是一种最切实用

① 黄天鹏：《怎样做一个新闻记者》，第 39－40 页。

的必需的常识。根据这点，新闻学最低可供给人生以缜密的思想，敏锐的观察和果决的判断力。进可以效力社会，为舆论界的中心人物；退可以析疑问难，以之处世穷理。从新闻学根本的性质分析起来，实为人人必具有的处世常识。①

具备这种常识，人们面对"无论任何种的新闻纸，都有敏锐的判别眼力，不致为有作用的新闻纸所同化"。人们"能尽读者的责任，有监督记者的力量，督责新闻社的向上"②。这种不被"同化"的能力源于对新闻纸的正确认识。

复旦大学新闻系主任谢六逸认为，在普通学校内也应设立新闻学科，这样既可以培养学生对新闻职业的认识，又可以提高学生的学习兴趣与效率：

> 所谓普通的学校，是指初高中学及职业学校而言。我常见有许多中学生，因为学校经济的困难，不能为学校办刊物，而自己去办"壁报"的，仔细一看那壁报的文字，以调笑轻佻的居多，真能传达消息，发表言论的，很难寻觅。一旦在普通的学校里增设了新闻学科，经教师的指导督促，自然容易养成勤于写作，勇于任事的习惯，于是团结合作，活泼灵敏诸种美德，也必随之俱来。这对于中学生的未来的职业是很有帮助的。因为他们在求学时，对于印刷、排字、制版、校对、写作等等的事务，已可知其大概，将来毕业之后，假使对于这方面有兴味的话，他们可以成为理想中的印刷工人或排字工人，而这种工人的地位便赖以增进。再就教育者的地位说，单靠几本教科书做教材，学生所得的知识是

----

① 黄天鹏：《新闻学概要》，上海中华书局，1934年2月，第6页。
② 同上书，第7页。

呆板的，如其能够采用善良的新闻记载作为教材，便是活的知识，是最佳的补充教材。试举作文一科来作例，其中的议论文说明文记叙文三种体例是很重要的，教师能够将活鲜鲜的材料教他们写成新闻，必能增进学生的写作的能率与兴味。①

新闻学者潘觉指出，大学新闻系与新闻专科学校是专门教育，在中等学校添设新闻学科或向民众讲授新闻学知识是普通教育。"前者的目的，是在养成新闻的专门人才。后者的目标，是在培植能阅读报纸，写作和鉴别新闻的普通国民。这两种工作，在新闻教育的范畴内，是同样重要的。"潘觉认为，中国新闻事业不发达的原因固然很多，但新闻界缺少专门人才和社会上缺少大量能看报的读者，是一大主因，而这种现象的造成，就是因为没有普及新闻教育。若要普及新闻教育，除了在大学里设立培植新闻专门人才的新闻学系及附设新闻函授学校外，还应注意"普及新闻学知识"，因为，"报纸是一国总括的文化现象，不论政治经济社会都会受到他的暗示。而办理报纸的人，固然需要新闻学的素养，和受新闻教育的训练，而社会上的国民，亦应有普通新闻学的常识，所以造就新闻专门人才和培植普通国民都是我国新闻教育的目标。二者且应该兼筹并顾，而不可偏废"。"新闻学的素养"是每个国民必须具备的，只有这样，"我国的新闻事业，方可因新闻教育的普及而获着长足的进展"②。

新闻学者吴宪增指出，不只从事新闻事业的人应学习新闻

---

① 谢六逸：《新闻教育的重要及其设施》，黄天鹏编：《新闻学演讲集》，第18页。

② 潘觉：《怎样普及新闻教育》，《报学季刊》第1卷第3期，1935年3月29日。

学，就连那些想在文学、工程、商业上有所贡献的人，也应掌握新闻学知识，这是因为：

> 无论在任何事业上去努力，要想寻找对本科有关系之材料，便不得不去阅读报纸。而报纸是新闻学研究的对象，由于阅报之关系，便有研究新闻学之必要。况新闻学对研究各种科学，有增加思考敏捷之力，头脑明晰之补助。若我们对某种科学研究有了心得，或是发明，欲藉报纸发表，苦于无新闻学知识，亦不能如愿以偿。假设有新闻学知识，便可随时随地将自己之意思揭橥报端[1]。

中学教师于化龙主张，在中学"历史科内加授报上新闻"。这样做有两个目的：

> 第一是教育上的目的。其目的即在养成学生读报的习惯。此种习惯的范围是可以逐渐扩大的，由注意自由谈渐渐注意别种同等有趣和较重要的新闻。养成了这种习惯之后，自然会对于日常生活上的事情发生兴趣了。结果就可以加增许多知识。[2]
> 第二是关于社会方面的。学生们对于报纸既然刻刻留意，则在平常谈话时，又多谈话的资料了。这自然对于社会有莫大的利益。学生们对于世界各国的新闻，既然养成了一种正当的观念和眼光，则可以使家庭的空气完全改变一新。……最后一点，可惟养成学生有一种世界的眼光，对于

---

[1]　吴宪增：《中国新闻教育史》，第 2 页。
[2]　于化龙：《新闻纸在中学历史科中之地位》，王澹如编：《新闻学集》，第 87 页，天津大公报西安分馆，1931 年 2 月。

国际间的关系，和世界民族中的各种问题，皆有深切的了解①。

有人甚至主张在小学课程中加入"读报"科。涂红霞认为，新闻学知识的普及工作应当尽早开展：

> 报纸和教育界有连带的关系，要报纸发达，先要教育界和受教育的人切身的认识报纸，倘使一个人——尤其是学生，不明了国家的现状，是一件最可痛心的事。在现在国内看起来，普通的人民，不注意报纸，似乎还可原谅，但是知识界中的人，亦有十分之五六，不知报纸是做什么的。推本溯原，所以有这种现象的，因为他们不了解报纸和国家与人民间的重要。要养成一种留心时事深切了解报纸的人才，不在中学时代，应当在小学时代。②

由此可见，早在20世纪三四十年代，中国的新闻学者与教育工作者就明确指出，在中、小学课程中应当加入新闻学课程，而且这种课程有别于大学新闻系的职业教育，这种教育的目的不是为了培养记者，而是让学生及"普通国民"对报纸有一个正确的认识，或者增加学生与"普通国民"对国家及国际大事的了解。这种教育的目的，不是进行职业的训练，而是加强学生对媒体的理解，进而培养学生的社会责任感与媒介认知能力。这一思想恰恰与当今学术界广泛引介的西方发达国家的媒介素养教育思想内涵相吻合："所谓媒介素养教育，简要地说，就是指导学

---

① 于化龙：《新闻纸在中学历史科中之地位》，王澹如编：《新闻学集》，第88页。

② 涂红霞：《小学应添入'读报'科》，王澹如编：《新闻学集》，第148页。

生正确理解、建设性地享用大众传播资源的教育，通过这种教育，培养学生具有健康的媒介批评能力，使其能够充分利用媒介资源完善自我，参与社会发展。"① 中国早期的新闻学者与新闻教育工作者虽然没有明确提出"媒介素养教育"的概念，但在提倡普及新闻教育与新闻学知识的过程中，却对媒介素养教育的思想内涵及其重要意义进行了阐发，在教育制度层面，中国至今未推行媒介素养教育，但在思想层面，媒介素养教育思想在中国的提出，几乎与西方发达国家同步。

2. 教育方法的构思

中国早期的新闻学者与教育工作者还对媒介素养教育的具体方法进行了探讨。

黄天鹏指出，中等教育也应加进"新闻学一门为必修的课程"，但现实情况是，"许多教育者不但不授新闻记事怎样的写法，甚且也不教给新闻纸怎样的读法"，反而认为新闻纸对中学生来讲是徒费光阴的，"这偏见的造成，是由于（一）教育者缺乏关于现代新闻纸的知识，（二）误认新闻纸将给学生以不良的影响，（三）教育者关于新闻纸的制作及选读，未曾受过相当的训练。基此三因，新闻教育相当的训练要来实施在中等学校内，似乎一时不易办到"② 黄天鹏指出，中学教员在教授作文时，顺便教给"新闻记事"的写法，却不是什么难事。这样做可以培养中学生对事物的"一种精确的观察力"，可以使中学生有敏捷的思想，"最低对新闻纸有选读的眼光"。黄天鹏认为，在当时的现实条件下，媒介素养教育在中等学校内可以作为作文方法来教授，要点是：

---

① 宋小卫：《西方学者论媒介素养教育》，《国际新闻界》，2000 年第 4 期。
② 黄天鹏：《怎样做一个新闻记者》，第 38 – 39 页。

（a）要多读，多闻，多见。（b）所读所闻所见的，要引起来写的心。（c）自己所写的东西，不但要供给读者，而且要有左右读者的力量。（d）作品不独要得到教员的好评，而更须着公众的共同赞赏。（e）由新闻作品，而增加其对别的文章的评判力。（f）有评判思想价值的能力。（g）对于记闻的搜集与制作，要发挥独创的心力。（h）有相当的印刷知识。①

潘觉也对媒介素养教育的具体方法进行了探讨：

第一，"师范学校中添列新闻课程"。师范学校的任务是造就小学师资，而小学教师担负教导小学生的责任，只有让小学教师具有新闻学知识，才可在教授公民课程的时候，或在课外作业中间去指导学生读报和办理学校新闻。

第二，"普通中学及职业学校中添授新闻学科"。这样可以使中学生和职业学校学生有写作和鉴别新闻的能力。

第三，"商人团体应于补习学校中添授经济新闻读法科目"。因为世界交通的发达，商业上的竞争也日益剧烈，这要求商人的知识要格外丰富。"报纸是传布商业知识的刊物，举凡世界经济的大势，和本国各地商场的情形，商人们都可从报纸上获得正确的消息"，但因我国商人缺乏阅读这种经济新闻的能力，这也许是我国商业竞争失败的一个原因。因此希望各地的商人团体能够多办商业补习学校，并在补习学校中添授这种经济新闻读法等科目。

第四，"利用无线电播音灌输新闻学知识"。无线电播音机是一种实施社会教育的良好工具，新闻界应该利用这种工具来普

---

① 黄天鹏：《怎样做一个新闻记者》，第39页。

及新闻学知识。

第五，"民众教育馆设法指导民众读报"。民众教育馆在举行公开演讲的时候，应当把这种新闻学的常识，向民众尽力灌输，"使一般的民众都能知道报纸是如何发生？如何成立？有什么条件才能存在？报纸的界限是什么？读的方法如何？"①

吴宪增指出，新闻教育的普及，除了大学及学院必须设专系外，还应为大学及学院一年级学生开设新闻学课程，在中等学校开设新闻学课程。此外，吴宪增还重点论述了在师范学校（包括高中师范、简易师范、乡村师范）普及新闻教育的重要性：

> 因为师范毕业生，是预备到社会上领导一群小学生做人，在这一群小学生眼里，看老师为"万能博士"，一切事情都要向他请教，若遇报纸有疑问时，亦由老师去指导解答，倘无新闻学常识，便难于出口作圆满的答复。如果在师范学校设有新闻学课程时，可免去隔靴抓痒之病，同时亦可指导学生之阅报方式……把各版内容及意义，详细对小学生加以说明，促其阅报之兴趣，养成阅报之习惯。②

新闻学者惜莹认为，"读报运动"是进行媒介素养教育的一种好方式，通过"读报"活动，可以充分发挥新闻教育机构的作用，最终目的是培养阅者鉴别报纸好坏的能力：

> 在最近的将来，盼望新闻教育机关和报界有一种读报运动的联合举行。这种读报运动的目的，首先的自然是企图读

① 潘觉：《怎样普及新闻教育》，《报学季刊》第 1 卷第 3 期，1935 年 3 月 29日。

② 吴宪增：《中国新闻教育史》，第 2 页。

报人数的增加，而最重要的还是养成看报人有鉴别报纸好坏的能力。因为看报人有了鉴别报纸的能力以后，报纸的销路当然要和报纸改进与否而成为正比例。报纸要求销路增加，一定要设法改进他的阵容和实质，而需要对于新闻学识素有研究和经验的人才来参加工作。新闻教育机关为应报业的需要，自然也要改进他的办学方针。新闻教育机关设备愈形进化，研究新闻学术者也必愈多。新闻教育更加发达，看报人的程度也跟着提高。于是新闻教育和新闻事业在连环的体系上同向前进了。①

傅双无对教育方法进行了思考："中等学校将报学大纲加入课程，小学校在教科书上加上新闻学的材料"，使一般的小学生晓得报纸的重要和记者的尊严，对于中学生，"或应晓得投寄新闻编一条稿子的粗浅方式，还应晓得看报和订报的选择，换言之，即养成其鉴别报纸的基础技能"②。

于化龙介绍了美国在中学历史课中加入读报内容的具体办法。从历史课中抽出一定的时间，"以作研究报上新闻之用"。在学期开始之际，就用四五小时的时间专门讲解新闻的意义，然后指导学生收集各种报纸，并把他们认为正确可靠的新闻加以整理。同时"预备一方布告处，鼓励学生把本人认为有价值的新闻，记录在布告处"，同时要求学生把每天从报上剪下来的新闻贴在"记录簿"内，每星期送教员批阅一次。每星期由教员出十个问题，以作考试。问题限于前一星期内的新闻，且须是见诸本埠的新闻，所有问题原系事实，且带有讨论性质。答案也应非

---

① 惜莹：《新闻教育问题》，《报学季刊》第 1 卷第 3 期，1935 年 3 月 29 日。

② 傅双无：《中国报界今后应有之六大觉悟》，傅双无编：《报学讨论集》，第 283 页。

常简单，用一、二个字或至多用一行字答复即可。①

　　涂红霞论述了在小学实施媒介素养教育的注意事项：第一，这一科应该设在高级小学生课程中，即小学五六年级。第二，担任这一科的教师，应该先把当天的报纸，预阅一遍，把重要的新闻用有颜色的墨水圈起来，提醒儿童读报时应加以注意。第三，儿童读报的时候，教师应当详细讲解。第四，儿童阅读以后，应当切实了解新闻的要点。第五，这一科应当每日都上。涂红霞认为，照此方法操作，"可以造成许多留心时事欢喜阅报的人才，积极的可以使儿童明了国家的大事"。②

　　曹锡胤在教育实践中不仅切身体验到在小学中设"读报科"的重要意义，而且看到了实施过程中存在的具体困难：学校的报纸少，而儿童多；报纸文字艰深，不适合儿童阅读；许多文章，不合儿童的胃口。曹锡胤认为，中国的教育是"以成人为本位的"，因此，儿童阅报固然是必要的，而"儿童报纸的产生，更为重要"。他根据"以儿童为本位的教育宗旨"，希望"从速创办儿童日报"③。

　　综上所述，中国对"媒介素养"教育问题的关注可以追溯到 20 世纪 30 年代。在中小学课程中加入新闻学课程，是当时新闻学者与中小学教育工作者较为普遍的一种主张，反映了新闻学者与教育工作者推广新闻教育，普及新闻学知识的良苦用心与美好愿望。当然，我们也应看到，中国早期的媒介素养教育思想与当今学者引介的西方国家的媒介素养教育思想之间尚存在一定的差异：中国重在新闻学理知识的普及，让民众尤其是青少年对媒

---

① 于化龙：《新闻纸在中学历史科中之地位》，王潥如编：《新闻学集》，第 84 页。

② 涂红霞：《小学应添入'读报'科》，王潥如编：《新闻学集》，第 148－149 页。

③ 曹锡胤：《对小学设读报科的商榷》，王潥如编：《新闻学集》，第 151 页。

介有所了解与认识；而当今西方国家则重在媒介批评精神的培养。在当今新闻事业已经得到充分发展，新闻教育也得到充分重视与普及的情况下，如何培养学生的媒介批评精神更具有现实意义。中国早期的新闻学者与教育工作者，对实施媒介素养教育提出了种种方案，其中有不少在今天仍具有借鉴意义。当然他们所说的媒介，主要指报纸。而现今，广播、电视、网络等媒介日益发展壮大，在受众中产生重大的影响。故此，我们今天所说的媒介素养教育之内涵与外延发生了重大变化，而迥异于当年。对此，我们也必须予以重视。

第九章　新闻学术思想

在现代中国，新闻学作为一门独立的学科，已经建立起来。什么是新闻学？1919 年至 1949 年间，新闻学者的回答见仁见智。综观各种定义，大致可分为四类，即新闻学是新闻纸学；新闻学是阶级斗争的工具；新闻学是新闻事业之学，新闻学是研究新闻之学。黄天鹏还对中国新闻学的发展历程进行了总结，在中国新闻史上首次阐发了中国新闻学术史观。

一　新闻学是新闻纸学

1919 年至 1935 年间，有关新闻学的界定，最流行的说法是，新闻学是研究新闻纸的学问。

1. 新闻学的界定

1919 年，徐宝璜最早对新闻学进行界定："新闻学者，研究新闻纸之各问题而求得一正当解决之学也。"[①] "新闻学之对象为新闻纸。"[②] 他指出："新闻学是专以新闻业为对象，似乎狭得很狭了，但是，新闻纸，与新闻纸有关之一切事业，它的对象是什么？所以宽的解说又不误。不过，我的结论是：立脚于宽的狭！

---

① 徐宝璜：《新闻学》，余家宏等编注：《新闻文存》，第 282 页。
② 徐宝璜：《新闻学概论》，黄天鹏编：《新闻学刊全集》，第 1 页。

新闻业之对象，既为极繁杂之全社会，新闻学之间接对象，自然也是繁杂的全社会——宽。——次之，新闻学之直接对象，既为新闻业，是其特殊性，复极狭。""新闻学的专门研究，固然要狭，而现时，国内新闻业的役者，却太缺乏那必需的背景了。"①在此，徐宝璜所说的"新闻业"，特指新闻纸。他认为，新闻学的直接对象是新闻纸，而间接对象是全社会，所以新闻学的定义表面看来是狭义的，而实际上是广义的。

曹用先基本上延续了徐宝璜的说法："新闻学者，探讨新闻纸上各项问题，以求得一完美解决方案之一种学问也。"②曹用先进而指出，所谓新闻学上的问题，就表面观察，其范围好像仅及新闻采访，新闻材料编辑，以及营业方面的广告发行，与新闻社的组织设备而已。然而实际上"殊非如此简单"，仅就新闻二字言，已觉得包罗万象，其大无外，其小无内；举凡世上形形色色，无一不是新闻的材料。"故新闻学者，实为一种范围辽阔，内容复杂之特殊科学也。"③曹用先的致思路径与徐宝璜的一致，即新闻纸报道范围的广泛性决定了新闻学研究对象的宽泛性。

邵飘萍虽然没有给新闻学以明确的定义，但对新闻学的研究范围有所界定："抑所谓新闻学者，初视之范围似甚狭隘，不过关于新闻之采集、编辑以及营业方面之发行、广告等事耳。然即以新闻之采集编辑而言之，已包含世界上其大无外其小无内之事物，非洞明人生一切之关系，未可遽云胜任而愉快。是外观似仅为一种学问，而须有无数学问以为之助也。"④

陶良鹤主张，"对新闻纸上的对象，加以科学上的探讨，对

---

① 徐宝璜：《新闻学讲话》，黄天鹏编：《新闻学名论集》，上海联合书店，1930 年 9 月第 2 版，第 23－24 页。
② 曹用先：《新闻学》，第 1 页。
③ 同上书，第 2 页。
④ 邵飘萍：《新闻学总论》，第 1－2 页。

新闻纸上的问题，求一适当的解决，就是我们所要研究的'新闻学'"①。"新闻学的对象是新闻纸，新闻纸的灵魂是新闻News。"②

黄天鹏认为，"研究新闻纸的学理的科学，就是新闻学"③。

此外，吴天生也指出，"新闻学者所以研究新闻事业之正鹄，从而循此正鹄，以求改善进步之方法也。今世之所谓新闻学，大部分类多侧重于新闻事业之方法，而于新闻事业之正鹄，讨论较少，我国国人，对于新闻学，既鲜习闻，因是对于新闻纸之认识，常不免错误之见解"④。吴天生所说的"新闻事业"，还是指"新闻纸"。

综上可见，在 20 世纪二三十年代，人们对新闻学的界定已达成共识，新闻学是研究新闻纸的学问。具体而言，就是研究与新闻报道有关的采集、编辑、发行、广告等活动。这一时期，人们对新闻学的界定，还只是将印刷媒体，即报纸列为研究对象，当然，这是历史条件限制的结果。"新闻学"这一概念的提出，表明时人已具有了强烈的学科独立意识。

2. 研究方法

对一门学问的研究，若能上升到方法论层次，说明其研究已具备了一定的水平。中国新闻学建立之初，人们就对新闻学的研究方法进行了思考。

徐宝璜认为，"新闻学成立之后，在研究院占一席之地以后，新闻业的进步，依然是迟缓而无甚强进"，而这与研究方法

---

① 陶良鹤：《最新应用新闻学》，第 2 页。

② 同上书，第 11 页。

③ 黄天鹏：《新闻学概要》，第 4 页。

④ 吴天生：《中国之新闻学》，黄天鹏编：《新闻学论文集》，第 16 页。

有关，他说：

> 自然科学，常常被说明占了大部分；所立的假设以及公例，全被牵制于说明；然而社会科学，虽说不能全废了说明，而究竟是哲学的成分重了。诸种实际的资料，乃是为哲学作根据而取材。过去的新闻学者，都仿佛在努力于新闻业的说明，好像把新闻业当作现象，而使公众或习此者多多的明了，就完了责任。恐怕这是几十年的新闻学未收大效的要因罢。我不是要借此责备新闻学者，因为这乃是必然而且普遍的现象。学者责任，是研究某种对象，而善进之。可知必先了解了对象，才能说研究，研究的成绩之表现，就是所谓善进。说明，当然是第一步。不能越逾的第一步。所以过去的努力，我也认为是当珍惜的；但是，已经到了现在，我觉得提醒一声，该增加一方面了……对于新闻业的说明，是新闻学的初步，而对于新闻业的研究，新闻学的第二步工作，新闻业改善的途径，现在——无时不在需待。①

在此，徐宝璜没有正面阐述新闻学的具体研究方法，但提出了新闻学研究不应使用的方法，即新闻学研究不能停留于新闻现象的描述，而是要将新闻学研究成果应用到报业的实际，从而改善报业。

李公凡认为，对一种学问若想有正确的认识，光有单纯的研究兴趣是不够的，还要有正确的研究方法。他指出，研究新闻学的方法有如下几种：

第一，历史的研究法。

---

① 徐宝璜：《新闻学讲话》，黄天鹏编：《新闻学名论集》，第22页。

这一种方法，它告诉我们的是真实；是科学的根据的所在。一切科学，它底演进与发达，都是由于过去的经验所引证出来的。其中指导着这个过程的，不是我们的思想，而是历史。历史的任务，经过学者的证明与应用，足以显示现代某一部分人的意见的不确。所谓历史，就是根据过去的种种变化关系，而指示现在的种种现象和推测未来的种种趋势的原则。……我们信任历史，所以我们要认识新闻学的科学的根据；它在科学上的地位，就应该先认识新闻学底社会进化的关系。社会越进化，社会现象就越复杂；新闻是社会现象底具体的表现，所以社会现象一复杂，新闻也就随之而复杂。社会进化的原动力是什么？则社会现象复杂的原因也就是什么？而新闻的复杂也就是这个原动力所使然。研究社会进化的根本动力，可以寻出新闻的发生与发展的原动力，这样，新闻学在科学上才不是架空的，才有了它底根据和地位。明白底指示我们的，就是历史。①

第二，观察的研究法。

一切思想，都与时代结着紧密的关系。新闻学自然也不能例外……在某一个时代里，一定不能有反乎时代的言论。我们要明白上述的关系，少不了的是研究者自己底精锐的观察。因为所谓"时代的"就是某一个时期中大多数人的思想与行动的一致点，这个一致点是没东西给我们参考的，所以必有赖于自己的观察。观察的错误与否，就在于自己曾受过的科学训练的程度的深刻和幼稚。②

---

① 李公凡：《基础新闻学》，第23－24页。
② 同上书，第24－25页。

第三，比较的研究法。

无论哪一种科学，当然都有它底自己的特质。新闻学也是如此。换言之，无论哪一种科学都有显示那一种科学的精神的原理。新闻学的原理是应用的，是要有一种具体的表现的，这一点和别种科学并没有多大差异；所差异者就在别种科学可以单自运用，或者牵及小部分别种科学来应用，而新闻学都要一切有关人生的科学的帮助，方能运用。可是别种科学差不多每一种都有很多派的理论，研究者在这时候将如何呢？我们不能随了性之好恶而取舍，一定要比较，求得一个比较的答案。研究新闻学，也就要根据这许多不同的理论，而加以一种比较①。

第四，实际的研究法。

我们一方面顾到新闻学的理论，另一方面不能不注意到它底运用的技术，因为新闻学是只有实际的运用方可以表现它底真精神的。所谓运用的技术，它一定要能适合于各个不同的环境；一定要依社会环境的要求，而决定法则。例如资本很大的新闻机关中应用的技术，绝对不能在范围极小的新闻机关里照样的应用，因为新闻事业的精神，规律，分子，都是有着极大的影响于技术的，我们底新闻学能否在应用上收得相当效果，就要实际地走到报馆或通讯社里面去。②

① 李公凡：《基础新闻学》，第25－26页。
② 同上书，第26页。

李公凡最后指出，上述四个方法，看来是各自独立的，如果研究者只选择了其中的一个，那么研究是不会有结果的，因为这实在是一个方法的四个方面。研究新闻学不能仅仅运用其中某一个，而应该把四个方法一起来运用。

黄天鹏对新闻学研究方法也有所思考：

> 新闻学的对象是新闻纸，新闻是社会的反映，是活的动的事业。穷源竟委也只用动的科学方法来研究。因为现在的新闻社，差不多完全以科学的方法来经营和管理了，我们研究也只有从科学方法上着手。在学理上自要精密的探讨，同时也要并重实际的试验。分析的研究也应该注意的，我在日本曾听一位德国教授说，德国对于分析最为注意，这是最好的方法，这是动的科学，须大家的合作，不是静的工作，一人可埋头钻研。[1]

此外，黄天鹏也提出了比较研究的方法。不同国家因文化程度和环境的差异，其报纸的形式与内容存在着很大的差异，最起码有英国式、美国式、法国式、德国式、日本式的区分，"我们若用科学的眼光来研究，就成了比较的新闻学。这种报和那种报同在什么地方，不同在什么地方，孰优孰劣，可以比较出来"[2]。

由此可见，李公凡与黄天鹏都认识到了新闻学的实践性。李公凡所说的"实际的研究法"，黄天鹏所说的"动的科学方法"，都是针对新闻学的这一特性提出来的。二人还都主张用比较的研究方法，只是侧重点有所不同：李公凡重在不同学科的比较；黄天鹏重在不同国家的比较。此外，李公凡所说的"历史的研究

---

① 黄天鹏：《新闻学入门》，第 12－13 页。

② 同上书，第 23 页。

法"是为了探寻新闻发生与发展的原动力，"观察的研究法"是对新闻学时代性的关注。上述方法在今天的新闻学研究中仍具有重要意义。

二　新闻学是阶级斗争的工具

在中国新闻学建立时期，人们以"为学问而学问"的精神研究新闻学，关注新闻学发展的自身的、内在的规律。而在抗战期间，新闻工作者与新闻学者为了完成新闻抗战大业，对新闻学的诸多理论问题重新思索，他们对新闻学的界定重在其外在功用性的阐扬。

1. 新闻学的界定

抗战期间，人们提出了一个标志性概念——战时新闻学。这一概念是由任毕明首先提出的。1938 年 7 月汉口光明书局出版了他的新闻学专著《战时新闻学》。

任毕明指出，在新闻学方面，有许多种理论，概括起来，有两种，"一种是非政治的，而一种却是政治的，他们恰恰是站在相反的地位"[①]。任毕明选择了"政治的"角度，并指出，许多人都对新闻学下过定义，不外是"新闻学者，是研究新闻理论方法的学问也"，这种说法显然是犯着"机械"和"含糊"的毛病。新闻学到底应该怎样界定呢？"新闻学是一种政治斗争的工具"[②]。对此，任毕明做了如下论述：

　　人类是政治底不断斗争的动物，社会是不断斗争的场

---

① 任毕明：《战时新闻学》，第 1 页。

② 同上书，第 2 页。

合，历史是一部不断阶级斗争的纪录，新闻学是和政治经济哲学诸社会科学一样的成立存在和发展的，它的根据，是社会的现实形态。因为社会事物的发展，新闻的对象越发扩大，在这复杂广大的社会中间，我们为要达到我们斗争底目的，我们就必须从纷乱的事象里加以分析，决定，选取我们需要的条件，配合时代进化的需要，而负起一种报道，批判，领导社会斗争的使命。因此，新闻学是政治斗争的工具，这是社会历史条件所决定的①。

任毕明指出，战时新闻学，正如战时教育、战时经济、战时政治等，根据于战时社会的一切需要、一切政策而成立的。战时社会的正当生活要求，和战时的一切政策，都是以战争胜利为中心的，因而战时新闻学，当然也是以战争胜利为中心的。这里所说的战争，是指反侵略战争，是人类"正当的生活要求"，所以，"战时新闻学，是反抗侵略压迫而斗争的战争的工具"②。

任毕明认为，新闻学具有"战斗性"。在他看来，一切的学理，本身自有其战斗性，"新闻学是一种积极的动的有机体的社会科学"，因而它本身具有丰富的战斗性。它表现得最明显的，就是防卫和攻击的作用。新闻学的价值，是根据时代的需要来估定的，现代化的新闻学，就在中国反抗侵略的战争中产生它的价值，在现阶段反抗侵略的战争中，固然有赖于军事上的"武器"，但同时也有赖于政治上的"文器"，新闻学就是战争中的"有力的文化武器"，这就是"战时新闻学"的价值。我们要把这"文器"变成"武器化"的战斗工具，这就是新闻学"战斗

① 任毕明：《战时新闻学》，第3页。
② 同上书，第3－4页。

性"的发挥。

新闻学的"战斗性"源于现实斗争的需要："新闻学不是超现实的东西，现实的炮火与血泪，噪声与乱影，自然地要一宗一件排成新闻纸上面一行一行的字，一句一句的句子，一幅一幅的图画，这一行一行的字，一句一句的句子……将要使到新闻者负着阵中'参谋业务'；而新闻生活，无疑的是变相的战场生活。此外，就是指挥着读者像战士般去作战。没有指示阵中参谋业务，不懂得战场生活，没有指挥作战的方策的新闻学，它根本便不配称现代的新闻学，尤其不配称战时新闻学。"① 时代的需要，也向新闻记者提出了要求："现在正是中华民族反抗侵略战争的大时代，发挥我们新闻学的战斗性，是我们新闻者应有的天职。"②

杜绍文则认为，新闻学"系政治斗争和思想锻炼的主要工具，亦系社会改造和各项建设的无上利器，且兼有教育、组织、宣传、训练等功能"③。可见，杜绍文与任毕明有着相似的理论视角，杜绍文认为新闻学是"政治斗争和思想锻炼"的工具，任毕明认为新闻学是"阶级斗争的工具"，两人都是从功用角度对新闻学进行界定。杜绍文指出，新闻学的研究对象，就是"讲求用什么方法，把新闻从业员的技术水准提高，把一张新闻纸编制得格外合理化时代化。详细的说来，新闻学同旁的学问一样，它是帮助人类去征服自然的，它是为增进人类的幸福而存在与发展的"④。在此，杜绍文对新闻学的功用进一步作了强调。

① 任毕明：《战时新闻学》，第6页。
② 同上书，第6页。
③ 杜绍文：《中国报人之路》，第2页。
④ 同上注。

可见，战时新闻学者与新闻学建立者对新闻学的认识，有根本的差异。新闻学建立者有意或无意地忽略了新闻学的意识形态属性，而战时新闻学者对新闻学的意识形态属性给予了高度的重视。在抗战的特殊形势下，他们还把这种意识形态属性上升为阶级斗争与政治斗争的工具属性。就新闻学的属性而言，战时新闻学者的认识无疑更为深刻与全面。

2. 健全新闻学体系的设想

杜绍文对当时的各种新闻学理论提出了批评：

> 当前的世界，新闻学的理论上，区为四大主流：其一，是统制的，新闻学以服从统治者为存在的条件，此外没有什么其他的内容，像德意日苏诸邦，均是如此，新闻学被制成另一种"驯服的学问"，其二，是赚钱的，不管利用怎样的手段，能够赚钱就是新闻学的极峰，例如美国的"黄色新闻"，赫斯特系所鼓吹的新闻理论，第一是赚钱，第二是赚钱，第三亦是赚钱。其三，是别有用心的，像英国几个著名的大报，如伦敦泰晤士、孟却斯特（曼彻斯特，引者注）导报等，它们登载一则新闻或一篇评论，都是对国内外的政治上经济上，含有某种操纵舆论，造成于己有利的成分。其四，是低级趣味的，如法国的报纸，竟刊香艳小说或轻松文字，目的在逗人发笑，过着有趣的生活，其新闻学的理论，又与众不大相同。[①]

杜绍文认为，上述几种理论都有偏颇，不能称为"健全的体系"。在中国，"新闻学在一般人的脑海中，仍是一团模糊的

---

① 杜绍文：《中国报人之路》，第 4 页。

印象，他们低估了新闻学的地位与重要，这不是恶意的妄诽，而是他们没有正确的认识，所以，藉战争的泥土，培养出一朵健全新闻学的奇葩，系新闻学者一件神圣的责职"。① 要想建构健全的新闻学理论体系，必须了解健全体系的构成因素，具体如下：

> 它是综合的，集各种社会科学、自然科学、人文科学于一炉；
> 它是比较的，存优而去劣，留其精华而弃其糟粕；
> 它是前进的，不断自量的发展中，改进其品质，改善其内容与外观；
> 它又是新颖的，站在时代的前锋，生生不息地新陈代谢着，做一切学问技术的先导者和模范者。②

要想建立健全的新闻学理论体系，还必须明了新闻学的三种特性：

> 第一，它不是独立的科学，而是综合的比较的科学，和其他学术像经济学、政治学、社会学、史地学，均有关联，必须作平行而不偏枯的研究。
> 第二，它的研究资料极为贫乏，因为它是新兴的科学，又是一种"为己者少助人者多"的学术，故很少人去做这些工作，于是研究的材料便不多，一个健全的理论体系，便不易建立起来。不但我国如此，欧美各邦亦莫不皆然。
> 第三，它非一蹴可就，拈手拾得的学问，而是仍须劳力

---

① 杜绍文：《战时报学讲话》，第 19 页。
② 同上书，第 4 – 5 页。

劳心，从工作去体验的学问，很多人望而却步，有始无终的缘故，即在这一点。①

要想顺利开展健全新闻学的研究，就必须一一解决如下困难：

> 首先，应运用国家力量，替有志于新闻学的人，设法解决其生活问题，让他们安心研究，然后根据这些研究的结果，再用政府的力量，推行于整个国家的任何角落，我们主张除各大学设立新闻学系外，国立中央研究院内，在心理、地质、物理、人文诸研究所之外，宜加设一新闻学的研究所，招收新闻学的研究生。
>
> 其次，新闻学论著的索引工作，须有一番广大、精深、详确的改造……
>
> 复次，交通不发达，教育不普及和经济不宽裕，同属我国新闻纸发展的大敌，亦是新闻学不能顺利进展的主因。②

杜绍文以乐观的态度，看待抗日战争，看待新闻学的发展："我们虔诚希望此次战争，带来了健全的新闻学，且此项学理，又须适于我们的国情，献身于新闻学的同志们，更要以加倍的努力，去实践这个合理的愿望！"③

杜绍文还尝试建构中国本位的新闻学理论体系④。他认为，

---

① 杜绍文：《战时报学讲话》，第 19 – 20 页。
② 同上书，第 21 页。
③ 同上注。
④ 杜绍文：《新闻学之新理论的新体系》，《大众新闻》创刊号，1948 年 6 月 1日。

中国新闻学理论体系的建构，仍在幼稚时期，既有的研究成果，不是稗贩欧美，就是抄袭东洋，拾人牙慧的结果，与中国国情格格不入。从事新闻理论研究的人，或削足适履，或隔靴搔痒，这是新闻学术研究的一大憾事。

杜绍文指出，"中国本位新闻学"有三大要素：其一，"实用价值"。新闻理论必须能够切合实际需求；其二，"综合学术"。新闻学不仅为一种"技术"，而且是较技术更进一步的"综合学术"；其三，"远大性能"。"可由不断的观摩与发掘，而呈现更光辉更伟大的造就"。三大要素缺一不可，"因为学以致用，不能应用就丧失学的价值；新闻学是一门新科学，已非单纯的技术所能概括；而光明的远景，给予人们的新的活力和新希望，又为完成此一理论体系的心理基础"。

杜绍文认为，新闻学理论体系的建构，应注意：一个中心——反差不多主义；两种方法——学的与做的打成一片；四条途径——使报学够得上"学"的资格，使报业渐做到"业"的程度，使报人可享受"人"的权利，使报史能树立"史"的声价。新闻学的理论，要实践"学"的资格，应当留心两个主要条件：一是科学，一是实学。何谓科学？科学是一种有法则、有系统、有步骤的学问，不尚玄虚，不可附会。"新新闻学""应为一种有原理（法则）、有条理（系统）、及有层次（步骤）之独立的与完整的学问"。何谓实学？"新闻基于事实，新闻业则由于需要，同理，新闻学则为满足事实需要而诞生的学科。故检讨其组成的因素，是一个不折不扣的一'实'字，实事求是，不容牵强，新闻学的新理论，是一种切实的工具，真实的事理，和笃实的教程，一点不能稍涉浮泛，一点不能无的放矢。"杜绍文建构的"新闻学之新理论的新体系"，如图 9-1：

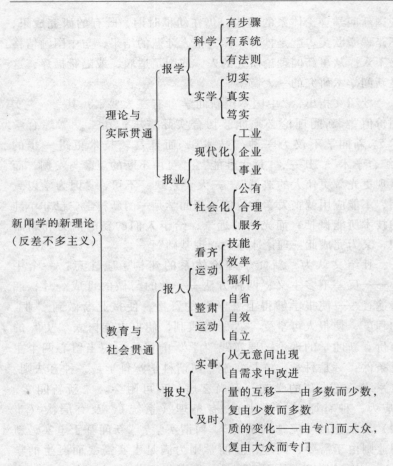

图 9 - 1　新闻学之新理论的新体系

三　新闻学是新闻事业之学

　　20 世纪 40 年代，由于广播、电影等电子媒介的发展，人们对新闻学研究对象的认识也发生了变化。新闻学的研究对象由

"新闻纸"而扩大为"新闻事业"。

1. 新闻学的界定

任白涛认为，新闻学"以新闻事业之科学的研究为目的"①，"新闻事业是文化的工具，而新闻学乃是文化工具的工具"②。他进而指出，新闻学的研究目的，已"从做社会意识表现手段的报纸，扩张到做社会意识表现手段的新闻事业了"。就前者来说，电影、无线电广播等，是无法成为新闻学的研究对象的；而在后者，它们则能成为新闻学的对象。这种见解的差异，是基于将新闻事业的概念定义为报纸，抑或是定义为"一切公告形态"。任白涛说：

> 若是从社会的机能上去观察新闻事业，那无论是播音，是电影，是印刷物，都算是新闻事业。申言之，新闻事业不是由那个做物质的表现负荷物的纸才成立的；那个负荷物，无论是电波，是胶片，只要它有现实的公告性，便算没有失去新闻事业的本质性。但在过去，讲到新闻事业的形态，完全是上述的狭义的——视新闻事业与报纸为同一物；若是就发生史上看来，新闻事业乃是使用过与其时代的生产技术相关联的最便利的表现手段和表现负荷物的东西。所以现代新闻事业不能单把它的视野限于报纸和杂志，必须更积极地注意关于舆论的一切的表现和公告手段。只是就现实的问题来说，播音和电影比诸报纸，那个达到舆论构成的力量，还算很是微弱；但只要除去从形态本体生出的感觉的差异，那报纸之社会的机能之说明，直接能够适用到这些上头。新闻学

---

① 任白涛：《综合新闻学》，第 3 页。
② 同上书，第 4 页。

并且不是仅做资料学来处置现社会生活的反映形态的学问，而是……处理反映的法则的学问。现今我们的资料学的观察法，是把新闻事业当作精神的、技术的、经济的诸力之内部的相互作用与其外界——特别是国家——的相互作用之合成的统一体来考察的。即新闻事业是在怎样的程度，用怎样的方法而积极地参加那个舆论的构成？又其内面的构造是怎样地规定那个外面的作用？便是基本的问题。[①]

任白涛反对以知识介绍的方式进行新闻学研究，而主张体系化的研究。他所说的新闻理论体系，不是就新闻事业而言新闻事业的狭义的新闻学理论体系，而是从社会的、经济的、技术的不同方面去透视新闻现象，从而在广阔的背景下对新闻现象进行深层次的思索。他强调说：

> 因为对于任何科学的研究，都不是单以搜集多量的资料——即知识的堆积——为目的，必须要企图知识的体系化……因此，我们必得先行加以深切注意，以搜集的具体资料做基础，更进而去发见实现于经验上的法则的妥当性，究明潜伏于社会的、经济的、技术的诸要素里面的意义。这样去研究，那有组织的体系的新闻学，才能建立起来。[②]

在此，任白涛将新闻事业看作是社会活的有机体的重要组成部分，既然如此，对新闻事业的研究，必须还原到活的有机体中去考察，才能透过现象看出本质，必须从有机体方方面面去透视，才能抓住新闻现象的本质。

---

① 任白涛：《综合新闻学》，第10页。
② 同上书，第5页。

冯列山则明确指出，以报纸为研究对象的科学，应当称作"报学"，而以新闻事业为研究对象的科学，才可以称作新闻学。这是因为，最近十余年来，与报纸相近的姊妹事业——广播与电影相继出现，这两种事业不但进步甚速，而且先后侵入报纸的活动范围，并且为求新闻报道的迅速，时常与报纸进行剧烈的竞争。现在报业不能代表新闻事业，因为新闻事业必须包括广播与电影在内，所以新闻学的研究对象是新闻事业。

冯列山进而明确了新闻学的任务，即将新闻事业每一部门分别加以检讨，从纵的方面，探求其历史上演进的历程，及在每一时代中对于社会的贡献及影响；从横的方面，检讨其现行的机构与组织管理各方法，由比较利弊得失中，设法归纳出一个定律，作为改进新闻事业的法则。新闻学除研究"新闻事业本身"外，尚有一个更积极的课题，就是"阐明新闻事业与社会政治、文化各方面的互相关系，再从这种关系中，加以指出新闻事业的理想境界所在"。新闻事业能否获得健全的发展，前提在于新闻记者本身是否具有这种理想。而一个记者能否尽职，又视其个人对新闻事业的神圣任务是否有深刻的认识。对新闻事业及新闻记者职业两方面的最高境界加以阐述，使成为一个有系统的理论，"新闻学才不愧称为一门独立的科学"。关于解释新闻事业理念的部分，是新闻哲学，解释新闻记者职业的部分，是新闻伦理，从学术的立场言，二者在新闻学中应占最重要的地位。遗憾的是，历来有关新闻学的著作，对于上述两部分多半不加以重视，尤其是新闻事业与社会、政治、文化各方面的关系，几乎始终未被正式讨论过。至于一般学者，不是偏重报纸技术的研究，便是提供新闻记者所需要的知识，或是追述个人以往的经验。冯列山强调，新闻学的主要任务，"既不是单独研究报纸，更不该限于报纸技术问题上面"，而应当研究"新闻事业本质与性能及新闻记者职业的任务"（理论新闻学），应当研究"一般技术的原理及方法，绝不能传授技巧，至于此项技巧的完成，只有经过职业生活不断的锻炼与体验，然后方能随机应变"[①]，只有这样进行研究，新闻学才是一门科学。

将新闻学放置到广阔的社会政治、经济、文化背景中进行研究，是任白涛与冯列山的共同学术取向。

2. 理论体系的建构

对新闻学要做体系化的研究，那么如何建构新闻学的理论体系？任白涛这样论述：

> 要想研究新闻事业对于社会的作用，可分作如次的三种：
>
> （1）新闻在社会生活中的任务，新闻的搜集选择及新闻源的问题。
>
> （2）在新闻事业上的公告态度及意见构成的过程，指导性的形态与种类——心理学的技术、言语、文体、绘画等——表现的问题。
>
> （3）做公告机关的新闻事业；新闻事业与社会间的相互作用的性质和机能；及于舆论形成的影响等。
>
> 这些分析的考察，至少是在得悉现代各国的新闻事业之社会的机能上所必需的；反之，对于这些的社会构成力的理解，是当作应用学而给予对于新闻政策的规准和武器。即由这种分析的考察，可以知道各国新闻政策的发生和它的现在

---

① 冯列山：《什么是新闻学?》，《报学杂志》第 1 卷第 5 期，1948 年 11 月 1 日。

的情形。

在归到应用上的新闻学之实践的研究里面，必定要有如次的三个要素：

（1）新闻事业的基础理论（意见与报道的本质；同舆论的作用性；新闻事业之史的发展；新闻事业经济的原则；比较新闻学的知见；新闻事业的构造等）：理论新闻学。

（2）新闻事业的实地应用（新闻搜集法；记事作法；评论作法；编辑整理法；经营管理法等）：应用新闻学。

（3）一般基础知识（关于法律、政治、经济、社会问题、艺术、科学等的新闻学内容的知识等）：基础教育。

要之，新闻学的研究，必须采取做社会意识的表现手段这一个方向做进路。新闻学是理论的科学，同时是技术学；是纯粹科学，同时是应用科学；是处理最现实的问题的活的科学。从理论到实用、从实践到科学的不断的交流循环，支配着新闻学的血行。因此，在一切科学中最实证的科学，便可以说是新闻学吧。①

冯列山则认为，新闻学的"轮廓与内容"可以"描画"为"理论新闻学"与"实用新闻学"两部分。理论新闻学包括新闻哲学、新闻伦理、比较新闻学、新闻法、舆论研究、言论原理、新闻原理、报业史、杂志史、广播史、电影史、宣传学、新闻政策、出版业史、时事分析。实用新闻学包括采访、新闻写作、编辑、社论、报业管理、广告、印刷、电讯、杂志业、电影业、广播业。②

---

① 任白涛：《综合新闻学》，第 11－12 页。
② 冯列山：《什么是新闻学?》，《报学杂志》第 1 卷第 5 期，1948 年 11 月 1日。

就新闻学理论体系的建构而言，任白涛与冯列山两位学者的主张有相似之处，即都主张在广阔的社会背景下研究新闻事业，而新闻事业的外延也由作为新闻载体的报纸扩展为作为舆论载体的报纸、广播、电影等。

四　新闻学是新闻之学

20 世纪三四十年代，致力于新闻本体的研究，是新闻学人的另一研究取向。

傅襄谟指出，新闻学既非自然科学，又非社会科学，亦非社会科学中之社会学。"以其目的、范围、对象等之不同，故实为一独立之科学。此独立之科学，即纯粹以新闻为研究目标者。"新闻学是研究新闻的科学，依此，傅襄谟建构其新闻学理论体系。[①]

傅襄谟认为，新闻学的理论研究，大体有两种分野，一为"方法论"，一为"对象论"。对内的研究，是新闻的本质方面；对外的研究，是新闻与社会关系的分解。而以新闻纸为主题去综合它的新闻元素，分解他的新闻意识形态，是一般的对象研究论。然而，一张新闻纸面上的表现，却又不能完全代表它潜在的构成力量，因为构成一张新闻纸还有几种"背面力量之存在"，"第一是资本主义社会的加惠于新闻的诸种力。第二是新闻编辑印刷的各种技术力量。第三是读者方面的扶持力量（如投稿购买等）"。[②] 具体见图 9-2：

---

①　傅襄谟：《新闻本质及其科学体系》，《报学季刊》第 1 卷第 3 期，1935 年 3 月 29 日。

②　同上注。

新闻研究的对象 = 新闻 $\begin{cases} \text{事象方面} \longrightarrow \text{一份新闻纸} \\ \text{实相方面} \longrightarrow \text{潜在力量} \begin{cases} \text{经济力} \\ \text{技术力} \\ \text{求知力} \end{cases} \end{cases}$

新闻本质的研究 $\begin{cases} \text{对象的分解} \rightarrow \text{因子} \\ \text{对象的综合} \rightarrow \text{因子} \end{cases}$

图 9 - 2　新闻学理论研究的两种分野

　　傅襄谟更进一步，以"潜在力量"为对象进行分解，结果发现有六种因子：（1）新闻价值、（2）材料之搜集、（3）价值之检讨、（4）贩卖的方法、（5）资本的活动、（6）读者的购买。六种因子中，前四种属于"技术力"，第四、五种属于"经济力"。第一和第六种又是"求知力"。如图 9 - 3：

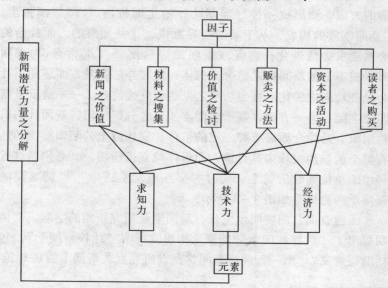

图 9 - 3　新闻潜在力量之分解

　　傅襄谟主张，把新闻本质与纸面上所分解出来的三大元素与六大因子综合起来，可以成立五种综合性质的组织单位：第一是搜集材料方面的组织，与"新闻之价值"、"材料之搜集"、"资本之活动"等三因子发生直接关系。第二是编辑整理方面之组织，与"新闻之价值"、"价值之检讨"两因子发生直接联系。第三是贩卖配置方面之组织，与"贩卖之方法"、"资本之活动"两因子，有直接利害作用。第四是广告收入方面之组织，与"贩卖之方法"、"资本之活动"、"读者之购买"等三因子，产生直接作用。第五种宣传方面之组织，则与"资本之活动"、"读者之购买"两因子又有不可分离的协合关系。"由此五种新闻综合之组织单位而合作起来，则动的方面，可以形成新闻'指导意识'在社会上文化上的各种富有支配性的作用和影响。静的方面，则形成一种'新闻社'的全部机构。"傅襄谟指出，"新闻本质的构成，基于动的指导意识，这是抽象的，而社会的必然要求必然进化，遂促成新闻的必然使命（指导意识）。同时，根本上的新闻社之整个有机体，在对外之关系方面遂随了社会经济动向之变化，社会法制之发达而继续前进。——这就是新闻之本能。另一方面，基于新闻本质上之分解作用，新闻社的机构组织，乃综合而成五种一定的单位。现代健全的新闻纸，必然有健全的新闻报社为其母体。而母体的有机作用，又必须是这五种组织单位同时的健全，同时的交互地发生感应"。① 傅襄谟的新闻学理论体系如图 9－4 所示：

　　无独有偶，胡博明也主张，新闻学是研究新闻的学问。胡博明提出了"纯粹新闻学"的理论构想。所谓"纯粹新闻学"，包括两层意义："第一，纯粹新闻学是以研究有关新闻本身的理论

---

① 傅襄谟：《新闻本质及其科学体系》，《报学季刊》第 1 卷第 3 期，1935 年 3 月 29 日。

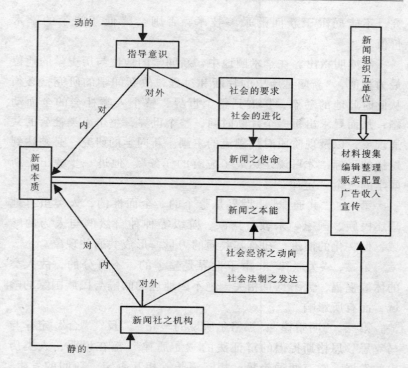

图 9 - 4　傅襄谟的新闻学理论体系

和工作技术为限，凡与新闻无直接关系的如发行、广告、印刷等，均不包括在新闻学的范围之内。第二，纯粹新闻学是一种社会科学，它和其他的社会科学一样，不仅是有原理、原则和方法，且有其可资深入研究的哲学境界。所谓新闻学的'哲学境界'，决不是标新立异，故弄玄虚，而是一切社会科学所共同具有的综合性、深入性的理论研究。"① 他一再强调，新闻学术研

① 胡博明：《"纯粹新闻学"的任务》，《大众新闻》第 1 卷第 2 期，1948 年 6 月 16 日。

究，不能局限于新闻的采编技术，否则会降低新闻学的学术价值。

胡博明指出，在学术园地中，新闻学的地位与历史学的地位最为相似，"新闻是历史的片断和过程，故新闻学的研究，必须从此时此地的动态，扩展到整个世界，整个人类社会的全面动态；从而寻求出每一个片断时间，整个世界，整个人类社会的共通现象，以及现阶段时代潮流的主潮。新闻学的研究，必须达到这样的目标，才可说是达成了应有的任务"。他进一步提出了新闻学的三个"定律"①：

第一，"共通律"：世界是整个的，全面性的，人类虽有地理、民族、国家、宗教、党派、阶级等种种自然的与人为的畛域，但文化的演进，却有其共通的力量，形成共通的现象。

第二，"关联律"：由于世界是整个的，不可分的，故人类的休戚祸福，无不息息相关，绝不因地理的间隔与民族国家的畛域，而有所影响。

第三，"明暗律"：黑格尔所说的"正""反""合"定律与马克思、恩格斯提倡的辩证法的"矛盾律"都在说明，人类历史的发展，常有两种趋势，相互消长，相互否定。新闻的发生，也不能例外。

胡博明提出三个"定律"的目的在于为新闻学开辟一条新的途径，说明新闻学的研究，不能局限于编辑、采访的方法技术，更不能牵涉到发行、广告一类的生意经。"纯粹新闻学"必须从事新闻本身的探究，进而寻求时代的主潮，和世界的共通态势，以与历史学并驾齐驱。他强调，"纯粹新闻学的任务，在于启导人们从各种重大的新闻中，体验现实，认识时代，从而展望

---

① 胡博明：《"纯粹新闻学"的任务》，《大众新闻》第1卷第2期，1948年6月16日。

将来，把握自己努力的方向"①。

傅襄谟、胡博明有关新闻学应当研究新闻本身的主张，至今仍是新闻学研究的薄弱环节。新闻学是在新闻事业得到相当程度发展以后才产生的，新闻事业的日益发展使人们更多的关注新闻事业，而不是关注"新闻"自身。总的来说，新闻学就是"新闻事业"之学，"新闻事业"之学是"显学"。20 世纪 90 年代，新闻学者借鉴传播学研究成果，再次提出了重视新闻本体研究的观点：一门独立学科应有自己的理论体系，而理论体系的建立应基于该学科基础理论部分的学科体系。就新闻学而言，则是基于"理论新闻学"的学科体系。然而，无论我国还是西方国家，"理论新闻学"都还没有形成较完整的理论体系。这种状况的产生在于新闻学研究只是"广义新闻学"的研究，即"以媒介为研究对象的新闻学"研究。"媒介传播的内容庞杂，结构多样，功能广泛，运作方式也多有不同，许多方面并不等同于新闻传播自身的规律，而是与新闻传播自身规律并行发展，或是其他学科规律在媒介传播中的具体体现。其相互之间并无必然的内在逻辑联系。"② 因此，新闻学研究的薄弱环节正是"本义新闻学"的研究，即"以新闻和新闻传播而非媒介为研究对象的新闻之学"。"'本义新闻学'研究的逻辑起点和终点都是新闻本体，是一以贯之的"，而且，"新闻传播本身是较为单纯的，从内容上来说并不庞杂，可以建立理论体系"③。可见，如何加强"本义新闻学"研究，是当今新闻学术研究者面临的一个重要问题。然而，早在 20 世纪三四十年代，人们已在"本义新闻学"理论

---

① 胡博明：《"纯粹新闻学"的任务》，《大众新闻》第 1 卷第 2 期，1948 年 6 月 16 日。

② 宁树藩主讲，芮必峰访谈，陆晔整理：《关于新闻学理论研究历史与现状的对话》，《新闻大学》，1997 年冬季号。

③ 同上注。

体系建构方面做出了尝试，这为今天新闻学者的"本义新闻学"
研究提供了有益的借鉴。

五　新闻学术史观

　　就在中国新闻学刚刚以独立的学科走进高等学府之际，新闻
学者一边建设着中国的新闻学，一边对中国新闻学的建立与发展
过程进行了理论反思。黄天鹏是中国新闻史上最早将中国新闻学
的产生及发展历史作为研究对象加以考察的新闻学者，从而成为
中国新闻学术史观的第一阐释者。

　　1929 年 10 月，黄天鹏发表了《新闻运动之回顾》一文。在
该文中，他将中国新闻学的发展过程称作"新闻运动"，并提出
了中国新闻学发展的五阶段说①：

　　第一，胚胎时期。1903 年，商务印书馆出版日本学者松本
君平的《新闻学》，"为我国人知有新闻学之始"。"其时新闻纸
尚在草创时代，新闻学自不为社会所重视，因兹弗能畅行遐迩，
不久遂告绝版，然新闻学已肇其端矣。"

　　第二，酝酿时期。"光宣之间，国难日殷，有志人士奋起，
新闻界人才盛极一时；梁任公氏以一代宗师，舍政从事文字生
涯，新闻记者之声价顿增万倍，梁氏于新闻学颇有心得，饮冰室
文集中数见论报之作。同时报章杂志，亦有探讨新闻之篇，此十
数年间可谓新闻运动之酝酿时期。"黄天鹏将梁启超称作"新闻
运动之开山祖"。

　　第三，萌芽时期。1913 年，上海广学会出版的美国人休曼
的《实用新闻学》一书，"销行颇佳，国人对于日式新闻学之

---

　　①　黄天鹏：《新闻运动之回顾——新闻学名论集代序》，黄天鹏编：《新闻学名
论集》，第 5 - 7 页。

外，复念一美式之新闻方式，渐引起世人研究之兴趣，时人研讨或介绍文章，乃数见不鲜。役斯业者，外感社会需求之殷，内惭本身组织之陋，不能不谋改良增进之策，而新闻学遂应而兴"。到了1918年，蔡元培于北京大学设立新闻学研究会，聘请徐宝璜为主任，"新闻运动于是萌芽"。

第四，启蒙时期。五四运动后，世界崭新学术纷至沓来，"新闻学至是已占有相当之位置"。此后，任白涛的《应用新闻学》、邵飘萍的《新闻学总论》、戈公振的《中国报学史》等著作相继问世，各种刊物"亦延专家著论，斯学之昌，遂有一日千里之势"。而且，各大学先后开办新闻学系，"选修学生，颇形踊跃"。况且，"世界新闻巨子如泰晤士报主人北岩爵士，蜜梭利（密苏里，引者注）大学新闻学院院长威廉博士等接踵来游，于新闻学亦极力倡导。各地且设新闻讲座，以资宣传，更有赴海外专治斯学者"。黄天鹏将这一时期称作启蒙时期。

第五，光明时期。"'北京新闻学会'以研究新闻学术，发展新闻事业为宗旨，刊行《新闻学刊》①，为我国破天荒唯一出版物，巍然为新闻运动之中心……新闻运动入一新时代。"至于二年以后，《新闻学刊》改组扩大为《报学杂志》，"于研究新闻之外，并及于经营管理广告印刷"等，"皆为相当之检讨，而新闻运动，尔益声光浩大"，中国新闻学进入光明时期。

由此可见，黄天鹏将1903年至1929年间的中国新闻学研究进行了较为详细的历史分期，并揭示其发展特点与规律，这在中国新闻学术史上具有开创意义。

黄天鹏十余年如一日关注中国新闻学的发展，1942年他再次撰文，总结中国新闻学的演进过程。这时，他将中国新闻学40年演进历程分成前后两个时期四个阶段：前期是"新闻学的

---

① 《新闻学刊》创刊于1927年1月。

启蒙与建设运动"，包括两个阶段："新闻学术启蒙时期"与"新闻理论建设时期"；后期是"从言论自由到新闻统制"，也包括两个阶段："言论自由纷争时期"与"战时新闻统制时期"。黄天鹏对中国新闻学研究的这四个阶段进行了具体的分析①：

第一，新闻学术启蒙时期（1903－1917）。黄天鹏对这一时期的分析，揭示了中国新闻学萌芽的历史背景与社会背景。"就一般学术史来说，一种学术的发达，总在其对象发展到相当时期以后，中国官报的滥觞，远溯汉唐的邸报，即以近代而论，清嘉庆二十年发刊的《察世俗每月统记传》已具有现代报纸的雏形，至光绪末年也已有八十多年的过程，报纸既成为一种开通民智、宣传政治思想的利器，以科学的研究方法研究新闻纸的理论和实际问题求得完满的解答的新闻学的产生，具有时代的意义。"而且，在甲午中日战争以后，朝野寻求自强的途径，设报馆、通民情成为时贤的主张。庚子之役后，这种主张更加盛行，国人开始重视报纸，"于是研究新闻纸之学术的需求以生"。在这种情况下，日本人松本君平的《新闻学》的出版，是"我国有专门研究新闻纸著述的起头"。但在这一时期，社会上对新闻记者的职业仍缺乏正确的认识，认为那是无聊文人的末路生涯，而新闻界本身也多认为报社就是新闻人才的"养成所"，对于新闻学能否成为一种学术，自然抱有怀疑态度。这种状况到了民国成立以后才有所改观。1912 年，全国报界俱进会在上海举行的特别大会曾建议设立"报业学堂"，1913 年，上海广学会出版休曼的《实用新闻学》，1914 年，袁世凯政府公布报纸条例与出版法，随后帝制问题发生，新闻界展开轰轰烈烈的斗争，而出席世界报界大会代表的报告，尤给予新闻界一种新的鼓舞。在这种条件下，中

---

① 黄天鹏：《四十年来中国新闻学之演进》，《中国新闻学会年刊〈1〉》，1942年 9 月 1 日。

国新闻学才踏进一个新的时期。

第二，新闻理论建设时期（1918－1922）。五四运动前后，"新思潮澎湃"，崭新的新闻学，自然受到关注，徐宝璜的《新闻学》一书，"奠定中国新闻学理论的基础"。随着新闻学专著的相继问世，随着世界报界巨子北岩爵士、威廉博士的访问，随着新闻教育的兴起，中国出现了新闻学研究热。

第三，言论自由纷争时期（1923－1931）。中国文人向有一个观念，即书生报国，把"笔刀"当宝刀，而报纸就是一种最新式的武器。1923年至1931年间，军阀政府对于言论自由的摧残，引起新闻界人士对于言论自由的维护与发扬，因而可以看到许多主张言论自由与反抗军阀压迫言论的文章发表；另一方面，"也不无假言论自由之名以掩护他们另有作用的行为"。而且，"也有若干论调，认为新闻纸不过是一种政治宣传的工具，在新闻学方面，也唱过所谓社会主义的新闻理论，不过这种论调没有完成，当头的国难已把这种理论粉碎"。这就是言论自由纷争时期。

第四，战时新闻统制时期（1932－战事结束）。"九·一八"事变后，"敌人的侵略凶焰，反映到新闻界上，在国家方面是新闻管制之建立，在报界本身是言论自由说转变而为舆论的统一"，即"国家至上"、"民族至上"舆论的形成。这种举国一致的舆论的形成，是战时新闻统制时期最显著的特征。

黄天鹏在较为广阔的社会背景下，揭示了中国新闻学四十年演进的历程与特点。黄天鹏1942年提出的新闻学术史观，与他1929年提出的新闻学术史观相比，在理论透视的深度与高度方面，都得到了提升。

综上可见，黄天鹏具有强烈的新闻学科历史意识。任何一个学科要想发展，都不能割断其自身的发展历史。20世纪上半叶，新闻学是中国学术园地中最年轻的成员之一，在当时，很多人不知"新闻"也有"学",更有很多人因为不了解新闻学在中国的发展进程而否认或忽视它的存在。在此情况下,黄天鹏能从中国新闻学的"胚胎时期"谈起,总结中国新闻学的萌芽、建立及其发展过程,这对于建立之初的中国新闻学来说,无疑具有重要的意义。黄天鹏先后两次梳理中国新闻学的发展历程,就是对"新闻"有"学"的最有力的论证。黄天鹏以阐释中国新闻学术史观第一人的身份在中国新闻史上占据重要的位置。

第十章 中国现代新闻思想的理论渊源

中国现代新闻思想的理论来源众多，既有欧美新闻思想的引介，也有马克思主义新闻思想的注入，还有法西斯主义新闻思想的影响。中国的新闻业者与新闻学者在融合、借鉴和批判上述新闻思想的过程中，对本土的新闻实践经验进行理论加工，从而形成与发展了现代中国新闻思想。

一 欧美新闻思想的引介

1. 历史溯源

欧美新闻思想的传入，可以上溯到19世纪上半叶近代中国新闻事业的发展初期。1833年8月，中国境内第一份近代意义上的中文报刊《东西洋考每月统记传》在广州创刊，从此，西方报业的业务与经营理念就开始以经验传授或理论总结等形式在中国传播。1834年1月刊载于《东西洋考每月统记传》的《新闻纸略论》一文虽然仅有三百余字，却介绍了西方新闻纸产生的时间、地点及当时人的称呼，介绍了西方新闻自由的发展过程，报纸出版周期的类别、报纸在各国的分布状况等。

从19世纪70年代开始，随着《申报》（1872）、《新闻报》（1893）等外报的创刊，随着国人自办的《循环日报》（1874）、《汇报》（1874）、《述报》（1884）等报纸的出现，欧美新闻思想进一步在中国传播。传播途径主要是靠报刊缘起、宗旨、叙例、序文、发刊辞，以及广告、启事、祝辞等的刊载。这一时期，传播比较广泛的是新闻价值观念与新闻业务思想。

《申报》创刊之初就宣称："国家之政治风俗之变迁，中外交涉之要务，商贾贸易之利弊，与夫一切可惊可愕可喜之事足以新人听闻者，靡不毕载，务求其真实无妄，使观者明白易晓，不为浮夸之辞，不述荒唐之语。"① "新闻纸馆之设，所以网罗轶事采访奇闻。"② 外人创办的商业报纸《申报》③，显然受到西方新闻价值观念的影响，将"新奇性"（可惊可愕可喜之事）作为构成新闻的一个重要要素，同时也强调了新闻的真实性（真实无妄）以及新闻语言的素朴性（不为浮夸之辞）和简易明白性。

此后，《申报》的论说文章、招聘广告一再论及有关新闻价值构成要素的问题，强调无论报道政事、民事、国家事，皆须"确有见闻"，"确有所据"④。"新报正道，采录正经信息，博论重要事务"⑤，"采访新闻，必须事事确实，语语详明"⑥。新闻写作"务使措辞宁质而无文，论事宁显而弗晦，俾女流童稚以及贩夫工匠辈，皆得随时循览以扩知识而增见闻"⑦。

《循环日报》同样意识到新闻的真实性问题，强调报道"必求实录，不敢以杜撰相承"⑧，"必原原本本务纪其详，勿使稍有

① 《本馆告白》，《申报》，1872 年 4 月 30 日。
② 《本馆自述》，《申报》，1872 年 5 月 8 日。
③ 《申报》的创办人是英国商人美查（Ernest Major）。
④ 《论字林新报言中国必能盛行新报事》，《申报》，1875 年 8 月 24 日。
⑤ 《论新报体裁》，《申报》，1875 年 10 月 8 日。
⑥ 《访请报事人》，《申报》，1876 年 2 月 23 日。
⑦ 《劝看民报》，《申报》，1876 年 5 月 19 日。
⑧ 《本局日报通启》，《循环日报》，1874 年 2 月 5 日，转引自［新加坡］卓南生：《中国近代报业发展史（增订版）》，中国社会科学出版社，2002 年 9 月，第 189 页。

所遗漏"①。

《万国公报》也把"新奇性"作为一个重要的新闻价值要素，主张"一切可喜可惧可惊可愕可怪可奇可师可法之事"②，都可登载。

1898 年，《时务日报》还对新闻"时效性"进行强调："各处如有异常紧要之事，均令访友即行电告，俾阅者先睹为快。"③

在新闻业务观念方面，新闻工作者的基本素养是人们关注的一个话题。王韬对主笔的素质提出了较高的要求："为日报主笔者，必精其选，非绝伦超群者，不得预其列"，"其立论一秉公平，其居心务期诚正"，"顾秉笔之人，不可不慎加遴选。其间或非通才，未免识小而遗大，然犹其细焉者也；至其挟私讦人，自快其忿，则品斯下矣，士君子当摈之而不齿。至于采访失实，纪载多夸，此亦近时日报之通弊，或并有之，均不得免，惟所冀者，始终持之以慎而已"④。能够担当主笔重任的人，一方面要有出众的才能，另一方面还要有高尚的道德品格，不能利用报纸来泄私愤，同时还要懂得新闻规律，遵循新闻的真实性原则，具备高度的责任感。

《申报》对新闻记者提出了较高的要求："延一报新闻者，务须才学兼全，见闻较确，值有新奇之事，随时寄知"⑤，"采访新闻之友，务须探事则原原本本，吐辞则洒洒洋洋，巨细皆书，

①　《本局告白》，《循环日报》，1874 年 2 月 5 日，转引自［新加坡］卓南生：《中国近代报业发展史（增订版）》，第 189 页。

②　《兴复万国公报序》，《万国公报》第 1 册，1889 年 2 月。

③　《〈时务日报〉章程》，张之华主编：《中国新闻事业史文选》，第 92 页。

④　王韬：《论日报渐行于中土》，张之华主编：《中国新闻事业史文选》，第 7 页。

⑤　《觅请报事人》，《申报》，1876 年 1 月 22 日。

新奇是尚"①。新闻记者应具有丰富的学识与高超的写作能力，同时必须遵循新闻的真实性与"新奇性"原则。

在新闻报道方针与原则方面，《申报》反对京报"仅有朝廷之事，而闾里之事不与"的做法，主张"合朝野之新闻而详载"②。《循环日报》主张"博采群言，兼收并蓄"③。《中外新闻七日报》倡导"上自国政，下迄民情，中权人事，凡船舶之出入，电报之迟速，货物之周流，价值之贵贱，载无不周，采无不遍，务期乎至新至真，俾一览之余即可了如指掌"④。《香港华字日报》主张："述政事、纪民情、辨风俗、详见闻。"⑤ 近代报刊都注重扩大报道范围，主张新闻报道对象不能局限于上层社会，而要将普通民众的生活纳入新闻报道范围。

《万国公报》则明确了新闻报道的伦理原则："不敢攻讦隐私，存厚道也；不敢颠倒黑白，存直道也；更不敢借之以相倾轧，以自标榜，则以其非循分之道而戒之也，其他描摹淫媒，绘写冶情，构楼阁于空虚，恣笔墨为游戏，暨乎放诞风流之篇什，嬉笑怒骂之文章，自列专条，同悬厉禁。"⑥ 新闻报道要坚持正义，报道内容不能有伤风化。

《大公报》对新闻报道的伦理原则做了进一步发挥："忘己之为大无私，之谓公……是是非非、源源本本而一秉大公乎……本报断不敢存自是之心，刚愎自用；亦不敢流俗之说，颠倒是

---

① 《延请访事人》，《申报》，1876 年 3 月 14 日。

② 《论中国京报异于外国新报》，《申报》，1873 年 7 月 18 日。

③ 《本局日报通启》，《循环日报》，1874 年 2 月 5 日，转引自［新加坡］卓南生：《中国近代报业发展史（增订版）》，第 188 页。

④ 《本馆告白》，《中外新闻七日报》，1872 年 4 月 6 日，转引自［新加坡］卓南生：《中国近代报业发展史（增订版）》，第 163 页。

⑤ 陈霭廷：《创设香港华字日报说略》，《中外新闻七日报》，1871 年 7 月 8 日，转引自［新加坡］卓南生：《中国近代报业发展史（增订版）》，第 163 页。

⑥ 沈毓桂：《辞万国公报主笔启》，《万国公报》第 61 册，1894 年 2 月。

非，总期有益于国是民依，有裨于人心学术，其他乖谬偏激之言，非所取焉；猥邪琐屑之事，在所摈焉。"① 新闻报道不能从一己之私利出发，必须胸怀"大公无我"之心，才能有益于民。

19 世纪 90 年代，随着第一次国人办报热潮的出现，欧美"第四种族"等新闻观念在中国产生较大影响，报刊政论家与开明官吏结合中国政治改良的实际形势，对报刊的功能与作用予以特别的强调，认为办报可以改变君民隔绝不通的状态，改革弊政，从而达到富国强民之目的。

1895 年，康有为主张"设报达聪"，从而使"民隐咸达，官慝皆知"，在他看来，"中国百弊，皆由蔽隔，解弊之方，莫良于是"②。办报是解除时弊的最有效途径。

1896 年，陈炽以西方国家报纸发达的过程为例，论述报纸的作用，认为报纸可以消除君民之间的隔阂："泰西报馆之设，其国初亦禁之，后见其公是公非，实足达君民之隔，遂听其开设。"③

1896 年，李端棻在奏折中盛赞西方报业的发展盛况："泰西每国报馆，多至数百所，每馆每日出版，多至数万张。凡时局、政要、商务、兵机、新艺奇技、五洲所有事故，靡不所言。"他认为，中国报业若能发达到如此程度，那么"在上者能措办庶务而无壅蔽，在下者能通达政体以待上之用，富强之原，厥由于是"④。

1896 年，梁启超指出："觇国之强弱，则于其通塞而已。血

---

①　英敛之：《大公报序》，《大公报》，1902 年 6 月 17 日。

②　康有为：《上清帝第四书》，复旦大学新闻系新闻史教研室编：《中国新闻史文集》，上海人民出版社，1987 年 11 月，第 23 页。

③　陈炽：《报馆》，张之华主编：《中国新闻事业史文选》，第 10 页。

④　李端棻：《奏请推广学校设立译局报馆折》，张之华主编：《中国新闻事业史文选》，第 24 页。

脉不通则病，学术不通则陋。道路不通，故秦越之视肥瘠漠不相关；言语不通，故闽粤之与中原邈若异域。惟国亦然：上下不通，故无宣德达情之效，而舞文之吏因缘为奸；内外不通，故无知己知彼之能，而守旧之儒反鼓其舌。中国受侮数十年，坐此焉耳。"如何解决上下不通之国弊呢？梁启超回答道："去塞求通，厥道非一，而报馆其导端也。"① 梁启超认为报刊具有巨大的功能。

其后，梁启超越来越重视报刊功能的发挥。1902 年，他把"监督政府"作为报馆的"天职"之一，并指出，"一国之业报馆者，苟认定此天职而实践之，则良政治必于是出焉"。梁启超认为新闻舆论监督与"良政治"之间存在着必然的逻辑关系。"我国之百事未举，惟恃报馆为独一无二之政监者乎？故今日吾国政治之或进化，或堕落，其功罪不可不专属诸报馆"②，只有靠报馆的舆论监督作用，国家才可以对内实现长治久安，对外实现与各国"争齐盟"。梁启超眼中的新闻舆论监督，是实现救亡图存这一政治目的的有力手段与工具。惩治政治腐败与堕落，挽救国家与民族危机，这一重任专门由新闻媒体来承担，梁启超赋予中国近代新闻事业的使命实在沉重。

梁启超还从民权思想出发，深刻分析了报馆、政府和人民的关系。他指出："报馆者非政府之臣属，而与政府立于平等之地位者也。"而且，"政府受国民之委托，是国民之雇佣也，而报馆则代表国民发公意以为公言者也"。政府官员是人民的公仆，而报馆是人民的代言人，于是报馆与政府的之间的关系更加明

---

① 梁启超：《论报馆有益于国事》，张之华主编：《中国新闻事业史文选》，第 18 页。

② 梁启超：《敬告我同业诸君》，张之华主编：《中国新闻事业史文选》，第 47 页。

了："报馆之视政府，当如父兄之视子弟，其不解事也，则教导之，其有过失也，则扑责之。"最后，梁启超以形象的比喻对其新闻舆论监督思想进行了总结："大抵报馆之对政府，当如严父之督子弟，无所假借。其对国民，当如孝子之事两亲，不忘几谏，委曲焉，迁就焉，而务所以喻亲于道，此孝子之事也。"①梁启超将报馆与政府的关系立于平等地位，主张站在民众的立场来监督政府，从而把封建制度下民众与君主的关系从根本上颠倒过来，这既显示了他所具有的强烈民权意识，也可以看出他对报刊功能的高度重视。

办报可以强国，为强国一定要办报。1897 年严复在《〈国闻报〉缘起》中开宗明义："《国闻报》何为而设也？曰，将以求通焉耳。"严复认为，"通之道有二"："一曰通上下之情；一曰通中外之故。故一国自立之国，则以通下情为要义。塞其下情，则有利而不知兴，有弊而不知去，若是者，国必弱。如各国并立之国，则尤以通外情为要务。昧于外情，则坐井而以为天小，扪龠而以为日圆；若是者，国必危。"② 严复认为报纸可以解除国弊，拯救国危。

1897 年，吴恒炜同样对报刊的强国功能给予强调："报者，天下之枢铃，万民之喉舌也。得之则通，通之则明，明之则勇，勇之则强，强则政举而国立，敬修而民智。"③

1897 年陈衍提出，报纸在强国方面的作用优于"公法"。"公法可以折强邻乎？曰不可；报馆可以张国势乎？曰可……折以公法者，争其理于事后，其势逆而难；张以报纸者，遏其意于

---

① 梁启超：《敬告我同业诸君》，张之华主编：《中国新闻事业史文选》，第 50 页。

② 严复：《〈国闻报〉缘起》，张之华主编：《中国新闻事业史文选》，第 98 页。

③ 吴恒炜：《〈知新报〉缘起》，张之华主编：《中国新闻事业史文选》，第 89 页。

事先，其势顺而易；兵有先声夺人者，事有积重难返者，其争以公法，与遏以法纸之辨乎？"遇到国际争端，报馆具有先发制人的优势。他还说道："报馆盛行于西国，非徒使己国之人，周知四国之为也，亦将使四国之人，闻知己国之为也，非徒以通己国之血脉，使无为病夫也，亦将使四国之望吾气体者，不敢视吾为病夫也。"报纸可以使国家"通血脉"，血脉通，则国体强，国体强健之后，再通过报纸的宣传，就可以让他国知道我国的强大，从而不敢觊觎我国。陈衍主张，中国不但要广设报馆，"广为论说"，将"西人向来欺我中国"的种种举动公之于众，而且要广设洋文报馆，"聘西国名人，为洋文主笔，所有持论，专为中国自强起见"，这种报纸散布五大洲，"西人见之，知中国实有自强之策"①。

　　1898 年宋伯鲁上书光绪帝，指出报馆有四益："首列论说，指陈时事，常足以匡政府所不逮，备朝廷之采择，其善一也；卢陈各省利弊民隐，得以上达，其善二也；翻译万国近事，藉鉴敌情，其善三也；或每日一出，或间日一出，或旬日一出，所载皆新政之事，其善四也。"他还转述德相俾斯麦的言论进行论证："与其阅奏疏不如阅报，奏疏多避忌而报皆征实也；与其阅书不如阅报，书乃陈迹而报皆新事也。此报馆与民智国运相关之大原也。"办报是关系"国运"的大事。正因如此，宋伯鲁认为："为政之道，贵通不贵塞，贵新不贵陈，而欲求新，则报馆为急务矣。"②

　　维新运动虽然以失败而告终，但报刊能强国的观点，愈来愈

---

① 陈衍：《论中国宜设洋文报馆》，张之华主编：《中国新闻事业史文选》，第 11－12 页。

② 宋伯鲁：《奏改时务报为官报折》，《戊戌变法》第 2 册第 349 页，神州国光社，1953 年 9 月。

被广泛接受。"就国际而言，现今一国政策不定于政府而定于舆论；不定于舆论而定于报章。国与国水乳相合，必有报馆为之先声者；国与国戎衣相见，必有报馆为之前矛者也。"① 这是说报纸有益于国政与外交。"国民智则国强，国民愚则国弱。国民之智何以智？国民之愚何以愚？无他，有报馆则民智，无报馆则民愚"，因此，"报馆乃起衰振懦之猛剂，拯危救亡之良方也"，"是故欲救今日之中国"，"非多设报馆不可"②。报业救国，成为仁人志士赋予报刊的一个沉重的历史使命。

2. 实益主义新闻观

五四新文化运动，令思想界拥有了比较宽松的学术文化氛围，新闻学作为一门新兴学科，开始了在中国的建立过程。在这一过程中，欧美新闻思想的传入，开始系统化，由"术"上升到"学"的层次。20 世纪二三十年代，在中国影响最大的是实益主义新闻观。

20 世纪初的欧美各国，自由主义报刊理论的弊端已日益显现，人们不再一味诉求报纸的商业追求，而对其社会组织的特质给予了充分关注，正如卡·约斯特在《新闻学原理》中所说的：

> 商业才能、原理及方法，对有效的新闻事业是不可或少的东西。虽然我们这样说，但新闻事业决不能完全受制于谋利的欲望，即使此种利益无损于人，也不应如此。报纸的生产，决非单纯的生产企业而已，照规矩讲，每一个报纸的刊行，主要的是在阐扬某项原理，支持某种原则，完成某些公

---

① 《告天津各报大主笔》，《大公报》，1906 年 7 月 1 日。
② 《论报馆之有益于国》，《东方杂志》第 2 年第 4 期，1905 年 5 月 28 日。

共服务，或满足某种大众的需求。……在竞争的商业制度下，利润是很可能获得的，事实上报纸确实能够获得利润。报纸获得利润，当然是一件美事，然而如果把利润放在第一位，从而压制其他一切新闻学的基本原理的时候，利润往往会自然地消失。①

可见，约斯特既将新闻事业看作是创造利润的营业工具，又看作是公共舆论机关。这种新闻思想传入中国后，很快被中国学者所接纳，并将其作为实益主义新闻观的思想内核加以阐释。

"实益主义"新闻观是指"报纸登载新闻的标准，完全拿多数人的实际利益做标准，凡是一种新闻，有害于社会或国家利益的，那就没有登载的余地"②。实益主义新闻观的实质是倡导新闻伦理原则。

引介实益主义新闻观最直接的途径是翻译新闻学著作。因为中国新闻学与日本新闻学同出一源③，实益主义新闻观的传入，主要通过翻译日本新闻学理论著作的方式来实现。早在 1903 年，

---

① 卡·约斯特：《新闻学原理》，中国人民大学出版社 1960 年内部批判版，译自美国 1924 年英文版，第 6 – 13 页。

② 周孝庵：《报纸的实益主义》，《复旦大学新闻学系纪刊》，1930 年 6 月。

③ 日本新闻学理论与中国新闻学理论都是在学习欧美新闻学理论的过程中形成的。

中国新闻学的"开山祖"徐宝璜曾在美国密歇根大学学习新闻学。1919 年 12 月北京大学新闻学研究会出版了他的《新闻学》，这是一部"破天荒"之作。徐宝璜在自序中称，"本书所言，取材西籍者不少"。

日本第一本新闻学著作是松本君平的《新闻学》。松本君平，生于 1870 年，卒于 1944 年，早年留学美国，获布朗大学文学博士学位。归国后曾到欧洲各国考察，受到欧洲学者研究新闻学的启发，认为日本有研究新闻学的必要。松本君平于 1900 年创办东京政治大学，亲授新闻学课程。在此之前，他已编成新闻学讲义一册，于 1899 年出版，取名为《新闻学》。该书的内容涵盖英、美、法、德、俄等欧美五大国新闻事业概况。

由松本君平撰写的日本第一本新闻学著作《新闻学》有了中译本①，由上海商务印书馆出版。松本君平在书中指出，新闻记者的不偏不倚立场是由记者的"社会之公人"这一社会地位决定的：

> 新闻记者之意见及举动，因不可不出于政党之上。纸面所揭载，不偏倚一党，不调和两党，其言论在主持清议也耳。……故新闻业者，不得由一人之私见，妄议政党。须自加检束，始能保其新闻之独立。是以老练诚实之新闻记者，不希望乎名誉，不推移于他人，惟以出一己之意见，独断独行斯可矣。新闻记者，乃社会之公人。其真正职业，实在代议院政府以外。②

1923 年，北京京报馆出版邵飘萍的《实际应用新闻学》一书，曾将数年前他在日本新闻学会听课时使用的一本讲义《普通新闻学》作为附录出版。《普通新闻学》指出：

> 新闻记者之活动，乃为社会与人道，故无论何时，均须牺牲自己之利害，因公益而冒危险，忍困苦，以尽义务而愉快，尤当知新闻记者之活动，非因物质之报酬也。③

这是从新闻记者的角度强调新闻报道必须讲"公益"，必须

---

① 1900 年，东京博文馆以洋装精印本重印《新闻学》时，将书名易为《欧美新闻事业》，上海商务印书馆于 1903 年出版中文版时，书名仍为《欧美新闻事业》。参见童兵、林涵著：《20 世纪中国新闻学与传播学·理论新闻学卷》，第 111 页。

② 松本君平：《新闻学》，余家宏等编注：《新闻文存》，第 110－111 页。

③ 《实际应用新闻学附录·普通新闻学》，北京京报馆，1923 年 9 月，第 30 页。

遵循新闻伦理原则。《普通新闻学》对新闻记者的人格问题给予了充分重视，认为报纸在新闻报道过程中能否遵循新闻伦理原则，从而对人生、社会有益，取决于记者的人格。记者的人格高尚与否，直接关系到报纸的权威性：

> 新闻纸赋予人生之利益，乃因新闻记者之人格而益大，新闻纸之威权，亦发生于记者之人格，新闻记事为记者人格之反映，人格卑下之记者，虽能揭载敏速而内容充实之报道，其价值必不免恶劣。今日新闻记事报道，记者之所见所闻，不加以评判，常表显记者之人格，人格高洁之人，与人格卑劣之人，附予所见之物之价值各不同，盖因伟大新闻记者之人格，乃伟大新闻权之渊源耳。……有人格之人，临事必再三思虑，故为新闻记者者决不至揭载错误之报道，而损新闻纸之信用，伤人之名誉，或犯他种罪恶，以伤新闻记者之体面。又有以同情心牺牲自己而扶助弱者，惩戒不义，不陷于诱惑。今日新闻记者之为一般社会所轻蔑，亦因缺乏人格之故，此后之新闻记者，当以人格为至要之资格，换言之，记者之最后胜利，实由人格得之。①

1930 年 8 月，日本新闻学者后籐武男的《新闻纸研究》② 由俞康德翻译出版。《新闻纸研究》已不再从记者的微观角度谈新闻伦理问题，而是从"新闻伦理运动"的角度旗帜鲜明地倡导新闻伦理原则：

---

① 《实际应用新闻学附录·普通新闻学》，第 33 - 34 页。
② 原名为《新闻纸讲话》，1926 年由东京株式会社同文馆出版，中译本改为此名。

现代新闻纸的主潮，被"商品主义"（Commercialism），或是"感觉主义"（Sensationalism），或是"黄色新闻主义"（Yellow Journalism）所淘涌，动辄就有反逆新闻纸本来的使命的样子了。即于日本新闻界之先辈中，也有平然地说"新闻纸是商品"的，也有每天作出的新闻纸只管迎合惹起下等之本能，而作挑拨的报道的，这是侵害了抱着制作"善良的新闻纸"为理想的人，结局驯致只以迎合读者的最恶的论调之新闻纸出现了。而且一方面新闻记者的素质的低下，更使新闻纸至于堕落之境。所以最近于日本也有"新闻伦理"运动之兴起了。①

在后籐武男看来，新闻报道"被广告主或有力的势力"所"牵制"，新闻报道"混同公私的生活"，新闻报道"粉饰或夸大事实"以及"误报"等现象的出现，"要之这是因为新闻记者，作新闻纸伦理部面之'公共利益'的拥护者之自觉心的缺乏所起的。这一点无论是为论说记者，或为外勤记者，都应该共通感到的对于社会的责任"②。新闻伦理运动能否兴起的关键，在于新闻记者是否具有社会责任感。

1930 年 5 月，日本学者杉村广太郎的《新闻概论》由王文萱翻译出版，杉村广太郎同样对"新闻伦理运动"力加提倡：

为办一个好的新闻而卖，这是新闻伦理最当的基础了。商人的买卖货物是最明显营利事业，但商人贩卖伪造品，劣等品，腐败品，有毒物，这是没有方法说是没有妨害的。精

---

① ［日］后籐武男：《新闻纸研究》，上海光华书局，1930 年 8 月，第 49 - 50 页。

② 同上书，第 51 页。

选其出卖品，努力减低卖价，藉此得奉承顾客，这些才是商人的道德。营利若不置顾客的利益于眼中，无理地一味要钱，这种思想无论如何，总是太陈腐了。新闻纸也是同样的，若丝毫不顾是否劣品，是否恶俗，乃至有害于社会否，而一味谄世媚俗，惟冀得买世间的欢心，这不是本能。若想到新闻是广大且急速地到世界的，其影响社会是极大这一层，那就慎上加慎，而不损人，不紊世，且提倡远大的理想及努力于将来永远的和平，这是当然的任务。[1]

杉村广太郎不反对新闻事业具有"营利"的性质，但主张不能为了"营利"而置伦理原则于不顾，"营利"必须在"新闻伦理"的大前提下进行。

综上所述，实益主义新闻观主要包括以下内容：第一，报纸必须具有独立的地位，不依附任何政党与势力。第二，新闻记者必须具有高尚的人格，必须具有社会责任感，必须具有远大的理想。第三，提倡"新闻伦理"运动，反对商品主义，反对黄色新闻，主张新闻报道必须维护"公共利益"。

1918 至 1935 年，是中国新闻学的建立时期[2]，这一时期，著书立说，是中国新闻学者建立新闻学理论体系的一个重要途径。在这一过程中，中国新闻学者将实益主义新闻观吸纳到自己的理论体系中，从而传播了实益主义新闻观。

首先，中国新闻学建立者对实益主义新闻观的借鉴与吸纳，体现在新闻本体论的论述中。

新闻是什么？这是新闻学建立者无法回避的一个问题，他们

---

①　［日］杉村广太郎：《新闻概论》，上海联合书店，1930 年 5 月，第 51 – 52 页。

②　参见拙著：《中国新闻学术史（1834 – 1949）》，第 76 – 96 页。

对这一有关新闻学理论体系建构基石的问题做出了回答。邵飘萍指出："新闻者，最近时间内所发生认识一切关系于社会人生的兴味实益之事物、现象也，以关系者最多，及认识时机最适，为其最高价值之标准。"① 潘公展指出："最近发生的事实，能引起多数读者的兴味，能给予多数读者以实益，方是新闻。"② 赵坤良认为："所谓新闻，是引起大多数读者的兴味，并给予大多数读者以实益的最近发生的事实，而又正确地报告出来。"③ 由此可见，新闻学建立者在新闻的定义中对新闻的"实益"性给予了充分的关注，从而将新闻伦理原则注入到新闻本体论中。

其次，中国新闻学建立者对日本实益主义新闻观的借鉴与吸纳，还体现在有关新闻事业性质的分析中。新闻学建立者对新闻事业的"公共性"给予了充分论证。任白涛最早明确指出新闻事业具有公共性：

新闻事业特质之第一应述者，则社会之公共机关是已。彼营利的或名誉的事业，只计及少数人之利害荣辱。而新闻事业，则以大多数人之利害荣辱为标准。主张则透明无色，态度则公平不偏，是为经营新闻事业者当守之要则，报纸之权威信用，皆视尊重此要则之程度为差等。换言之，尊重公共特质之报纸，其声价自益高大，若个人或一部分人的色彩浓厚，不惟其事业难得健实的发展，且为社会所嫌弃。④

任白涛从新闻事业的"公共性"出发，强调"公众本位"：

---

① 邵飘萍：《新闻学总论》，第80页。
② 潘公展：《新闻概说》，黄天鹏编：《新闻学名论集》，第14页。
③ 赵坤良：《新闻究竟是什么？》，《报学季刊》第1卷第4期，1935年8月15日。
④ 任白涛：《应用新闻学》，第5页。

"现代新闻社，取法股份公司组织者甚多，似成营利事业之一种。然断不可循营利公司之常轨……而新闻事业，则绝对当以公众为本位。"① 新闻事业的权威性与声价是由其公共性决定的，为此，不能将一般公司的运作原则套用到新闻事业当中。

邵飘萍将报刊看作是"社会公共机关"，主张报刊要"根据事实与信奉真理，皆以社会公意为标准，非办理新闻社之个人或团体所可因一己或少数人之感情利害关系而任意左右之"。报刊之所以是"社会公共机关"，因为报刊是一种"事业"，"盖事业与营业其趣味完全不同，新闻事业尤与银行公司店铺等惟以营利为目的者有别，欲判断新闻纸的价值之有无大小，即以是否适合乎社会公共机关之特质为第一必要条件，故新闻纸上之一切论载，不问为社长之主张，或主笔记者与夫外间不知姓氏之投稿，一经披露，即对社会负有一种责任，皆当于可能的范围求其无色透明公平正直而不偏重于一人一派感情及利害关系"②。报刊是一种"事业"，报刊的最终目的不是为了"营利"，报刊的一切活动都要合乎"社会公共机关"特质，一切新闻报道都要"公平"、"正直"，报刊一定要站在社会公众的立场上，而不能成为一人一党一派的御用工具。

黄天鹏把"公共性"看作是新闻事业的第一"特质"，指出，若报刊不充分发挥社会公共机关的特质，最终会违背"公意"：

　　　　新闻纸主要之目的，在宣布新闻于公众，新闻以事实为依归，而不容私见作用于其间。从事新闻事业者首应认识其公共之特性，新闻纸乃社会公共之机关，与营业牟利者异其

---

①　任白涛：《应用新闻学》，第 5 - 6 页。
②　邵飘萍：《新闻学总论》，第 7 - 8 页。

旨趣。营业者可以牟利为前提，而新闻纸则应以公众之利益为准则，报告正确之消息，贡献公允之意见，皆其应循之正轨。吾人评判新闻纸价值之高低，即可以其公共性之多寡定分寸。质言之，若带御用之色彩，违反社会之公意，众必共弃之也。今日新闻事业虽卷入营业之漩涡，然主持者倘止知以商业之手段经营，而忘其本来之特质，则其终必失败也无疑。①

郭步陶对新闻事业的性质问题，观点明确。他认为，"新闻事业非个人事业"，"新闻事业非经商事业"，"新闻事业非御用事业"，"新闻事业乃最忠实的公众事业"②。

张九如、周翥青同样主张新闻事业具有"公共性"：

> 新闻事业，是社会上的公共事业：新闻纸上一言一行，一字一句，与社会公众的利害，有密切的关系。如新闻纸中记载的事实，详明公正，发表的言论，正大周密，社会便受其利，否则社会就会受其害。办理新闻事业的人，应以公众的福利为本位；绝不可企图自身的私利，发表个人的偏见；要看新闻事业，是社会的公共事业，不是我们少数人的事业。我们少数人在这里办事，不过是受社会的委托。③

曹用先认为，对新闻事业公共性的重视关系到新闻事业发展的成功与否：

---

① 黄天鹏：《中国新闻事业》，上海联合书店，1930 年 9 月，第 1—2 页。

② 郭步陶：《本国新闻事业》，第 14、16、19、22 页，申报新闻函授学校讲义。

③ 张九如、周翥青：《新闻编辑法》，中华书局，1930 年 4 月第 3 版，第 6—7 页。

　　新闻事业之主体为新闻纸，新闻纸之主要目的在供给新闻于公众，是乃人类之公共机关，与纯粹营利之事业迥异其趣。盖新闻事业以公众利益为准则，报告正确之消息，贡献公允之意见，主张坦白，态度光明，此为经营新闻事业者应循之正轨，而为大多数人谋福利，自必得群众之信仰与拥护；而声价日大，权威日增。……公众利益发展之日，即新闻事业成功之日也。①

　　吴晓芝也指出，新闻事业的公共性对新闻记者的道德品格及业务修养提出了较高的要求：

　　西人有言："新闻纸是人类精神的食粮。"故新闻事业，以大多数人之利害荣辱为标准，必须干净纯洁，不作某一系某一派之机关报，专为少数人谋利益；尤应行一秉至公的态度，以重声价……近世各国新思想新文艺勃兴时代，新闻纸之使命尤大，导现在的社会，开未来的世界，其权力更过于昔日也。记者苟有独立的人格，道德高尚，知识丰富，以敏锐之笔，评论时事，记载新闻，以及小说，杂俎，诗歌，绘画等类，无非为公众谋福利，绝不专投社会之所好，久之舆论健全，权威发展，强权者虽有坚甲利兵，终必为新闻纸之威力所战胜也。②

　　吴宪增从"大众立场"论证新闻事业的"公共性"，反对以新闻事业牟利：

---

①　曹用先：《新闻学》，第4页。
②　吴晓芝：《新闻学之理论与实用》，和济印书局，1933年8月，第13页。

新闻纸为社会大众服务，图谋福利，与其他专以牟利之商品，完全不同。因为新闻纸最大的目的，在供给公众新闻，表现世界公正事理，代表社会舆论，不应专以社会上之所好为目的。[①]

可见，中国新闻学建立者达成了共悟：新闻事业具有公共性，新闻事业不能侵犯公共利益，新闻记者必须具备为公众服务的优秀品格。因为新闻事业具有公共性，所以新闻事业不能成为一党一派的御用机关，新闻报道必须坚持"第三者"立场。实益主义新闻观的传入，为客观主义新闻采写思想在中国的形成与流行，奠定了坚实的思想基础，也为中国现代新闻人批判黄色新闻现象提供了重要的理论武器。

二　列宁新闻思想的传入

"马克思学说在中国的传播比列宁学说早，但马克思的新闻思想在中国的传播，却迟于列宁新闻思想的传播"[②]，"1958年，我国新闻学界，才开始了解马克思、恩格斯的新闻思想；1979年底才开始对它们的新闻思想进行比较系统的研究"[③]。列宁新闻思想是现代中国无产阶级新闻思想的重要理论来源。列宁新闻思想的传入始于20世纪20年代，此后至延安《解放日报》改版前，中国共产党的报刊不时登载文章，或者引述或者通俗地介绍列宁的新闻思想。具体而言，主要包括以下几个

---

① 吴宪增：《国民基本新闻学》，第14页，北京文兴书局，1942年3月。
② 徐培汀、裘正义：《中国新闻传播学说史》，第296页。
③ 同上书，第297页。

方面：

1. 党报的党性原则

　　"列宁的新闻思想和宣传思想主要表现为党报思想"①，而"党报的党性，是列宁党报思想的核心概念"，"党性，即党的观念或意识，而不是几个人的小组意识。当党宣布建立，原来属于各个活动小组的成员便成为党员，如果意识到自己是一个党的党员，个人的行为和言论遵从于党的纲领和党章，那么可以说这个人是有党性的，如果还是习惯于想做什么就做什么的小组活动或个人的活动，在党已经存在的情况下，便可以说这个人不具有党性"②。而衡量"党性"的标准是"党的纲领、党章（组织经验）和党的策略原则。符合这些的言行是具有党性的，不符合这些的言行是违背党性的"③。列宁的党报思想最早传入中国，并产生广泛影响。

　　1922 年 7 月④，中国共产党第二次全国代表大会通过的决议案中，关于"宣传"部分的规定如下：

　　　　杂志、日刊、书籍和小册子须由中央执行委员会或临时中央执行委员会经办。
　　　　各地可根据需要出版一种工会杂志、日报、周报、小册

---

　　①　陈力丹：《马克思主义新闻思想概论》，复旦大学出版社，2003 年 7 月，第140 页。
　　②　陈力丹：《马克思主义新闻思想概论》，第 165 页。
　　③　同上书，第 168 页。
　　④　在《中国共产党新闻工作文件汇编》一书中，决议的标题为《中国共产党的第一个决议》（摘宣传部分）（一九二一年"一大"通过）。据郑保卫教授考证，该书有史实错误，1921 年应为"1922 年"，"一大"应为"二大"。参见郑保卫主编：《中国共产党新闻思想史》，福建人民出版社，2004 年 12 月，第 523 页注释。

子和临时通讯。

无论中央或地方的出版物均应由党员直接经办和编辑。

任何中央和地方的出版物均不能刊载违背党的方针、政策和决定的文章。①

正如郑保卫教授所考证，上述规定与 1920 年 7 月列宁为共产国际第二次代表大会起草的《加入共产国际的条件》中的部分内容相一致：

日常的宣传和鼓动必须具有真正的共产主义性质。党掌握的各种机关报刊，都必须由已经证明是忠于无产阶级革命事业的可靠的共产党人来主持编辑工作。②

一切定期和不定期的报刊，一切出版机构都应该完全服从党中央委员会：出版机构不得滥用自主权，执行不完全符合党的要求的政策。③

可见，列宁的党报理论已被中国共产党所接受。

1929 年，《"党的生活"的任务》又指出：

"党的生活"与其他刊物的区别，不仅在于他要讨论党的问题，而更在于他是一般党员的喉舌。"党的生活"的作者，绝不能只是几个好说话的编辑，而要是自中央以至支部的同志。因此，"党的生活"很希望一切同志都能向他投

---

① 中国社会科学院新闻研究所编：《中国共产党新闻工作文件汇编》（上卷）第 1 页，新华出版社，1980 年 12 月。

② 《列宁选集》第 4 卷，人民出版社，1995 年 6 月第 2 版，第 251 页。

③ 同上书，第 253 – 254 页。

稿，我们将要尽量的刊登来件。①

这里强调，党的报刊，必须由党组织经办并由党员直接经办，党的刊物是代表党说话，党的报刊必须坚持党性原则。

2. 以党报建党，必须创办全国的政治机关报

列宁党报思想的独特贡献在于"通过党报建党"，即在当时的俄国，"有意识地创办一种全国性的机关报，集中党最有才干的人员，不仅传播思想，而且通过报纸的代办员系统，联络处于分散状态的全国各个社会民主主义小组，最终在马克思主义的思想基础上重建党"②。列宁的这一思想，在中国得到广泛传播。

1930 年 3 月 26 日，《红旗》杂志刊载社论《提高我们党报的作用》指出，党报是党领导群众进行斗争的有力武器。而为确保斗争的完成，必须建立全国的政治机关报：

> 无产阶级的政治任务是非常伟大的，他必须动员全无产阶级的力量，在同一个正确的政治认识之下，在同一个正确的策略路线之下，继续不断的长期的坚决的奋斗，然后才能取得最后的胜利。为达到这一任务起见，无产阶级的先锋队——共产党，必须有全国范围内的经常定期的政治机关报，有系统的对全国无产阶级及广大的劳苦群众作广大的政治教育，深刻的解释一切政治问题，战胜统治阶级的欺骗，指出正确的革命斗争的策略。不但要使群众了解斗争的必

---

① 《"党的生活"的任务》，中国社会科学院新闻研究所编：《中国共产党新闻工作文件汇编》（上卷），第 19 页。

② 陈力丹：《马克思主义新闻思想概论》，第 143 页。

要，并且要发动群众有斗争的决心。

不但要使群众认识正确的策略方向，并且要使群众在斗争中，依照正确的策略方向而前进。为完成这一种任务，又必须有全国的机关报，因为只有他才能根据每日的事变，说出群众所要说所应该说的话，只有他才能根据于每一个斗争，鼓动群众扩大斗争的决心，鼓动群众在一个正确的道路上前进。①

1930 年 5 月 10 日，问友撰文阐明"全国政治机关报"的内涵：

第三时期"红旗"的性质，我们确定了认清了列宁主义的立场，就是"全国政治机关报"，我们以前的认识都不十分正确的。什么叫"全国政治机关报"呢？这里包含着好几层的意义：第一，他是全国的报纸，不像过去有一时期仅注意上海的问题；第二，他是政治报纸，一定要分析全国的政治事变，根据每日的事变指出全国革命之总的任务；第三，他是党的机关报，应当代表无产阶级政党，对于全国革命运动的策略，给以具体的实际的指导。尤其重要的，党报的指导与党之通告上的指导并不是同样的性质。通告是指导整个全国之全部的问题，是肯定一切斗争策略的原则。党报上的指导必要着重于某一个具体的问题，某一个实际的斗争，很具体的给以详细的各方面的解释。仅只是谈论党的策略问题是不足的，一定着重于全国每个重要政治事变的分析，因为这样才能明了一切策略路线的出发点，才能解答许

① 《提高我们党报的作用》，《红旗》第 87 期，1930 年 3 月 26 日，中国社会科学院新闻研究所编：《中国共产党新闻工作文件汇编》（下卷），第 34 – 35 页。

多群众脑中所发生的问题。①

1930 年 5 月，李立三撰写《党报》一文，阐明党报的作用与任务是建党：

> 党报的作用就在阐明党的纲领与政治路线，聚集广泛的同一政治主张、拥护同一政治路线的份子，结合成为统一的党，以整齐的阵线，进行一致的斗争。因此党报，是党的生命的所寄托，没有党报，便不能有党的存在。
>
> ……党报的任务，便要精密分析革命的环境，解释党的战略与战术，以统一全体党员在一致的战略之下活动，而且能活泼的，适当的运用战术。如果党报不能尽到这样的任务，如果党的组织与每个组织的份子不注意战术的了解，那么党会成为一种原始的秘密结社，决不能有组织的，有计划的，有策略的行动。②

把党报建设成为全国性的政治机关报，不仅关系到党报自身的生存与发展，还关系到党的生存，"没有党报，便不能有党的存在"，是列宁以党报建党思想的最明确表述。

3. 党报的作用

列宁认为党报具有重大的作用。1901 年 5 月，列宁在《从何着手？》一文中提出，"党报不仅是集体的宣传员和集体的鼓

---

① 问友：《过去一百期的"红旗"》，《红旗》，1930 年 5 月 10 日，中国社会科学院新闻研究所编：《中国共产党新闻工作文件汇编》（下卷），第 135－136 页。

② 李立三：《党报》，1930 年 5 月 10 日，中国社会科学院新闻研究所编：《中国共产党新闻工作文件汇编》（下卷），第 126 页。

动员，而且是集体的组织者"。① 列宁的这段论述广为早期的中国共产党人采纳，成为一句流行语。

1930 年 3 月 26 日，《红旗》杂志刊载社论《提高我们党报的作用》，该社论分四大部分，其中第一部分内容就是"列宁论党报的作用"：

> 党报并不只是一个宣传鼓动的中心，他同时是一个组织的中心。一个无产阶级政党的党报，他必须深入于无产阶级群众中间。在他的宣传与鼓动之下，自然可以扩大党在无产阶级群众中政治影响，可以更加紧党与群众的联系，这就是一种伟大的组织作用。再加以供给党报的材料，必须有经常的采访，必须在各工厂、农村、兵营中，都有党报的通讯员。为了适当的分配报纸，必须有经常的发行交通网，他又必须与各个工厂、农村、兵营有密切的联系，以使党报能很快的经常的传到读者手中。党与群众的关系，因为党报的作用而要更加巩固与扩大，这就是伟大的组织作用。

> 因此，列宁告诉我们，党报不仅是集体的宣传者与鼓动者，并且同样是一种集体的组织者，这是非常重要的。②

1930 年 5 月，李立三撰写的《党报》一文，同样论述了党报的作用：

> 无产阶级政党是无产阶级革命的先锋队，因此他必须进

---

① 列宁：《从何着手》，《列宁全集》第 5 卷，第 8 页，人民出版社 1986 年 10 月第 2 版。

② 《提高我们党报的作用》，《红旗》，1930 年 3 月 26 日，中国社会科学院新闻研究所编：《中国共产党新闻工作文件汇编》（下卷），第 34－35 页。

行广泛的宣传鼓动的工作，以动员本阶级以及广泛的同盟军
（主要是农民）的极广大群众。所以党报的第三个任务，就
是要异常敏锐的抓住一切日常进行极广泛的政治宣传与鼓
动。如果没有这样经常的宣传鼓动工作，便无法动员广大群
众在党的政治口号之下行动起来！①

1930 年 5 月 10 日，《红旗》杂志刊载《党员对党报的责任》
一文，这样论述党报的作用：

> 列宁说：党报不仅是一个集体宣传者与鼓动者，而且是
> 一个集体的组织者。从列宁这句话便可以知道党报的作用是
> 多么伟大。
> 我们的党是无产阶级的前锋军，党报就是前锋军的旗
> 号，是全党的一座灯塔。我们每个党员不但应当拥护我们的
> 旗号，而且要使旗号的影响更加远大，使这座灯塔更放光
> 明，普照到广大工农劳苦群众中间去。②

1931 年 7 月 1 日，李卓然在《怎样建立健全的党报》一文
中指出：

> 关于党报的重要作用，列宁曾经说过：“党报可以而且
> 应该成为党的思想上的领导者，系统发挥理论的真理，策略
> 的原则，一般组织上的思想上的各个时期内一般的任务。”

---

　① 李立三：《党报》，1930 年 5 月 10 日，中国社会科学院新闻研究所编：《中国共产党新闻工作文件汇编》（下卷），第 127 页。
　② 《党员对党报的责任》，《红旗》，1930 年 5 月 10 日，中国社会科学院新闻研究所编：《中国共产党新闻工作文件汇编》（下卷），第 131 页。

又说："党报的作用，决不止于散布思想，政治教育和吸收政治的联盟者，党报——不但是一个集体的宣传者，集体的煽动者，还须是集体的组织者。"列宁这些名言，对于我们建立健全的党报实具有实际的指导作用。①

1933 年 8 月，李富春在《"红中"百期的战斗纪念》一文中写道：

　　"红中"目前在组织者的责任上说还赶不上宣传者的作用大，我以为"红中"今后不但要经过通讯员来扩大订阅组织读者，更要有系统的介绍各种群众性组织（如突击队、耕田队等）的作用和工作以及其经验，在一定的党的任务和苏维埃具体的号召中，同时提出完成这些号召的方式和组织的方法！②

1933 年 8 月，博古指出：

　　《红色中华》是苏区千百万群众的喉舌，是我们一切群众的集体宣传者与组织者。热望着"红中"更提高它的集体宣传者与组织者的作用。③

---

　　①　李卓然：《怎样建立健全的党报》，《战斗》第 1 期，1931 年 7 月 1 日，中国社会科学院新闻研究所编：《中国共产党新闻工作文件汇编》（下卷），第 146 页。
　　②　李富春：《"红中"百期的战斗纪念》，《红色中华》，1933 年 8 月 10 日，中国社会科学院新闻研究所编：《中国共产党新闻工作文件汇编》（下卷），第 153 页。
　　③　博古：《愿〈红色中华〉成为集体的宣传者和组织者》，《红色中华》，1933 年 8 月 10 日，中国社会科学院新闻研究所编：《中国共产党新闻工作文件汇编》（下卷），第 155 页。

1933 年 8 月，邓颖超指出：

> "红中"应成为中共和苏维埃中央的每一个战斗号召首先响应者，最积极努力的宣传者与组织者！成为全国革命运动的宣传者与组织者！①

1933 年 8 月，凯丰指出：

> 《红色中华》是中华苏维埃政府的一个机关报，他是争取从民族危机与经济浩劫，苏维埃出路中的不仅是集体的宣传者并且是集体的组织者。②

1933 年，博古在《我们应该怎样拥护红军的胜利》一文中指出：

> 报纸不仅是宣传者，它同时应该是组织者。③

可见，列宁那句著名的话，即"报纸不仅是集体的宣传员和集体的鼓动员，而且是集体的组织者"，在 20 世纪二三十年代的中国流传很广，几乎成了列宁的经典语录。陈力丹教授对这句话的提出背景与经过做过研究，他指出，列宁在创办《火星

---

① 邓颖超：《把"红中"活跃飞舞到全中国》，《红色中华》，1933 年 8 月 10 日，中国社会科学院新闻研究所编：《中国共产党新闻工作文件汇编》（下卷），第 158 页。

② 凯丰：《给〈红色中华〉百期纪念》，《红色中华》，1933 年 8 月 10 日，中国社会科学院新闻研究所编：《中国共产党新闻工作文件汇编》（下卷），第 161 页。

③ 博古：《我们应该怎样拥护红军的胜利》，中国社会科学院新闻研究所编：《中国共产党新闻工作文件汇编》（下卷），第 169 页。

报》之前设想，这家党报不是一般意义的党报，除了坚持马克思主义的办报方针外，还肩负着重要的建党任务。列宁在《火星报》第4号的社论《从何着手？》中阐述了完成这一任务的具体设想，其中就有那句经典语录。在这句语录中，"列宁所说的'集体'，是指当时分散在各地的党的各个小组或个人的总和，他们是俄国社会民主工党意义上的'集体'。列宁选择这个概念是很适当的，因为当时'党'实际上并不存在，如果说'党的组织者'显然不合适；但是说'未来的组织者'也不合适，因为毕竟各地小组派出过自己的代表，召开了第一次党代表大会，宣布了党的成立，这个党不是未来的，但现实中又失去了中央领导机构和系统的组织联系。在1903年党的二大召开后，党有了党代表大会选举产生的中央领导机构后，列宁再没有使用'集体的组织者'这样的概念说明党报的作用，'党报的组织作用'的概念也几乎没有使用过"。① 列宁在特殊时期使用的一个概念为什么会在中国广为流传？陈力丹指出，"由于斯大林后来成为苏联党和国家的主要领导人，于是他在1923年写的一篇文章《报刊是集体的组织者》得到广泛传播，造成'党报的组织作用'的概念和列宁关于'报纸是集体的组织者'语录的流行"。② 中国共产党人，在反复引证这一论断时，更多地根据斯大林的说法，而不是列宁的说法，虽然他们反复强调那是列宁的说法。

4. 党报群众工作思想

陈力丹教授指出，列宁"似乎有一种天然的接近报纸通讯员、了解下情的内在动力。列宁长期在国外主编党报，他最为痛

---

① 陈力丹：《马克思主义新闻思想概论》，第148－149页。
② 同上书，第149页。

苦的事情就是无法全面了解国内工人运动的真实情况。因而，每当遇到从国内来到编辑部的同志，他都要与之长谈。这种党报的编务环境使得列宁养成了通过报刊了解下情的工作习惯，从而在理论上提出了许多关于党报群众工作的论点"①。列宁的党报群众工作思想主要体现在有关党报发行工作的论述中。列宁的这一思想被引介到中国，并得到进一步阐发。

1930 年 3 月 26 日，《红旗》刊载的社论《提高我们党报的作用》有这样的论述：

> 我们看，列宁对于发行工作是如何的重视，他认为是准备暴动示威的"一半"。但是目前中国党内，对于发行问题是完全普遍存在着非列宁主义的观点。最大多数的同志，都只将发行工作看成"技术"工作，完全没有从政治上，从党与群众的关系上，去重视这一工作。目前中国党报在全国广大群众中不能起有力的领导作用，其中一个最根本的原因，就是没有建立普遍全国的发行网。这种现象是不能允许的，尤其到中国革命继续扩大发展的时候，扩大党报的发行，成了一个非常迫切的急待解决的问题。
>
> 同志们，读者们，我们想很快的促进革命高潮吗?! 请你赶快起来拥护中国共产党的党报，向它们写通讯，发表意见，以及尽量的扩大发行。②

1930 年 5 月，李立三撰写的《党报》一文也指出：

---

①   陈力丹：《马克思主义新闻思想概论》，第 142 页。
②   《提高我们党报的作用》，《红旗》第 87 期，1930 年 3 月 26 日，中国社会科学院新闻研究所编：《中国共产党新闻工作文件汇编》（下卷），第 38 页。

　　党报是要整个党的组织来办的，单只靠分配办党报的少数同志来做，不只是做不好，而且就失掉了党报的意义！所以每个党的组织以及每个党员都有他对于党报的严重的任务：第一读党报，第二发行党报，第三替党报做文章，特别是供给党报以群众斗争的实际情形和教训。这决不是少数管理党报工作的同志的任务，而是每个同志的任务，而且是比之纳党费，参加党的会议，还更重要十倍的必须尽的义务。如果哪一党员不参加党报的工作，便缺乏了他做党员的主要条件。

　　……不读党报，决不会了解党的政治路线；不发行党报决不能使党的政治影响深入广大群众中去；不替党报通信，便不能使党报迅速的反映群众的实际生活，总合实际斗争的经验。我们号召每个同志必须认识：

　　读党报，发行党报，替党报做文章，通信，参加一切党报工作，这是每个党员必须尽的义务！①

1930 年 5 月 10 日，《红旗》杂志刊载《党员对党报的责任》一文指出：

　　党员对党报的责任，具体说来，有下列几点：

　　第一，便是做党报的通讯员，尤其是工厂农村中的通讯员。党报的内容，要更能够反映工农群众的要求，要更能够代表广大劳苦群众的呼声，要更能指给劳苦群众以斗争的出路，则党报在群众中的通讯网，是绝对而必需的工具。做这种通讯员正是每个党员的责任。……全党的同志，应该自觉

---

① 李立三：《党报》，1930 年 5 月 10 日，中国社会科学院新闻研究所编：《中国共产党新闻工作文件汇编》（下卷），第 126 – 127 页。

的做党报的通讯员，使党报更能起集体的宣传鼓动与组织的作用。如果党报内容不合于宣传鼓动之用时，即使发行工作做得好——实际上也不会好，也必然失去了党报主要的作用。

第二，便是做好发行工作。……列宁说，发行工作做得好，已经是做了示威与暴动的准备工作之大半。党报的内容，无论如何丰富精彩，假使没有很好的发行工作将党报散布到一般党员以及群众中间，则党报的作用亦就等于失掉。因此，每个党员必须认为推销党报，尤其帮助建立全国全省发行交通网，是自己的一种天职。……

第三，读党报是每个党员的权利，同时也是每个党员的义务。……党员与党的正确关系，乃是建立在党员自觉的为党工作上，党报便是党的活动的指针。所以，不读党报——其严重的政治意义与不缴纳党费一样，便无从执行党员为党工作的起码条件，便使自己的政治生命，得不到党的政治粮食的滋养。①

1931 年 2 月 21 日，张闻天在《怎样完成党报的领导作用?》一文中强调："了解党报文章的供给是党的干部与每个实际工作负责者的主要的任务"，"党的工作的负责者经常阅读党报，经常为党报供给文章，是他的实际工作的有机组成部分，是他必须尽的责任"②。

1931 年 7 月 1 日，李卓然指出：

---

①　《党员对党报的责任》，《红旗》，1930 年 5 月 10 日，中国社会科学院新闻研究所编：《中国共产党新闻工作文件汇编》（下卷），第 131－133 页。
②　思美（张闻天）：《怎样完成党报的领导作用?》（报告），中国社会科学院新闻研究所编：《中国共产党新闻工作文件汇编》（下卷），第 141、144 页。

　　读党报，替党报做文章，帮助党报的发行，是每个党员实际工作中有机的组成部分而且是最重要政治任务之一，不要说，我不会做文章，没有空做文章，更不要推诿，说让会做文章的同志去做文章，因为这些只是你不积极参加党报工作的借口，使你消极地反对了党报集体的领导作用。[1]

　　综上可见，帮助党报做好发行，是列宁提倡的做好党报群众工作的一个重要方面，中国共产党人将其拓展为三个方面，即全体党员在帮助做好发行工作的同时，还要读党报，替党报做文章。通过这三项工作的开展，可以加强党报对群众的领导。这三项工作是要求全体党员来参加的，因此，这三项工作的开展，同时也是实现党组织办党报的有力途径。这一思想，为20世纪40年代延安时期中国共产党党报理论的形成，尤其是全党办报理论的提出，奠定了坚实的思想基础。

5. 党报宣传的有效形式

　　党报要做好宣传工作，如何做好宣传工作？1933年12月，张闻天在《关于我们的报纸》一文中写道：

　　　　列宁在十月革命后《论我们的报纸的性质》一文中谈到："我们还没有同具体的罪恶的负责者作切实的无情的与真正革命的战争。我们还很少从生活各个方面利用活的、具体的例子与模范来教育群众——而这正是从资本主义到共产主义的转变时期的主要任务。我们对于工厂内，农村中，军队内日常的生活方面还很少注意，而正是在那里建设着新

---

　　① 李卓然：《怎样建立健全的党报》，《战斗》第1期，1931年7月1日，中国社会科学院新闻研究所编：《中国共产党新闻工作文件汇编》（下卷），第147页。

的，在那里特别需要注意公开的，社会的批评，打击混蛋分子，号召学习好的"（列宁选集第五本第一七四页）。

　　列宁的这种批评，对于我们的报纸也是完全正确的。反对官僚主义必须把那些官僚主义者从他们的安乐窝里拖到苏维埃的舆论的前面。在全苏区的群众前面，具体的指出他们的一切罪恶，号召群众起来同这些官僚主义者做斗争。只有这样，才能打击与消灭官僚主义，才能在活的具体的事实上来教育广大的工农群众。

　　……

　　列宁在同一文章上说："在国有之后把那些还是那样纷乱、衰落、胡闹、偷懒的工厂，放到黑板上，这类工厂在那里？没有看到。但是实际上这类工厂是有的。如若不同资本主义传统的保存者进行战争，那我们不能完成我们的责任，如若我们沉默，容忍这类的工厂，那我们不是共产党员而是揩台布。我们不会在我们的报纸上这样进行阶级斗争象资产阶级那样去进行。请回想一下，资产阶级怎样在报纸上打击它的阶级敌人，怎样讥笑他们，怎样污辱他们，怎样从光天化日之下驱除他们，而我们呢？难道在资本主义到社会主义的过渡时期的阶级斗争，不是在于保护工人阶级的利益不受那些顽固地保持着资本主义的传统（习惯）的一些工人的阶层、团体与一小群人的侵犯吗？这些人还是象从前那样看待苏维埃政府：给它（苏维埃政府——洛甫注）少做些工，做得坏些，从'它'那里偷一些金钱。难道这样的混蛋，就是在苏维埃印刷厂，在沙尔莫夫与甫纪洛夫等厂的工人中还少有吗？但是我们捉到了几个，揭发了几个，把几个放到了耻辱的柱上？"

　　"报纸关于这个保持着沉默，如若写的时候也是官样文章的写法，而不象革命的报纸，不象阶级专政的机关报，用自己的行动证明出一切资本家与保持资本主义习惯的游手好闲的家伙的抵抗，将用钢的手腕打的粉碎。"（同上）在我们的苏维埃机关内，苏维埃国家企业内象列宁所说的这类保持着旧时在地主资产阶级统治下的传统的家伙，当然不在少数，然而我们的报纸保持着沉默。

　　……

　　列宁在同一篇文章又说："少数政治的清谈，少些知识分子的议论。更同生活接近些，更注意些怎样工农群众在实际上在他们的日常的工作中建设了某些新的东西。更多的去检查这些新的东西中有多少是带有共产主义意味的。"（同上）

　　……我们需要我们的报纸，如实的反映出苏维埃的实际，真正为党与苏维埃政府所提出的具体任务而斗争。我们不是沉醉于自己美妙的空想家，我们也不是由于我们自己工作的缺点与错误，陷于悲观失望的无气节分子。我们是从目前的现实出发，依照我们的路线改造这一现实而稳着脚步前进的马克思主义者。

　　……

　　我们不但要使我们的报纸成为集体的宣传者，而且也要它成为群众运动的组织者。把列宁这句名言拿来一千零一遍的背诵，并不能在实际上真正转变我们的工作。这里同样的需要坚持到底的布尔什维克的具体的实际工作。①

概而言之，中国共产党人引介的列宁的新闻思想如下：其

---

①　洛甫（张闻天）:《关于我们的报纸》,《斗争》第 38 期, 1933 年 12 月 1 日, 中国社会科学院新闻研究所编:《中国共产党新闻工作文件汇编》（下卷）, 第 179 – 184 页。

一，党报要勇于承担舆论监督的重任，要用"钢的手腕"同
"资本主义传统的保存者"进行斗争。其二，舆论监督的对象是
"具体的罪恶的负责者"，反官僚应具体地指出他们的一切罪恶，
这样才能要用"活的、具体的例子"来教育群众。其三，报纸
宣传要注意反映工农群众的生活实际，从现实的具体的实际出
发，坚持马克思主义，这样才能充分发挥党报的组织作用。

　　以上是列宁新闻思想的传入，"1935 年遵义会议后，开始走
向把列宁新闻思想和中国革命实践相结合的道路，奠定了延安新
闻界整风期间创建有中国特色的无产阶级党报学说的理论基
础"①。

三　法西斯主义新闻思想的影响

　　法西斯主义新闻思想是指，以墨索里尼、希特勒、戈培尔等
人为代表的法西斯主义者从其政治需要出发，对新闻事业的性
质、功能、作用等提出的一系列理论观点和理论体系。其理论基
础是"新闻即政治性本身"。法西斯主义新闻思想主要包括以下
几方面内容②：主张报纸是国家事务的一部分，应严格由政府控
制，不允许私人自由办报；报纸应绝对服从政府指挥，凡对法西
斯主义不忠者，不得从事新闻工作；报纸言论应趋于一致，新闻
工作者不应被言论出版自由的谬论所迷惑；报纸应是对群众进行
通俗政治教育和思想宣传的重要工具，应尽力向群众提供保持本
民族健康的内容；群众极易相信报纸宣传，因而报纸宣传对群众
具有极大的影响力；报纸宣传的根本目的在于使群众思想进一步

---

　　①　徐培汀、裘正义：《中国新闻传播学说史》，第 297 页。
　　②　参见甘惜分主编：《新闻学大辞典》，河南人民出版社，1993 年 5 月，第 87
页。

简单化，使他们将政治、经济生活的复杂过程理解为最简单的信条，以便更忠诚地为国家和民族服务；谣言重复千遍即可变为真理，报纸可以通过重复宣传争取群众相信；大谎话比小谎话更易使人相信，报纸宣传可以据此使群众将谎言信以为真理，等等。法西斯主义新闻思想在 20 世纪三四十年代的中国，产生了一定的影响。

1. 新闻检查合理性的论证

1939 年 1 月，国民党五届五中全会确立了"溶共、防共、限共、铲共"的方针，为中国法西斯主义新闻思想的形成奠定了政治基础。而国民党加以充分利用的法西斯主义新闻思想的核心是制定严格的新闻统制政策，即实行严厉的战时新闻检查制度。

国民党军事委员会战时新闻检查局副主任秘书孙义慈曾专门写作《战时新闻检查的理论与实际》一书，该书的一项重要任务就是论证新闻检查的合理性：

　　大家都还记得第一次欧战是德国吃了亏。德国为什么吃亏呢？许多人以为是德国的恶性通货膨胀，经济崩溃所致。但仔细研究起来，德国经济崩溃，固然是它吃亏的原因之一，但另外还有一个内在的重要原因，便是没有一个强固一贯的宣传政策，往往军事长官和外交官站在一个立场上说两种话，反映于新闻纸的，便是错杂纷歧，失掉了战时宣传的重心。鲁屯道夫曾说，德国之所以败，是没有泰晤士报，就是这个道理。

　　无论何国，战时宣传政策有积极与消极二种：积极的宣传政策，是领导全国各单位的宣传。消极的宣传政策，是取缔各方面不正当的宣传。新闻检查便是宣传政策的督导者，它具有消极和积极的两种性能。因为消极为积极的基础，没有消极，就没有积极，不能达到消极的目的，便不能发挥积极的力量。例如我们能制止反动宣传，然后始能建立战时的正当宣传，这意义很为明显。所以我们不能把消极二字看成平淡，新闻检查就是用消极的统制，而达到积极的意义的。例如纠正反动的新闻和反动言论，分析并指示宣传的方法，藉以集中战时宣传的力量，而维护国家民族的利益，就是一种积极的性质。因此，我们可以说，凡是消极的工作，都有积极的意义。所以也可以说，新闻检查是消极的宣传政策。如取缔了抵触国家利益的新闻和言论，使国家的新闻宣传，呈现了共同一致的阵容，而无纷歧错杂矛盾冲突的现象，对于战时宣传，助益甚大。假如没有这种督导的机构，加以统制，则言论庞杂，是非纷纭，为害之巨，岂可胜言！[①]

可见，新闻检查的最终目的是实现新闻统制。为了实现新闻统制，必须将新闻检查制度化：

> 站在国家民族的立场，来看新闻检查的制度，是有永久的需要，战时固然非此不可，平时也仍有存在的价值。我们为求新闻检查的推行，与时俱进，不受政局的影响，首先应把新闻检查制度确立起来。制度确立以后，就奠定了坚固不拔的基础，一切设施，就可有计划地进行，而新闻界人士的视听，也可随之转移。这样，新闻检查的本身，既可逐渐充实，新闻界藐视的态度，也必随之消失。[②]

---

① 孙义慈：《战时新闻检查的理论与实际》，第6—7页。
② 同上书，第50—51页。

　　新闻检查一旦制度化以后，不但可以在战时适用，在平时也可以推行，这样，才能真正实行严格的新闻统制。为达此目的，国民党将新闻检查制度法律化，以确保新闻检查制度的建立。

　　早在1938年8月，国民党政府就公布了《图书杂志原稿审查办法》。1939年3月，国民党通过了《国民精神总动员纲领及实施办法》，大力开展一个党、一个主义、一个领袖的宣传。1939年4月，国民党中央委员会给全国党部的《关于防制异党活动办法》中规定，没有国民党党员参加的报纸要限制创刊，各地印刷、派报、运输等与报纸出版有关的行业要对"异党"报刊的出版发行予以破坏和抵制。1939年6月，国民党正式成立战时新闻检查局。在这期间，国民党政府曾颁布以下法规文件：《抗战时期报纸通讯社声请登记及变更登记暂行办法》（1938年9月）、《战时新闻检查办法》（1939年5月）、《对于新闻发布统制办法》（1939年9月）、《战时新闻违检惩罚办法》（1939年12月）、《战时空军新闻限制事项》（1942年2月）、《战时图书杂志原稿审查办法》（1940年9月）、《杂志送审须知》（1942年4月）、《统一书刊审检办法》（1942年4月）、《图书送审须知》（1942年）、《新闻记者法》（1943年2月）、《战时新闻禁载标准》（1943年10月）等。

　　在这些法规的支持下，国民党政府的新闻检查与控制越来越严厉：

　　　　审查机关对于被禁止出版发行的书刊报纸，根本不向编著者说明查扣的理由，人们根本无法掌握审查标准。而且国民党的党部、军队、警察、宪兵、特务，都可以随意进行检查。即使经过审查合格的出版物，也被大量扣留。更有甚者，许多检查人员任意闯入私人住宅，胡乱翻检私人物品，随意拘捕工作人员。①

　　在这种情况下，国统区的进步报刊不得不采取与检查官进行说理，利用检查官的疏漏等方式来使稿件合法刊出。有的报刊甚至以"开天窗"等形式来反抗国民党政府的新闻检查。战时新闻检查制度严重影响了国统区新闻出版工作的顺利进行。

　　在严格的新闻检查制度下，已经没有什么新闻自由可言。这给进步的新闻事业带来危害，给进步的新闻事业带来一系列苦痛：

> 　　新闻检查在战时，原有其必要，这在每个国家都如此，我们原未可厚非……我们战地新闻工作者，最近所寄的通讯，大都受到严格的检查，这样检法，使我们深受到痛苦！因为这不只是严格，而往往是近乎过度。通讯中连"动员民众"的字样都不能提，连暴露伤兵医院院长的不负责任也不能写，甚至有时连我们原有的标题，也会被修改。如果是国文教员改作文的态度，那我们也表示欢迎，正因为我们的文章太幼稚，斧削斧削也好，实在各人行道不同，经验各异，因此一经删改，不是腰斩，便是使任何读者读不下去……我们战地记者，冒了枪林弹雨，冒了敌机轰炸到前方去采访，为了什么？是为了争取抗战胜利，是为了报道前方的真实……我们在工作上，比较少得到当局积极的指示（我国新闻政策，向来太偏重于消极方面，而忽略了积极方面）……我们盼望当局对于目前的新闻检查制度，有所改善。②

————————

　　①　方汉奇主编：《中国新闻事业通史》第 2 卷，第 679 页。
　　②　陆诒：《我对目前"新闻检查"要说的话》，《新闻记者》（中国青年新闻记者学会）第 6、7 期合刊，1938 年 10 月 10 日。

2. 新闻是"同化征服"的锐利武器

日本侵华期间，创办报刊是其重要的一种侵略形式。据统计[1]，1937 年到 1940 年，日伪在我国 19 个省的大中城市约有报纸 139 种，出版最多的时候达六七百种（东北地区尚未统计在内），其中稍具规模的大约有 200 多种，较大的杂志有 100 多种，各种汉奸组织办的主要报刊也有 200 种左右。这些汉奸报纸的存在，"培养"了一批汉奸报人。汉奸报人新闻思想的核心是法西斯主义新闻思想，其中管翼贤的新闻思想最具代表性。

管翼贤早年留学日本，毕业于东京法政大学政治经济科。20 年代，管翼贤曾任天津《益世报》驻京记者以及神州通讯社记者。1928 年，他创办了闻名一时的小型报《实报》。"九·一八"事变后，他也曾发表过抗日言论，举办过为抗日战士募捐药品等活动。北平沦陷后，沦为汉奸，担任过日伪政权新闻部门负责人，日本华北军报道部"中华新闻学院"的教务主任兼新闻学总论教授。1943 年，管翼贤纂辑的《新闻学集成》由"中华新闻学院"印行，"该书在理论层面是照搬法西斯新闻学说的"[2]。管翼贤曾说道：

> 新闻是一种日刊的年代记，把世界上各时代的现象，连续的直接的表现出来记录出来。全世界的各种事件，都由新闻来搜集、整理、解释、单纯化、图式化。并且凡是一度经由新闻滤过的世界，都相信它是客观的真实的。新闻是一种

---

①　刘家林：《中国新闻通史》（下），武汉大学出版社，1995 年 12 月，第 325 页。

②　单波：《20 世纪中国新闻学与传播学·应用新闻学卷》，复旦大学出版社，2001 年 10 月，第 135 页。

终局现象。真正发生的事件，在新闻上作为记录而表现出来，渐渐固定化、整理化。

这样看来，我们可以说新闻（注意其表现形态）是"现代"的事物化、相貌或征候，我们的社会知识，不外是由新闻所图式化了的社会形态。

因此，一方面新闻是虚伪的贮藏，是浸入人们知识之中的一种谬误。有人主张新闻只不过是为特定的利益关系者而制造的宣传物。虽然如此，而一般人在直观的形式上，仍然相信新闻所报道的事实是真实的。即使相信新闻是制造虚伪，然而因为缺乏能够判断真伪的正确标准，所以一般人的印象也就认为它是真实了。

"新闻化的世界"，对于一般社会人，是"真实的世界"，"真实的世界"变成了"虚伪的世界"。因为"新闻化的世界"被用作"真实世界"的判断规准了。在这种意义之下，占支配地位的，乃是判断的倒错。原来，作为人们意识事实的，是基于人们联合表象的意味的意识，是一种解释，是根据现在经验和过去经验以选择对自己有兴味的东西的关系意识，是一种假构。作为我们认识对象的现象世界，也是经验的内容，意识的内容，不外是人们所解释的世界。假如新闻所解释的记事，是传达实在之再现的观念，一切事象不由直接经验而存在于意识以内，那就是虚伪，是假构。

换言之，存在于我们意识之外的实在是虚伪，存在于我们意识之内的假构是真实。社会的事实，经过新闻而凝固于我们意识之中，因而，对于我们，在新闻上所显示的世界是真实，不在新闻上所显示的实在毋宁是虚伪。所谓真实不过是虚伪之一种，这句话最适合于新闻。新闻是"由伪作真"。纵然是完全虚伪的事实，只要新闻把它作为事实报告出来，在社会上就有实在性。新闻具有"由无生有"的神秘力。

新闻好像是一根魔术杖，一切东西，甚至空虚的东西，只要经新闻的魔术杖一接触，就获得客观性和具体性。因为新闻有一种特殊的力量，超越单纯报道（社会事实的反映）的机能以上。

近代，批判精神之所以集中于新闻，在于防止人们因新闻作用而屈服于新闻权威之下，使生活导入迷误，固执着原因与结果的倒逆，将为社会生活的新闻反而规定社会生活的那种谬误视为真实，而引起错误的社会行动。原因与结果的倒逆，虽是报道社会事业的存在和发生（原因）的新闻（结果）所记录的时间顺列，但是，成为我们知识的那种时间顺列，却是从观看新闻（原因）而知社会事实的存在和发生（结果）一事而生，因为实际上，在具有可订正性质的第一印象的知识的时间顺列之评价系统中，我们往往判断社会事实的存在本身。至如有意识的想来利用这种错觉，无非是要使新闻变为形成"同化征服"的锐利武器，变为"主观"的"客观化"或宣传的现实化的手段。于是，新闻遂成为支配多数个人的意识内容，以支配统一多数力量，而展开新的创造或高贵的社会目的的一种方法。①

管翼贤首先向我们揭示，由于对新闻的过度崇拜，人们在认识上产生了一种倒错，即常常把"新闻化的世界"当作"真实的世界"，而把"真实的世界"当作"虚伪的世界"。假如他的分析仅仅停留于此，完全可以从哲学认识论角度肯定其合理性，

---

①　管翼贤纂辑：《新闻学辑成》第 1 辑，中华新闻学院，1943 年 3 月，第 2－4 页。

或者"可以引发对新闻传播的文化批判"①。但管翼贤的目的不在于此，他明明知道这是一种认识上的"倒错"，却主张"有意识"地"利用这种错觉"，从而"使新闻变为形成'同化征服'的锐利武器"。他所说的新闻是"魔术杖"，一根能使"空虚的东西"获得客观性与具体性的"魔术杖"，实际上是说，新闻具有巨大的宣传威力，而这种力量用于"同化征服"，即用于"同化征服"受侵略的中国人民，会起到"由伪作真"的"魔术"般的效果，其法西斯主义新闻思想本质充分展现。

法西斯主义新闻思想的一个重要方面，就是如何看待民众。对此，管翼贤主张：

> 报纸的权威，可使读者把它看作一种神圣的报道，在原始社会，维持秩序和权威的，是民众迷信的表征，在现代社会的势力，便要算报纸了。因为根据人人心中皆有一种迷信的依赖新闻权威的心理。一般人在理性方面虽然知道新闻的报道，误传失真的记事，常占大部分，可是人们依然是很信赖，假令捏造一件虚伪的事，一经新闻登载，世人便都信以为真，新闻的权威常因登载怪奇的事而增大。新闻是一种权威，权威是"指导"，所以能成立心理的基础，美国伊查说："在近代生活不断前进中的民众，因被指导而前进的程度，过于急速，遂无余暇可以准备找寻进出目的地确实进路，所以没有正确理解新闻的完全资格与素养。"他们既无理解新闻的能力，他们的意见批评都是无条件赞成新闻，新闻本有选择内容的自由，选择新闻内容的自由权，完全操诸民众手中，新闻在道德上，有与社会相反的影响，其根源即在乎此。新闻既用新闻关系者的主观与倾向做基调来发生集

---

① 单波：《20 世纪中国新闻学与传播学·应用新闻学卷》，第 135 页。

团作用，自然要使集团内部具有同质批评力与向同质作用进展的同质反应力，新闻的影响如何，应受大众批评而不能反抗，故由大众批评力而言，新闻具有不独立性和依存性。社会群众中无知识失教养的人常占最多数，新闻都用这种的读者做目标，所以新闻不得不带有浅薄性和低劣性。①

在管翼贤看来，新闻报道有"误传失真"的情况，而且"常占大部分"，如果由此分析下去，本可以对新闻报道失实问题作一正确的理论探讨。但管翼贤却走向了反面，主张将错就错，把捏造的虚伪的事进行新闻报道，并让世人信以为真，以维护所谓的"报纸的权威"。管翼贤认为，群众是无知识的失教养的，因此"新闻不得不带有浅薄性和低劣性"。他以极端蔑视的态度来看待民众。管翼贤还曾说：

> 现代新闻既是以大众作基础，所以，读者层越扩大，越容易暴露出新闻的浅薄性和低劣性，因为一般大众是以无知识的、教养很低的人占多数的。而且这种读者的仆从性，常常会在"为了舆论"或"为了民众"等等美名之下，形成了民众的俗恶的理论，而置正确的舆论于不顾。②

在管翼贤眼中，民众不仅是无知识的，教养低的，而且具有"仆从性"。他强调民众的"仆从性"，认为可以通过"由伪作真"的新闻报道与宣传来奴化民众，再次暴露其法西斯主义新闻思想本质。

---

① 管翼贤纂辑：《新闻学辑成》第 1 辑，第 139－140 页。
② 管翼贤纂辑：《新闻学辑成》第 6 辑，中华新闻学院，1943 年 3 月，第 35 页。

需要指出的是，由于汉奸报纸与报人的存在，法西斯主义新闻思想在当时的中国还是相当有影响的，并产生了危害。中国无产阶级新闻人曾对此进行了尖锐的批评。陆定一指出：

> 在新闻事业方面，我们的观点也是老老实实的观点。这种观点，在我们党开始从事自己的新闻事业时，就有了的。抗战以来，党的新闻事业是大大的发展了，吸收了大批新的知识分子到这部门事业中来。吸收新的血液，乃是事业向前发展中必要的和必有的步骤。但随此以俱来的，则有事情的另一方面；抗战以后，参加党的新闻事业的知识分子，乃是来自旧社会的，他们之中，也就有人带来了旧社会的一套思想意识和一套新闻学理论。这套思想意识，这套新闻学理论，是很糊涂的，不大老老实实的，甚至是很不老老实实的，也就是不大科学的，甚至很不科学的。①

法西斯主义新闻观点就是其中的一种很不老老实实的、很不科学的观点。陆定一这样分析：

> 唯心论的"性质说"歪曲了客观现实，一方面，把人人可以懂得的新闻说得神乎其神，只能"吓唬土包子"，一点积极作用也没有；另一方面，对新闻事业还起了消极作用，因为如果相信了这种"性质说"，天天去玄而又玄的研究这个"性"或那个"性"，就一世也不会有结果，必致流入脱离事实，向壁虚造，无病呻吟，夸夸其谈。
>
> 这里，我们要专门来讨论一种特别重要的"性质说"，

---

① 陆定一：《我们对于新闻学的基本观点》，《解放日报》，1943年9月1日，张之华主编：《中国新闻事业史文选》，第264页。

这种"性质说"认为：新闻就是"政治性"之本身。

在阶级社会里，每条新闻归根结蒂总有其阶级性或政治性，这是对的，那末，如此说来，这种"政治性"的"性质说"岂不是正确的么？乍看起来，这的确是正确的。但如果仔细一看，就知道这种说法不仅是不正确的，而且异常阴险，异常恶毒，竟是法西斯的"新闻理论"基础。

……但是我们认为，这种政治性比起那个包含这种政治性的事实来，乃是第二性的、派生的、被决定的，而第一性的东西，最先有的东西，乃是事实而不是什么"政治性"。说"新闻就是政治性本身"就是把事实与其政治性的关系，头足倒置颠倒过来。

颠倒过来有什么害处呢？颠倒过来，立即就替造谣、曲解、吹牛等等开了大门。既然"新闻就是政治性本身"，凡是有政治性的都可以算新闻，那末，政治性的造谣、曲解、吹牛等等不是也就可以取得新闻的资格了么？德意日法西斯"新闻事业"专靠造谣吹牛吃饭，不靠报道事实吃饭，岂不也就振振有辞、有存在的资格了么？

……

最近几年，大后方反动派特务崽子们，在提倡所谓"三民主义的新闻原理"，这就是德意日法西斯"新闻理论"的变种。在这种"原理"之下，特务们提倡"合理的谣言"，公然伪造民意，压制舆论。①

由此可见，管翼贤神秘化的新闻理论，正是陆定一所批评的法西斯主义新闻理论。在陆定一看来，这种理论的本质就是颠倒

---

① 陆定一：《我们对于新闻学的基本观点》，《解放日报》，1943 年 9 月 1 日，张之华主编：《中国新闻事业史文选》，第 267－268 页。

了新闻事实与政治性的关系，误把政治性等同于新闻本身。中国无产阶级新闻思想是在批判包括法西斯主义新闻思想在内的旧新闻理论之基础上发展起来的。

参 考 文 献

1872 年

1. 《本馆告白》，《中外新闻七日报》，1872 年 4 月 6 日。
2. 《本馆告白》，《申报》，1872 年 4 月 30 日。
3. 《申江新报缘起》，《申报》，1872 年 5 月 6 日。
4. 《本馆自述》，《申报》，1872 年 5 月 8 日。

1873 年

5. 《论中国京报异于外国新报》，《申报》，1873 年 7 月 18 日。

1874 年

6. 《本局日报通启》，《循环日报》，1874 年 2 月 5 日。
7. 《本局告白》，《循环日报》，1874 年 2 月 5 日。

1875 年

8. 《论新报体裁》，《申报》，1875 年 10 月 8 日。

1876 年

9. 《觅请报事人》，《申报》，1876 年 1 月 22 日。
10. 《访请报事人》，《申报》，1876 年 2 月 23 日。
11. 《延请访事人》，《申报》，1876 年 3 月 14 日。

12. 《劝看民报》，《申报》，1876 年 5 月 19 日。

1883 年

13. 花之安：《新闻纸论》，《万国公报》第 15 年第 732 卷，1883 年 3 月 24 日。

1889 年

14. 《兴复万国公报序》，《万国公报》第 1 册，1889 年 2 月。

1894 年

15. 沈毓桂：《辞万国公报主笔启》，《万国公报》第 61 册，1894 年 2 月。

1902 年

16. 英敛之：《大公报序》，《大公报》，1902 年 6 月 17 日。

1905 年

17. 《论报馆之有益于国》，《东方杂志》第 2 年第 4 期，1905 年 5 月 28 日。

1906 年

18. 《告天津各报大主笔》，《大公报》，1906 年 7 月 1 日。

1912 年

19. 《梁启超启事》，《庸言》第 1 卷第 1 号，1912 年 12 月 1 日。

1919 年

20. 《新闻学研究会启事》，《北京大学日刊》，1919 年 1 月

27 日。

21. 《新闻周刊已出版》，《北京大学日刊》，1919 年 4 月 21 日。

22. 《新闻学研究会发给证书纪事》，《北京大学日刊》，1919 年 10 月 21 日。

23. 徐宝璜：《新闻学》，国立北京大学新闻学研究会，1919 年 12 月 1 日。

1923 年

24. 《最近之五十年》（申报馆五十周年纪念），申报馆，1923 年 2 月。

25. 邵飘萍：《实际应用新闻学》，北京京报馆，1923 年 9 月。

26. ［日］《普通新闻学》（《实际应用新闻学》附录），北京京报馆，1923 年 9 月。

1924 年

27. 邵飘萍：《新闻学总论》，北京京报馆，1924 年 6 月。

1925 年

28. 毛泽东：《〈政治周报〉发刊理由》，《政治周报》第 1 期，1925 年 12 月 5 日。

1927 年

29. 《远生遗著》第 1 卷，商务印书馆，1927 年 3 月。

30. 蒋国珍：《中国新闻发达史》，世界书局，1927 年 9 月。

1928 年

31. 周孝庵：《最新实验新闻学》，上海时事新报馆，1928 年 11 月。

32. 戈公振：《中国报学史》，上海商务印书馆，1928 年 10 月第
    2 版。

1929 年

33. 陈畏垒：《新闻纸之本质与任务》，《报学月刊》第 1 卷第 1
    期，1929 年 3 月。

34. 徐宝璜：《新闻纸与社会之需要》，《报学月刊》第 1 卷第 2
    期，1929 年 4 月。

35. 吴定九：《新闻事业经营法概要》，《报学月刊》第 1 卷第 2
    期，1929 年 4 月。

36. 王小隐：《中国新闻界之进步观》，《报学月刊》第 1 卷第 2
    期，1929 年 4 月。

37. 邵力子：《舆论与社会》，《报学月刊》第 1 卷第 2 期，1929
    年 4 月。

38. 戈公振：《新闻教育之目的》，《报学月刊》第 1 卷第 2 期，
    1929 年 4 月。

39. 邵飘萍：《我国新闻学进前之趋势》，傅双无编：《报学讨论
    集》，四川新闻学会，1929 年 4 月。

40. 傅双无：《中国报界今后应有之六大觉悟》，傅双无编：《报
    学讨论集》，四川新闻学会，1929 年 4 月。

41. 周孝庵：《报纸革命运动》，《报学月刊》第 1 卷第 3 期，
    1929 年 5 月。

42. 春明：《报馆编辑部之组织》，《报学月刊》第 1 卷第 3 期，
    1929 年 5 月。

1930 年

43. 陶孟和：《言论自由》，黄天鹏编：《新闻学论文集》，上海
    光华书局，1930 年 1 月。

44. 刘国桢：《舆论与社会》，黄天鹏编：《新闻学论文集》，上海光华书局，1930 年 1 月。

45. 吴天生：《中国之新闻学》，黄天鹏编：《新闻学论文集》，上海光华书局，1930 年 1 月。

46. 汪英宾：《中国报业应有之觉悟》，黄天鹏编：《新闻学论文集》，上海光华书局，1930 年 1 月。

47. 周孝庵：《中国最近之新闻事业》，黄天鹏编：《新闻学论文集》，上海光华书局，1930 年 1 月。

48. 程沧波：《报纸之使命》，黄天鹏编：《新闻学论文集》，上海光华书局，1930 年 1 月。

49. 采菊：《中国之新闻和舆论》，黄天鹏编：《新闻学论文集》，上海光华书局，1930 年 1 月。

50. 叶楚伧：《为国民党请愿于言论界》，黄天鹏编：《新闻学论文集》，上海光华书局，1930 年 1 月。

51. 徐宝璜：《论新闻学》，黄天鹏编：《新闻学论文集》，上海光华书局，1930 年 1 月。

52. 周孝庵：《新闻学上之精编之义》，黄天鹏编：《新闻学刊全集》，上海光华书局，1930 年 3 月。

53. 徐宝璜：《新闻学概论》，黄天鹏编：《新闻学刊全集》，上海光华书局，1930 年 3 月。

54. 王小隐：《新闻事业浅论》，黄天鹏编：《新闻学刊全集》，上海光华书局，1930 年 3 月。

55. 鲍振青：《予之中国新闻事业观》，黄天鹏编：《新闻学刊全集》，上海光华书局，1930 年 3 月。

56. 周鲠生：《对于中国报纸之几种希望》，黄天鹏编：《新闻学刊全集》，上海光华书局，1930 年 3 月。

57. 王伯衡：《中国与报纸》，黄天鹏编：《新闻学刊全集》，上海光华书局，1930 年 3 月。

58. 胡政之:《中国新闻事业》,黄天鹏编:《新闻学刊全集》,上海光华书局,1930 年 3 月。

59. 吴天放:《威廉论新闻学》,黄天鹏编:《新闻学刊全集》,上海光华书局,1930 年 3 月。

60. 《提高我们党报的作用》,《红旗》第 87 期,1930 年 3 月 26 日。

61. 吴定九:《新闻事业经营法》,上海联合书店,1930 年 4 月。

62. 张九如、周羲青:《新闻编辑法》,中华书局,1930 年 4 月第 3 版。

63. [日]杉村广太郎:《新闻概论》,上海联合书店,1930 年 5 月。

64. 问友: 《过去一百期的"红旗"》,《红旗》,1930 年 5 月 10 日。

65. 《党员对党报的责任》,《红旗》,1930 年 5 月 10 日。

66. 周孝庵:《报纸的实益主义》,《复旦大学新闻学系纪念刊》,1930 年 6 月。

67. 无用:《说新闻事业之兴趣》,《复旦大学新闻学系纪念刊》,1930 年 6 月。

68. [日]后籐武男:《新闻纸研究》,上海光华书局,1930 年 8 月。

69. 《我们的任务》,《红旗日报》发刊词,1930 年 8 月 10 日。

70. 黄天鹏:《新闻文学概论》,上海光华书局,1930 年 9 月。

71. 黄天鹏:《中国新闻事业》,上海联合书店,1930 年 9 月。

72. 潘公展:《新闻概说》,黄天鹏编:《新闻学名论集》,上海联合书店,1930 年 9 月第 2 版。

73. 徐宝璜:《新闻学讲话》,黄天鹏编:《新闻学名论集》,上海联合书店,1930 年 9 月第 2 版。

74. 邵飘萍:《中国新闻学不发达之原因及其事业之要点》,黄天鹏编：《新闻学名论集》，上海联合书店，1930 年 9 月第 2 版。

75. 吴贯因：《新闻职业化与科学化》，黄天鹏编：《新闻学名论集》，上海联合书店，1930 年 9 月第 2 版。

76. 亦乐：《舆论》，黄天鹏编：《新闻学名论集》，上海联合书店，1930 年 9 月第 2 版。

77. 赵君豪：《新闻与人生兴味》，黄天鹏编：《新闻学名论集》，上海联合书店，1930 年 9 月第 2 版。

78. 黄天鹏：《新闻运动之回顾》，黄天鹏编：《新闻学名论集》，上海联合书店，1930 年 9 月第 2 版。

79. 陶良鹤：《最新应用新闻学》，上海复旦大学新闻学会，1930 年 12 月。

1931 年

80. 于化龙：《新闻纸在中学历史科中之地位》，王澹如编：《新闻学集》，天津大公报西安分馆，1931 年 2 月。

81. 涂红霞：《小学应添入"读报"科》，王澹如编：《新闻学集》，天津大公报西安分馆，1931 年 2 月。

82. 曹锡胤：《对小学设读报科的商榷》，王澹如编：《新闻学集》，天津大公报西安分馆，1931 年 2 月。

83. 公弼：《报纸的言论》，王澹如编：《新闻学集》，天津大公报西安分馆，1931 年 2 月。

84. 戈公振：《告有志于报业者》，王澹如编：《新闻学集》，天津大公报西安分馆，1931 年 2 月。

85. 张知本：《新闻记者的三种责任》，王澹如编：《新闻学集》，天津大公报西安分馆，1931 年 2 月。

86. 鲁荡平：《新闻记者的责任》，王澹如编：《新闻学集》，天津大公报西安分馆，1931 年 2 月。

87. 徐华：《新闻与新闻的意义》，王澹如编：《新闻学集》，天津大公报西安分馆，1931 年 2 月。

88. 李公凡：《基础新闻学》，上海联合书店，1931 年 3 月。

89. 杜超彬：《新闻政策》，上海复旦大学新闻学会，1931 年 5 月。

90. 黄天鹏：《怎样做一个新闻记者》，上海联合书店，1931 年 5 月。

91. 郭箴一：《上海报纸改革论》，上海复旦大学新闻学会，1931 年 5 月。

92. 李卓然：《怎样建立健全的党报》，《战斗》第 1 期，1931 年 7 月 1 日。

93. 谢六逸：《新闻教育的重要及其设施》，黄天鹏编：《新闻学演讲集》，上海现代书局，1931 年 10 月。

94. 戈公振：《新闻学泛论》，黄天鹏编：《新闻学演讲集》，上海现代书局，1931 年 10 月。

95. 黄天鹏：《新闻讲话》，黄天鹏编：《新闻学演讲集》，上海现代书局，1931 年 10 月。

96. 郭步陶：《今日中国报界唯一的制命伤》，黄天鹏编：《新闻学演讲集》，上海现代书局，1931 年 10 月。

97. 樊仲云：《中国报纸的批评》，黄天鹏编：《新闻学演讲集》，上海现代书局，1931 年 10 月。

98. 戈公振：《报纸的将来》，黄天鹏编：《新闻学演讲集》，上海现代书局，1931 年 10 月。

99. 《中国新闻学研究会宣言》，《文艺新闻》第 33 号，1931 年 10 月 26 日。

1932 年

100. 成舍我：《中国报纸之将来》，《新闻学研究》，1932 年。

101. 胡政之：《我的理想中之新闻事业》，《新闻学研究》，1932 年。

102. 孙瑞芹：《对于中国报纸之普遍观察》，《新闻学研究》，1932 年。

103. 郭德浩：《新闻事业者所负之使命》，《新闻学研究》，1932 年。

104. 戈公振：《报业商业化之前途》，李锦华、李仲诚编：《新闻言论集》，广州新启明印务公司，1932 年 4 月。

105. 戈公振：《报学教育》，李锦华、李仲诚编：《新闻言论集》，广州新启明印务公司，1932 年 4 月。

106. 公弼：《报纸的言论》，李锦华、李仲诚编：《新闻言论集》，广州新启明印务公司，1932 年 4 月。

107. 《戈公振在记者会演说》，李锦华、李仲诚编：《新闻言论集》，广州新启明印务公司，1932 年 4 月。

108. 樊仲云：《中国新闻事业的危机》，李锦华、李仲诚编：《新闻言论集》，广州新启明印务公司，1932 年 4 月。

109. 袁殊：《上海报纸之批评》，李锦华、李仲诚编：《新闻言论集》，广州新启明印务公司，1932 年 4 月。

110. 李锦成：《对于发振新闻事业的我见》，李锦华、李仲诚编：《新闻言论集》，广州新启明印务公司，1932 年 4 月。

1933 年

111. 任白涛：《应用新闻学》，上海亚东图书馆，1933 年 2 月第 5 版。

112. 黄天鹏：《新闻学入门》，上海光华书局，1933 年 4 月。

113. 舒宗侨：《新闻纸之舆论性》，《明日的新闻》第 8 期，1933 年 4 月 15 日。

114. 沙凤歧：《报纸与社会》，《明日的新闻》第 9 期，1933 年 5

月 1 日。

115. 曾铁忱：《到新闻记者之路（上）》，《民国新闻》第 1 卷第
　　 1 期，1933 年 5 月 1 日。

116. 吴晓芝：《新闻学之理论与实用》，和济印书局，1933 年
　　 8 月。

117. 李富春：《“红中”百期的战斗纪念》，《红色中华》，1933
　　 年 8 月 10 日。

118. 博古：《愿〈红色中华〉成为集体的宣传者和组织者》，
　　 《红色中华》，1933 年 8 月 10 日。

119. 邓颖超：《把“红中”活跃飞舞到全中国》，《红色中华》，
　　 1933 年 8 月 10 日。

120. 凯丰：《给〈红色中华〉百期纪念》，《红色中华》，1933
　　 年 8 月 10 日。

121. 郭步陶：《编辑与评论》，商务印书馆，1933 年 9 月。

122. 何子恒：《论中国所需要的言论出版集会结社的自由》，管
　　 照微编：《新闻学论集》，上海汉文正楷印书局，1933 年
　　 10 月。

123. 郭步陶：《今日中国报界应有的觉悟》，管照微编：《新闻学
　　 论集》，上海汉文正楷印书局，1933 年 10 月。

124. 袁殊：《新闻学论》，管照微编：《新闻学论集》，上海汉文
　　 正楷印书局，1933 年 10 月。

125. 东生：《封建势力在报纸上》，管照微编：《新闻学论集》，
　　 上海汉文正楷印书局，1933 年 10 月。

126. 陶希圣：《社会的黑暗面与世界的决斗场》，管照微编：《新
　　 闻学论集》，上海汉文正楷印书局，1933 年 10 月。

127. 樊仲云：《舆论与新闻》，管照微编：《新闻学论集》，上海
　　 汉文正楷印书局，1933 年 10 月。

128. 李兴：《资本主义新闻事业的危机》，管照微编：《新闻学论

集》，上海汉文正楷印书局，1933 年 10 月。

129. 谢六逸：《新时代的新闻记者》，管照微编：《新闻学论集》，上海汉文正楷印书局，1933 年 10 月。

130. 曹用先：《新闻学》，商务印书馆，1933 年 12 月。

131. 洛甫（张闻天）：《关于我们的报纸》，《斗争》第 38 期，1933 年 12 月 1 日。

132. 孔昭：《报纸革命》，《民国新闻》第 1 卷第 2 期，1933 年 12 月 12 日。

133. 花应时：《理想中的新闻纸》，《民国新闻》第 1 卷第 2 期，1933 年 12 月 12 日。

134. 张鹤魂：《社会新闻之我见》，《民国新闻》第 1 卷第 2 期，1933 年 12 月 12 日。

135. 雁寒：《新闻事业的前瞻》，《民国新闻》第 1 卷第 2 期，1933 年 12 月 12 日。

1934 年

136. 黄天鹏：《新闻学概要》，中华书局，1934 年 2 月。

137. 张君良：《新闻教育机关与报业协作》，《报学季刊》创刊号，1934 年 10 月 10 日。

138. 米星如：《怎样协作起来?》，《报学季刊》创刊号，1934 年 10 月 10 日。

1935 年

139. 窦定（J. F. Durind）：《中国新闻教育方针的商榷》，邓树勋译，《报学季刊》第 1 卷第 2 期，1935 年 1 月 1 日。

140. 君良：《发展边区及内地新闻教育》，《报学季刊》第 1 卷第 2 期，1935 年 1 月 1 日。

141. 郭步陶：《造就新闻人才和办理新闻事业有彻底合作的必

要》，《新闻学期刊》，1935 年 2 月。

142. 丁伯骝：《新闻价值与记者价值》，《新闻学期刊》，1935 年
　　 2 月。

143. 德亮：《服务报界之罪言》，《新闻学期刊》，1935 年 2 月。

144. 郑瑞梅：《报纸营业之方针》，《新闻学期刊》，1935 年
　　 2 月。

145. 沙凤歧：《何谓舆论》，《新闻学期刊》，1935 年 2 月。

146. 项士元：《如何使新闻事业真正民众化》，《报学季刊》第 1
　　 卷第 3 期，1935 年 3 月 29 日。

147. 惜莹：《新闻教育问题》，《报学季刊》第 1 卷第 3 期，1935
　　 年 3 月 29 日。

148. 胡汉君：《新闻教育与教育新闻》，《报学季刊》第 1 卷第 3
　　 期，1935 年 3 月 29 日。

149. 高雪汀：《普及新闻教育与汉字改造》，《报学季刊》第 1
　　 卷第 3 期，1935 年 3 月 29 日。

150. 潘觉：《怎样普及新闻教育》，《报学季刊》第 1 卷第 3 期，
　　 1935 年 3 月 29 日。

151. 成舍我：《我所理想的新闻教育》，《报学季刊》第 1 卷第 3
　　 期，1935 年 3 月 29 日。

152. 凌鸿基：《我所受的新闻教育》，《报学季刊》第 1 卷第 3
　　 期，1935 年 3 月 29 日。

153. 郭步陶：《新闻事业和共通原则》，《报学季刊》第 1 卷第 3
　　 期，1935 年 3 月 29 日。

154. 傅襄谟：《新闻本质及其科学体系》，《报学季刊》第 1 卷
　　 第 3 期，1935 年 3 月 29 日。

155. 赵坤良：《新闻究竟是什么?》，《报学季刊》第 1 卷第 4 期，
　　 1935 年 8 月 15 日。

156. 汤炳正：《小型报的缺点及其改善办法》，《报学季刊》第 1

卷第 4 期，1935 年 8 月 15 日。

157. Frank L. Martin：《新闻教育之价值》，《报人世界》第 1 期，1935 年 8 月。

158. 《我们的宣言》，《立报》，1935 年 9 月 20 日。

159. 邹韬奋：《大报和小报》，《大众生活》创刊号，1935 年 11 月 16 日。

1936 年

160. 马星野：《新闻职业与大学教育》，《报展》（上海复旦大学 30 周年纪念·世界报纸展览会纪念刊），1936 年 1 月。

161. 成舍我：《三种报纸的出路》，《报展》（上海复旦大学 30 周年纪念·世界报纸展览会纪念刊），1936 年 1 月。

162. 吴秋尘：《小型报》，《报展》（上海复旦大学 30 周年纪念·世界报纸展览会纪念刊），1936 年 1 月。

163. 梁士纯：《中国报业的几个好现象》，《报展》（上海复旦大学 30 周年纪念·世界报纸展览会纪念刊），1936 年 1 月。

164. 谢小鲁：《新闻与广告之伦理观》，《报展》（上海复旦大学 30 周年纪念·世界报纸展览会纪念刊），1936 年 1 月。

165. 郭步陶：《统制新闻方法有改善之必要》，《报展》（上海复旦大学 30 周年纪念·世界报纸展览会纪念刊），1936 年 1 月。

166. 杜绍文：《我国报业的新路》，《报展》（上海复旦大学 30 周年纪念·世界报纸展览会纪念刊），1936 年 1 月。

167. 汪远涵：《中国报业的出路问题》，《报展》（上海复旦大学 30 周年纪念·世界报纸展览会纪念刊），1936 年 1 月。

168. 李家禄：《谈谈小型报》，《报展》（上海复旦大学 30 周年纪念·世界报纸展览会纪念刊），1936 年 1 月。

169. 梁士纯：《中国新闻教育之现状与将来》，燕京大学新闻学系，1936 年 5 月。

170. 张友渔：《新闻之理论与现象》，太原中外语文学会，1936年 6 月。

171. 刘觉民：《报业管理概论》，商务印书馆，1936 年 6 月。

172. 高纯斋：《不良小报应严加取缔》，《平津新闻学会会刊》第 1 期，1936 年。

173. 陶良鹤：《对我国新闻界一点感想》，《平津新闻学会会刊》第 1 期，1936 年。

174. 梁士纯：《战时的舆论及其统制》，北京燕京大学新闻学系，1936 年。

175. 王亚明：《报纸和社会的关系》，《新闻纸展览特刊》（汉口市新闻纸杂志暨儿童读物展览会纪念刊），1936 年。

176. 赵惜梦：《报纸与国防》，《新闻纸展览特刊》（汉口市新闻纸杂志暨儿童读物展览大会纪念刊），1936 年。

1937 年

177. 赵占元：《国防新闻事业之统制》，上海汗血书店，1937 年2 月。

1938 年

178. 王新常：《抗战与新闻事业》，商务印书馆，1938 年 2 月。

179. 张季鸾：《无我与无私》，《新闻记者》（中国青年新闻记者学会）第 1 卷第 3 期，1938 年 6 月 1 日。

180. 陈子玉：《战时新闻纸的几个重要问题》，《新闻记者》（中国青年新闻记者学会）第 1 卷第 3 期，1938 年 6 月 1 日。

181. 成舍我：《"纸弹"亦可歼敌》，《新闻记者》（中国青年新闻记者学会）第 1 卷第 3 期，1938 年 6 月 1 日。

182. 钟期森：《论战时新闻政策》，《新闻记者》（中国青年新闻记者学会）第 1 卷第 4 期，1938 年 7 月 1 日。

183. 成舍我：《"纸弹"亦可歼敌》（续完），《新闻记者》（中国青年新闻记者学会）第 1 卷第 4 期，1938 年 7 月 1 日。

184. 任毕明：《战时新闻学》，汉口光明书局，1938 年 7 月。

185. 傅于琛：《舆论界在三期抗战中的两大任务》，《新闻记者》（中国青年新闻记者学会）第 1 卷第 5 期，1938 年 8 月 1 日。

186. 舒宗侨：《一年来战时宣传政策与工作的检讨》，《新闻记者》（中国青年新闻记者学会）第 1 卷第 5 期，1938 年 8 月 1 日。

187. 田玉振：《抗战建国现阶段中谈谈报纸编辑方针》，《新闻记者》（中国青年新闻记者学会）第 1 卷第 5 期，1938 年 8 月 1 日。

188. 赵君豪：《中国近代之报业》，香港申报馆，1938 年 9 月。

189. 陆诒：《我对目前"新闻检查"要说的话》，《新闻记者》（中国青年新闻记者学会）第 1 卷第 6、7 期合刊，1938 年 10 月 10 日。

190. 王克让：《报纸应该大众化》，《新闻记者》（中国青年新闻记者学会）第 1 卷第 8 期，1938 年 11 月 1 日。

191. 马季廉：《新闻事业的新需要》，《新闻记者》（中国青年新闻记者学会）第 1 卷第 8 期，1938 年 11 月 1 日。

192. 胡愈之：《抗战新阶段中新闻记者的任务》，（中国青年新闻记者学会）第 1 卷第 9、10 期合刊，1938 年 12 月 10 日。

193. 张友鸾：《战时新闻纸》，中山文化教育馆，1938 年 12 月。

1939 年

194. 杜绍文：《中国报人之路》，浙江省战时新闻学会，1939 年 7 月。

195. 沈锜：《战时言论出版自由》，《新闻学季刊》创刊号，1939 年 11 月 20 日。

196. 俞颂华：《论报业道德》，《新闻学季刊》创刊号，1939 年 11 月 20 日。

1940 年

197. 《华北新闻记者讲习会讲义录》，华北新闻记者讲习会，1940 年 1 月。

198. 青记总会：《给全国会友一封信》，《新闻记者》（中国青年新闻记者学会）第 2 卷第 8 期，1940 年 9 月 1 日。

199. 刘汉兴：《小型报纸的检讨》，《新闻学季刊》第 1 卷第 3 期，1940 年 10 月 12 日。

200. 潘焕昆：《报纸杂志化问题》，《新闻学季刊》第 1 卷第 3 期，1940 年 10 月 12 日。

201. 恽逸群：《中国新闻事业今后的展望》，《新闻记者》（中国青年新闻记者学会）第 2 卷第 9 期，1940 年 12 月 1 日。

1941 年

202. 恽逸群：《新闻与政治》，《新闻记者》第 2 卷第 10 期，1941 年 3 月 16 日。

203. 孙义慈：《战时新闻检查之理论与实际》，重庆军事委员会战时新闻检查局，1941 年 6 月。

204. 任白涛：《综合新闻学》，商务印书馆，1941 年 7 月。

205. 武希辕：《趣味本位新闻观批判》，《新闻学季刊》第 1 卷第 4 期，1941 年 7 月 20 日。

206. 汪惠吉：《我国战时新闻检查制度概述》，《新闻学季刊》第 1 卷第 4 期，1941 年 7 月 20 日。

207. 许兴邦：《中国小型报纸》，《报学》第 1 卷第 1 期，1941

年 8 月 1 日。

208. 管雪斋：《言论自由的检讨（上）》，《新闻学季刊》第 2 卷 第 1 期，1941 年 11 月 20 日。

209. 武月卿：《泛论社会服务版》，《新闻学季刊》第 2 卷第 1 期，1941 年 11 月 20 日。

210. 汪英宾：《报业管理要义》，《新闻学季刊》第 2 卷第 1 期，1941 年 11 月 20 日。

211. 杜绍文：《战时报学讲话》，战地图书出版社，1941 年 8 月。

212. 许邦兴：《中国小型报纸》，《报学》第 1 卷第 1 期，1941 年 8 月 1 日。

1942 年

213. 章丹枫：《近百年来中国报纸之发展及其趋势》，上海开明 书店，1942 年 2 月。

214. 管雪斋：《言论自由的检讨（下）》，《新闻学季刊》第 2 卷 第 2 期，1942 年 2 月 20 日。

215. 吴宪增：《国民基本新闻学》，北京文兴书局，1942 年 3 月。

216. 《致读者——〈解放日报〉改版社论》，《解放日报》，1942 年 4 月 1 日。

217. 《报纸和新的文风》，《解放日报》，1942 年 8 月 4 日。

218. 《展开通讯员工作》，《解放日报》，1942 年 8 月 25 日。

219. 黄天鹏：《四十年来中国新闻学之演进》，《中国新闻学会年 刊〈1〉》，1942 年 9 月 1 日。

220. 张学远：《中央政治学校的新闻教育》，《中国新闻学会年刊 〈1〉》，1942 年 9 月 1 日。

221. 马星野：《ABC 三国出版自由之比较研究》，《中国新闻学会年刊〈1〉》，1942 年 9 月 1 日。

222. 《中国新闻学会宣言》，《中国新闻学会年刊〈1〉》，1942
     年 9 月 1 日。

223. 《党与党报》，《解放日报》，1942 年 9 月 22 日。

224. 叶明勋：《舆论的形成》，建国出版社，1942 年 11 月。

1943 年

225. 管翼贤纂辑：《新闻学辑成》第 1－6 辑，中华新闻学院，
     1943 年 3 月。

226. 陆定一：《我们对于新闻学的基本观点》，《解放日报》，
     1943 年 9 月 1 日。

227. 容又铭：《世界报业现状》，桂林铭真出版社，1943 年
     10 月。

1944 年

228. 吴宪增：《中国新闻教育史》，石门新报社，1944 年 5 月。

229. 程其恒：《各国新闻事业概述》，国民图书出版社，1944 年
     1 月。

230. 《本报创刊一千期——〈解放日报〉社论》，《解放日报》，
     1944 年 2 月 16 日。

231. 马星野：《新闻自由与世界和平》，《中央日报》，1944 年 9
     月 24 日。

232. 马星野：《到世界新闻自由之路》，《扫荡报》，1944 年 11
     月 9 日。

1945 年

233. 马星野：《现阶段之国际新闻自由运动》，《扫荡报》，1945
     年 4 月 3 日。

234. 《提高一步》,《解放日报》, 1945 年 5 月 16 日。

235. 张西林:《最新实验新闻学》, 中华文化出版社, 1945 年 7 月。

236. 桑榆:《新闻背后》, 复兴出版社, 1945 年 8 月。

1946 年

237. 胡乔木:《人人要学会写新闻》,《解放日报》, 1946 年 9 月 1 日。

238. 詹文浒:《报业经营与管理》, 正中书局, 1946 年 11 月。

239. 刘豁轩:《报学论丛》, 天津益世报社, 1946 年 12 月。

1947 年

240. 宫达非:《大众化编写工作》, 鲁中大众社, 1947 年 3 月。

241. 陆铿:《新闻自由的赘瘤》,《新闻学季刊》第 3 卷第 1 期, 1947 年 5 月 20 日。

242. 韦恒章:《新闻道德之研究》,《新闻学季刊》第 3 卷第 1 期, 1947 年 5 月 20 日。

243. 恽逸群:《新闻学讲话》, 冀中新华书店, 1947 年 7 月。

244. 《新闻事业》, 行政院新闻局, 1947 年 11 月。

245. 东北日报社编:《新闻工作手册》, 东北书店, 1947 年 11 月。

246. 《新闻工作法令辑要》第二辑, 全国新闻工作检讨会议秘书处, 1947 年 11 月。

247. 成舍我、马星野、陈博生、曾虚白:《当前报业的几个实际问题》,《新闻学季刊》第 3 卷第 2 期, 1947 年 12 月 25 日。

248. 邵燕平:《黄色新闻之罪恶》,《新闻学季刊》第 3 卷第 2 期, 1947 年 12 月 25 日。

1948 年

249. 马星野：《新闻自由论》，南京中央日报社，1948 年 3 月。

250. 储玉坤：《现代新闻学概论》，世界书局，1948 年 4 月增订第 3 版。

251. 金照：《怎样写新闻通讯》，大连大众书店，1948 年 6 月第 3 版。

252. 杜绍文：《新闻学之新理论的新体系》，《大众新闻》创刊号，1948 年 6 月 1 日。

253. 《新闻与大众——代发刊词》，《大众新闻》创刊号，1948 年 6 月 1 日。

254. 胡博明：《"纯粹新闻学"的任务》，《大众新闻》第 1 卷第 2 期，1948 年 6 月 16 日。

255. 储玉坤：《论我国新闻教育》，《报学杂志》第 1 卷第 2 期，1948 年 9 月 16 日。

256. 曾虚白：《注重通才的培养》，《报学杂志》第 1 卷第 2 期，1948 年 9 月 16 日。

257. 朱沛人：《改造新闻教育》，《报学杂志》第 1 卷第 2 期，1948 年 9 月 16 日。

258. 武道：《中国新闻教育的现状与急需》，《报学杂志》第 1 卷第 3 期，1948 年 10 月 1 日。

259. 袁昶超：《初期的报学教育》，《报学杂志》第 1 卷第 4 期，1948 年 10 月 16 日。

260. 钟华俎：《敬与武道教授论中国新闻教育》，《报学杂志》第 1 卷第 4 期，1948 年 10 月 16 日。

261. 冯列山：《什么是新闻学？》，《报学杂志》第 1 卷第 5 期，1948 年 11 月 1 日。

262. 袁昶超：《中国的报学教育》，《报学杂志》第 1 卷第 5 期，

1948 年 11 月 1 日。

263. 陈裕清:《新型的新闻教育》,《报学杂志》第 1 卷第 5 期,
1948 年 11 月 1 日。

264. 王公亮:《进步的新闻教育》,《报学杂志》第 1 卷第 6 期,
1948 年 11 月 16 日。

265. 袁昶超:《报学教育的目标》,《报学杂志》第 1 卷第 6 期,
1948 年 11 月 16 日。

266. 张啸虎:《论记者的人生观(上)》,《报学杂志》第 1 卷第
6 期,1948 年 11 月 16 日。

267. 何敬仁:《报人精神的认识》,《报学杂志》第 1 卷第 6 期,
1948 年 11 月 16 日。

268. 钟华姐:《论今后报纸的路向》,《报学杂志》第 1 卷第 6
期,1948 年 11 月 16 日。

269. 戴仲坚:《新闻伦理化问题》,《报学杂志》第 1 卷第 6 期,
1948 年 11 月 16 日。

270. 白宝善:《论新闻系与新闻界之合作》,《报学杂志》第 1
卷第 7 期,1948 年 12 月 1 日。

271. 袁昶超:《报学系课程概述》,《报学杂志》第 1 卷第 7 期,
1948 年 12 月 1 日。

272. 刘觉民:《中国新闻事业未来的特质》,《报学杂志》第 1
卷第 7 期,1948 年 12 月 1 日。

273. 张啸虎:《论记者的人生观(下)》,《报学杂志》第 1 卷第
7 期,1948 年 12 月 1 日。

274. 戴永福:《论报纸的标准》,《报学杂志》第 1 卷第 7 期,
1948 年 12 月 1 日。

275. 余予:《假如我再念报学系》,《报学杂志》第 1 卷第 8 期,
1948 年 12 月 16 日。

276. 袁昶超:《报学教育和职业训练》,《报学杂志》第 1 卷第 8

期，1948 年 12 月 16 日。

277. 张啸虎：《报格论》，《报学杂志》第 1 卷第 8 期，1948 年
12 月 16 日。

1949 年

278. 袁昶超：《报学教育的前途》，《报学杂志》第 1 卷第 9 期，
1949 年 1 月 1 日。

279. 马星野：《今后的报学杂志》，《报学杂志》第 1 卷第 9 期，
1949 年 1 月 1 日。

280. 穆加恒：《商业广告的净化问题》，《报学杂志》第 1 卷第
10 期，1949 年 1 月 16 日。

281. 《新闻工作文献》，华中新华书店，1949 年 2 月。

1977 年

282. 张枬、王忍之编：《辛亥革命前十年间时论选集》第 3 卷，
三联书店，1977 年 12 月。

1980 年

283. 〔美〕威尔伯·施拉姆等：《报刊的四种理论》，新华出版
社，1980 年 11 月。

284. 中国社会科学院新闻研究所编：《中国共产党新闻工作文件
汇编》，新华出版社，1980 年 12 月。

1981 年

285. 方汉奇：《中国近代报刊史》，山西人民出版社，1981 年
6 月。

1982 年

286. 马星野:《黄天鹏先生的精神》,(台湾)《中外杂志》第 32 卷第 2 期,1982 年 8 月。

1983 年

287. 张之华:《党和人民争取言论出版自由的斗争综述》,《新闻学论集》第 5 辑,中国人民大学出版社,1983 年 1 月。
288. 《毛泽东新闻工作文选》,新华出版社,1983 年 12 月。

1984 年

289. 萨空了:《我与〈立报〉》,《新闻研究资料》总第 25 辑,中国社会科学出版社,1984 年 5 月。

1985 年

290. 马光仁:《我国新闻法的演变及争取言论自由的斗争》,《新闻大学》第 10 期,复旦大学出版社,1985 年 7 月。
291. 孙晓阳:《论邵飘萍的办报思想》,《新闻学论集》第 9 辑,中国人民大学出版社,1985 年 9 月。

1986 年

292. 《邓拓文集》,北京出版社,1986 年 4 月。
293. 宁树藩:《"有闻必录"考》,《新闻研究资料》总第 34 辑,中国新闻出版社,1986 年 8 月。
294. 杨光辉等编:《中国近代报刊发展概况》,新华出版社,1986 年 9 月。
295. 冯国和:《论黄远生的新闻思想及其办报方针》,《吉林大学社会科学学报》,1986 年第 6 期。

1987 年

296. 张宗厚：《国民党政府统治时期的新闻法制》，《新闻学论集》第 11 辑，中国人民大学出版社，1987 年 4 月。

297. 胡太春：《中国近代新闻思想史》，山西人民出版社，1987 年 7 月。

298. 复旦大学新闻系新闻史教研室编：《中国新闻史文集》，上海人民出版社，1987 年 11 月。

299. 松本君平、休曼、徐宝璜、邵飘萍著，余家宏、宁树藩、徐培汀、谭启泰编注：《新闻文存》，中国新闻出版社，1987 年 12 月。

1991 年

300. 黄文彬：《试析徐宝璜的新闻本质论》，《武汉大学学报》，1991 年第 5 期。

301. 王敬东、周凤：《早期〈申报〉业务创新拾零》，《新闻研究资料》总第 53 辑，中国社会科学出版社，1991 年 8 月。

302. 方汉奇：《报史与报人》，新华出版社，1991 年 12 月。

1992 年

303. 夏晓虹 主编：《梁启超文选》，中国广播电视出版社，1992 年。

304. 张涛：《中华人民共和国新闻史》，经济日报出版社，1992 年 6 月。

305. 方汉奇、陈业劭主编：《中国当代新闻事业史》，新华出版社，1992 年 12 月。

1993 年

306. 甘惜分主编:《新闻学大辞典》,河南人民出版社,1993 年。

307. 王刚:《萨空了新闻思想初探》,《新闻研究资料》总第 60 辑,中国社会科学出版社,1993 年 3 月。

308. 高云才:《论章太炎新闻思想》,《中国人民大学学报》,1992 年第 6 期。

309. 〔澳〕特里·纳里莫:《中国新闻业的职业化历程——观念转换与商业化过程》,《新闻研究资料》总第 58 辑,中国社会科学出版社,1992 年 9 月。

1994 年

310. 徐培汀、裘正义:《中国新闻传播学说史》,重庆出版社,1994 年 3 月。

1995 年

311. 陈江、陈庚初编:《谢六逸文集》,商务印书馆,1995 年 1 月。

312. 刘家林:《中国新闻通史》,武汉大学出版社,1995 年 12 月。

313. 《列宁选集》,人民出版社,1995 年 6 月第 3 版。

1996 年

314. 方汉奇主编:《中国新闻事业通史(第 2 卷)》,中国人民大学出版社,1996 年 5 月。

315. 蔡铭泽:《三十年代国民党新闻政策的演变》,《新闻与传播研究》,1996 年第 2 期。

316. 胡正强：《蔡元培新闻思想论略》，《新闻与传播研究》，
　　　1996 年第 2 期。
317. 陈力丹：《论中国新闻学的启蒙和创立》，《现代传播》，
　　　1996 年第 6 期。

1997 年

318. 张昆：《传播观念的历史考察》，武汉大学出版社，
　　　1997 年。
319. 宁树藩主讲，芮必峰访谈，陆晔整理：《关于新闻学理论研
　　　究历史与现状的对话》，《新闻大学》，1997 年冬季号。

1998 年

320. 徐耀魁主编：《西方新闻理论评析》，新华出版社，1998 年
　　　4 月。
321. 蔡铭泽：《论抗日战争时期国民党人的新闻思想》，《新闻与
　　　传播研究》，1998 年第 2 期。
322. 中国人民大学港澳台新闻研究所编：《报海生活——成舍我
　　　百年诞辰纪念文集》，新华出版社，1998 年 8 月。
323. 黄旦：《"耳目"与"喉舌"的历史性变化：中国百年新闻
　　　思想主潮论》，《新闻记者》，1998 年第 10 期。

1999 年

324. 吴廷俊：《中国新闻传播史稿》，华中理工大学出版社，
　　　1999 年 1 月。
325. 张之华主编：《中国新闻事业史文选》，中国人民大学出版
　　　社，1999 年 1 月。
326. 童兵：《中西新闻比较论纲》，新华出版社，1999 年 9 月。

2000 年

327. 宋小卫：《学会解读大众传播——国外媒介素养教育概述》，《当代传播》，2000 年第 2 期。

328. 双永青：《试论徐宝璜的新闻思想》，《山西大学学报》，2000 年第 3 期。

329. 宋小卫：《西方学者论媒介素养教育》，《国际新闻界》，2000 年第 4 期。

330. 黄旦：《五四前后新闻思想的再认识》，《浙江大学学报》，2000 年第 8 期。

331. 邹韬奋：《韬奋新闻出版文选》，学林出版社，2000 年 10 月。

332. 徐新平：《略论徐宝璜的新闻伦理观》，《新闻大学》，2000 年冬季号。

2001 年

333. 童兵、林涵：《中国理论新闻传播学研究百年回顾》，《新闻与传播研究》，2001 年第 1 期。

334. 陈力丹：《20 世纪中国新闻传播的重大变化回顾》，《新闻与传播研究》，2001 年第 1 期。

335. 童兵、林涵：《20 世纪中国新闻学与传播学·理论新闻学卷》，复旦大学出版社，2001 年 10 月。

336. 单波：《20 世纪中国新闻学与传播学·应用新闻学卷》，复旦大学出版社，2001 年 10 月。

337. 李五洲：《论近代中国对新闻自由思想的认识偏差》，《新闻大学》，2001 年冬季号。

2002 年

338. 曾宪明：《旧中国民营报人同途殊归现象分析》，《新闻与传播研究》，2003 年第 2 期。

339. 丁淦林主编：《中国新闻事业史》，高等教育出版社，2002 年 8 月。

340. ［新加坡］卓南生：《中国近代报业发展史（增订版）》，中国社会科学出版社，2002 年 9 月。

341. 施喆：《自由主义职业报刊理念的探寻与游移——张季鸾新闻思想述评》，《新闻大学》，2002 年秋季号。

342. 张育仁：《自由的历险——中国自由主义新闻思想史》，云南人民出版社，2002 年 11 月。

2003 年

343. 黄旦：《中国新闻传播的历史建构——对三个新闻定义的解读》，《新闻与传播研究》，2003 年第 1 期。

344. 刘芊芊、陈桂兰：《恽逸群的大众本位思想》，《新闻爱好者》，2003 年第 7 期。

345. 陈力丹：《马克思主义新闻思想概论》，复旦大学出版社，2003 年 7 月。

2004 年

346. 陈力丹：《新启蒙与陆定一的〈我们对于新闻学的基本观点〉》，《现代传播》，2004 年第 1 期。

347. 黄顺铭：《"用事实说话"的历史脉络探微》，《当代传播》，2004 年第 2 期。

348. 方汉奇主编：《中国新闻传播史》，中国人民大学出版社，2004 年 2 月。

349. 王颖吉:《析徐宝璜发表于〈北京大学月刊〉的三篇新闻学佚文》,《新闻大学》,2004 年春季号。

350. 张志安、沈国麟:《媒介素养:一个亟待重视的全民教育课题》,《新闻记者》,2004 年第 5 期。

351. 姚福申:《中国编辑史 (修订本)》,复旦大学出版社,2004 年 6 月。

352. 郑保卫主编:《中国共产党新闻思想史》,福建人民出版社,2004 年 12 月。

353. 李秀云:《中国新闻学术史 (1834 – 1949)》,新华出版社,2004 年 12 月。

2005 年

354. 胡正强:《梁启超新闻媒介批评实践与思想论略》,《新闻界》,2005 年第 6 期。

355. 童兵:《东渡扶桑求学对中国新闻学发展的意义》,《新闻界》,2005 年第 6 期。

2006 年

356. 董天策、谢影月:《"史家办报"思想探究》,《新闻大学》,2006 年夏季号。

357. 黄瑚、樊昊:《以上海为例探析战后国民党新闻统制制度的变化》,《新闻大学》,2006 年夏季号。

后　记

　　2004 年秋，我申请到天津市高等学校人文社会科学研究项目《中国现代新闻思想史》。如今本书付梓，可为课题的完成划上一个句号。

　　2001 年至 2004 年间，我师从南开大学李喜所先生攻读历史学博士学位，博士论文的选题是《中国近代新闻学术史研究（1834 – 1949）》，论文通过答辩并经修改后改名为《中国新闻学术史（1834 – 1949）》，由新华出版社于 2004 年 12 月出版。在博士论文的写作过程中，我搜集了民国时期大量的文献资料，其中可以用于《中国现代新闻思想史》写作的资料如下：1919 年至 1949 年间出版的新闻学著述（包括专著、编著、译著、文集及资料汇编等）近百部，新闻学术期刊二十多种，报刊十余种；1949 年至 2003 年间出版的各类文献资料百余种。课题立项后，围绕新闻思想这一主题，继续进行文献查阅工作，对相关文献进行了延伸和扩充，并重新做了梳理。这些资料为本课题的完成奠定了坚实的文献基础。

　　更给人以信心的是，我的博士论文已经涉及中国现代新闻思想的部分内容，如新闻教育思想、新闻学术思想、大众新闻思想、新闻本位思想、报刊舆论思想等等，这使本课题的完成更具备可行性。上述新闻思想在本课题中皆以独立的章节出现，从而得到深化。

　　在课题选题与策划过程中，南开大学哲学系周德丰先生，天

後 記 321

津师范大学新闻传播学院马艺教授、李蓓女士，献计献策，鼎力相助，在此向他们致以最诚挚的谢意！在课题申报过程中，天津师范大学新闻传播学院刘卫东教授、郎瑞先生给予大力支持，在此，向他们致以深深的谢意。在课题写作过程中，天津师范大学新闻传播学院籍祥魁书记给予诸多鼓励与督促，在此致以特别的谢意！

课题的完成，主要依据民国时期出版的各种文献资料，资料的搜集是本课题的重点与难点之一。天津市图书馆的刘桂芳、张岩两位女士给予诸多的帮助与支持，在此深表感谢！

本书的出版，得到了天津师范大学学术著作出版基金、天津师范大学新闻传播学院学术著作出版基金的支持。作为其中的一个成员，惟冀以更加努力的工作，回报学校、学院领导与所有同仁的关爱！

本书的出版，得益于中国社会科学出版社王茵女士的多方帮助与辛苦付出，特致以深深的谢意！

2006 年秋